닥터 지바고 I

일러두기

- 이 책은 Boris Pasternak 『*Doctor Zhivago*』(Internet Archive, 2010, THE NEW AMERICAN LIBRARY)를 참고했습니다.

닥터 지바고

I

보리스 파스테르나크 지음

69세 때의 보리스 파스테르나크

보리스 파스테르나크는 1890년 2월 10일 부유한 유대계 예술가 집안에서 태어났다. 그는 모스크바 대학 철학과에 다니던 시절부터 시와 소설 창작에 몰두한다. 1936년부터 작가와 지식인에 대한 스탈린의 대규모 숙청이 자행되지만, 파스테르나크는 기적적으로 체포를 면한다. 이미 반체제 인사로 낙인이 찍힌 그가 무사했던 것은 스탈린이 그를 '구름 속에나 사는 사람'으로서 혁명이나 반혁명과는 무관한 인물로 간주했던 덕분이라는 것이 정설이다.

그는 유일한 장편소설 『닥터 지바고』 1부를 60세 되던 해인 1950년에, 2부를 1955년에 완성하지만 '반소비에트적'이라는 이유로 출간을 거부당했다.

보리스 파스테르나크와 동생 알렉산더 파스테르나크 그림

1900년도 초반에 아버지 레오니드(Leonid)가 그린 보리스 파스테르나크(왼쪽)와 그의 동생 알렉산더 파스테르나크(오른쪽) 그림이다. 보리스의 아버지 레오니드는 화가이자 모스크바 건축학과 교수였다. 레오니드는 톨스토이와 친구였고, 그의 집에는 피아니스트 라흐마니노프, 시인 라이너 마리아 릴케 등이 찾아오곤 했다. 『닥터 지바고』를 비롯해 보리스의 작품에 짙은 서정성이 깃들어 있는 것은 그 덕분이다.

영화 〈닥터 지바고〉의 한 장면

오마 샤리프가 지바고 역을 맡고 줄리 크리스티가 라라 역을, 제랄딘 채플린이 토냐 역을 맡은 데이비드 린 감독의 영화 〈닥터 지바고〉의 한 장면이다.

소설 『닥터 지바고』가 러시아에서 정식으로 해금되어 사람들이 읽을 수 있게 된 것은 고르바초프가 페레스트로이카를 선언한 이후인 1988년에 이르러서였으니, 자국 작가의 세계 명작을 정작 러시아 사람들은 세계에서 제일 늦게 정식으로 접한 셈이다.

『닥터 지바고』는 격동의 시기에 결코 순응적인 삶을 살지 않았던 한 인물, 과학과 문학을 사랑한 한 인물, 그리고 무엇보다 삶을 사랑했고 조국 러시아를 사랑했던 인물인 유리 지바고의 파란만상한 일대기이다. 그는 '혁명'이라는 시대정신 대신 '삶'과 '사랑'을 핵심으로 삼고 살아간 인물이다. 『닥터 지바고』는 사랑 이야기지만 지바고가 사랑한 라라는 한 개인이 아니다. 그에게 라라는 러시아이다. 지바고는 그런 불행에 빠진 러시아를 숙명적으로 사랑하듯 그녀를 사랑한다.

러시아 내전 중인 1918년의 모스크바 적군(赤軍)의 모습

『닥터 지바고』의 시대적 배경은 1903년부터 1943년까지이다. 그사이 러시아에서는 정신을 차릴 수 없을 정도로 엄청난 역사적 사건이 줄을 잇는다. 1904년의 러일전쟁, 1905년의 혁명, 제1차 세계 대전 (1914~1918), 전쟁 와중이던 1917년의 2월 혁명과 10월 혁명, 소비에트 러시아의 출범, 적군(赤軍)과 백군(白軍) 간의 러시아 내전, 적군의 승리와 공산당 지배체제 확립, 레닌의 집권, 레닌의 사망과 스탈린의 집권, 제2차 세계 대전(1939~1945)의 발발 등이 이 작품의 시대적 배경을 이룬다.

닥터 지바고 I **차례**

제1부

제
1
부

제1장 5시 급행열차

1

장송곡인 「영원한 안식」을 부르며 행렬이 지나갔다. 노래가 멈추면 발자국 소리, 말발굽 소리, 불어오는 바람 소리가 노래를 잇고 있는 것 같았다. 행인들이 길을 비켜주며 화환 수를 헤아리기도 했고 성호를 긋기도 했다. 몇 사람이 호기심에 다가와 물었다.

"누구 장례식입니까?"

"지바고요." 행렬 중 한 사람이 대답했다.

"아, 그 양반이요?"

"아닙니다. 그분이 아니라 마나님입니다."

"어쨌거나 명복을 빕니다. 굉장한 장례식이로군요."

되돌릴 수 없는 마지막 순간이 다가왔다.

"이 세상과, 그 안에 가득한 것이 모두 야훼의 것, 이 땅과 그 위에 사는 모든 것이 야훼의 것이니."(『구약』 시편 24편 1절)

사제가 성호를 그으며 마리야 니콜라예브나 지바고의 주검 위에 흙 한 점을 뿌렸다. 모두들 「의인의 영혼」을 합창했다. 이어서 모두 부산하게 움직였다. 사람들은 관 뚜껑을 덮고 못을 박은 다음 구덩이 속으로 관을 내렸다. 네 개의 삽이 부지런히 움직이면서 흙덩어리가 관 위로 비처럼 쏟아져 내렸다. 도톰한 봉우리가 생겼다. 열 살짜리 소년이 그 위로 올라갔다. 어머니의 무덤 위로 올라선 소년은 뭔가 할 말이 있는 듯했다. 하지만 거창한 장례식 때문에 점차 멍한 기분이 되어 그런 표정을 짓고 있는 것인지도 몰랐다.

소년은 고개를 들어 황량한 가을 들판과 수도원 지붕을 멍하니 바라보았다. 뭉툭한 사자코에 주름이 잡혀 있었으며 목을 앞으로 길게 빼고 있었다. 만일 늑대가 그런 자세를 취하고 있었다면 당장이라도 울부짖으려는 것처럼 보였을 것이다. 소년은 두 손으로 얼굴을 가리고 울먹이기 시작했다. 비바람이 몰려와 차가운 빗줄기가 소년의 얼굴과 두 손을 때리기 시작했다. 그때 소매를 바싹 조인 검은 옷을 입은 남자가 무덤 위로 올라갔다. 고인의 남동생이자 울고 있는 소년의 외삼촌인 니콜라이 니콜라예비치 베데냐핀(이하 니콜라이로 칭함)으로서 성직으로부터 자의로 환속한 사람이었다. 그는 소년에게 다가가서 그를 수도원 묘지 밖으로 데려갔다.

2

그날 밤 두 사람은 수도원에 방을 하나 얻어 지냈다. 성모제 전날 밤이었다. 둘은 다음 날 볼가강 연안에 있는 남쪽 시골로 떠날 예정이었다. 니콜라이 외삼촌은 그곳에서 진보 성향의 지방 신문을 발행하는 신문사 겸 출판사에서 일하고 있었다. 기차표는 이미 사두었고 짐은 꾸려서 방 안에 놓았다.

저녁이 되자 점점 더 심하게 추워졌다. 한밤중에 유라(소년의 애칭. 본명 유리 안드레예비치 지바고. 이하 유라, 혹은 유리, 또는 유리 지바고라 칭함)는 창문 두드리는 소리에 잠에서 깨어났다. 어두운 방 안을 깜빡거리는 하얀빛이 신비스럽게 밝히고 있었다. 유라는 속옷 차림으로 창문으로 달려가 차가운 유리창에 얼굴을 댔다. 길도, 수도원 묘지도, 채마밭도 흔적조차 보이지 않았다. 오로지 몰아치는 눈보라와 눈보라에 뿌옇게 된 대기만이 눈에 들어왔다. 마치 눈보라가 유라를 바라보는 것 같았고 유라를 향하여 으르렁거리고 울부짖는 것 같았으며 온갖 수단을 다해 유라의 주의를 끌고 겁주려는 것 같았다. 하늘에서 꾸역꾸역 하얀 것들이 떨어져 내려 마치 수의(壽衣)처럼 대지를 뒤덮었다. 오로지 눈보라만이 이 세상에 홀로 존재했다. 그에 맞서는 것은 아무것도 없었다.

올라섰던 창턱에서 내려서자 유라는 옷을 입고 밖으로 달려나가 뭐라도 해야 할 것 같은 충동을 느꼈다. 소년은 수도원의 양배추가 눈에 깊이 파묻혀 더 이상 파낼 수 없게 되면 어쩌나, 엄마가 점점 더 깊이 땅속으로 묻히면 어쩌나 하는 걱정에 휩싸였다.

소년은 다시 눈물을 흘렸다. 외삼촌이 잠에서 깨어나 소년에게 그리스도 이야기를 해주며 다독였다. 이어서 그는 하품을 하며 창가로 가서 생각에 잠겼다. 날이 밝아오고 있었다. 그들은 떠날 채비를 했다.

3

어머니가 살아계셨을 때 유라는 아버지가 오래전에 그들을 버렸다는 사실을 모르고 있었다. 유라의 아버지는 시베리아와 해외 곳곳에서 방탕한 생활을 하며 수많은 가산을 모두 탕진해버렸다. 하지만 유라가 아버지에 대해서 들은 이야기라고는 페테르부르크에서, 혹은 이곳저곳 정기 장터에서 사업을 하고 있다는 것이 전부였다.

늘 몸이 아팠던 어머니는 폐병에 걸린 것이 발견되자 프랑스 남부와 이탈리아 북부로 치료차 여행을 했고 유라도 두 차례 따라갔었다. 어린 시절을 그런 변화와 수수께끼에 둘러싸여 지냈기에 아버지의 부재가 이상하게 생각되지 않았다. 유라는 자신이 어렸을 때 수많은 것들이 자신 가족의 성(姓)으로 불리던 것을 기억하고 있었다. 지바고 공장, 지바고 은행, 지바고 건물, 지바고 넥타이핀이 있었으며 심지어 지바고라는 이름의 케이크까지 있었다. 모스크바에서 마부에게 "지바고로"라고 외치는 것은 마치 "아주 멀리 떨어진 곳으로!"라고 외치는 것과 같았으며 그러면 마부는 마치 동화 속 왕국 같은 곳으로 데려다주었다. 그곳은 광활하고 조용한 공원 같은 곳이었다. 축 늘어진 단풍나무 위에 까마귀들이 내려앉으면 하얀 서리들이 우수수 떨어졌다. 마치 나뭇가지 갈라지는 것 같은 까마귀들의 울음소리가 널리 널리 퍼져나갔다. 새로 지은 집을 향해 뻗은 길을 가로질러 개들이 달려나가고 멀리 저택에서는 땅거미가 내려앉는 가운데 불이 하나둘 밝혀졌다.

그러던 어느 날 갑자기 모든 것이 사라졌다. 그들은 가난해졌다.

4

1903년 어느 여름날 아침, 유라는 외삼촌 니콜라이와 함께 사륜마차를 타고 들판을 달리고 있었다. 두플랸카에 살고 있는 교육자이자 계몽저술가인 친구 이반 이바노비치 보스코보이니코프(이하 이반이라 칭함)를 만나기 위해서였다. 두플랸카는 제사공장을 경영하고 있으면서 예술계의 후원자인 콜로그리보프의 영지였다.

보리 수확이 한창인 때였지만 성모 축일이어서인지, 혹은 점심때여서인지 들판에는 농부가 한 명도 보이지 않았다. 반쯤 수확한 들판이 마치 깎다 만 죄수의 뒤통수 같았으며 그 위를 햇볕이 내리쪼이고 있었다.

"이게 누구 들판이지? 지주의 밭인가, 아니면 농부의 밭인가?"

니콜라이가 마차를 몰고 있는 파벨에게 물었다. 출판사 임시직인 파벨은 마치 자신이 마부 노릇을 할 사람은 아니라는 듯 뻐딱한 자세로 마부석에 앉아 마차를 몰고 있었다.

"이쪽은 주인 땅이지요." 그는 파이프에 불을 붙이며 대답했다. "그리고 저쪽은 저희 땅입니다."

니콜라이는 농지 문제에 관한 글의 교정쇄를 이반에게 갖다주러 왔다. 이반이 발행할 책에 실을 원고였다. 검열이 점점 엄해지니 원고를 재검토해주기를 출판사 쪽에서 요구했던 것이다.

유라로서는 이번이 외삼촌과의 두 번째 두플랸카행이었다. 유라는 이 길이 모두 기억나는 것 같았다. 숲을 에워싸고 들판이 펼쳐질 때마다 그는 어디서 길이 오른쪽으로 굽어지는지 알수 있을 것 같았고 거기서부터 10킬로미터가량 콜로그리보프 집안의 영지가 이어질 것 같았다. '그래, 1분만 지나면 멀리서 반짝반짝 강이 보일 것이고 그 뒤에 철길이 있을 거야.' 하지만 매번 잘못된 생각이었다. 들판에 이어 새로운 들판이 나타났고 숲에 가려 들판이 사라지곤 했다. 광활한 대지를 보고 있자니 마음이 탁 트였고 힘이 났다. 그리고 미래에 대해 생각하고 꿈을 꾸었다.

당시, 나중에 니콜라이를 유명하게 해줄 책들은 아직 집필 전이었다. 그의 사상은 무르익어 있었지만 세상이 그의 편이 될 날이 임박해 있다는 사실을 그는 모르고 있었다. 니콜라이 사제는 톨스토이주의와 혁명적 이상주의를 거쳐 쉬지 않고 전진해왔다. 그는 변화의 방향을 또렷이 제시해줄 수 있는 생생하고 분명한 사상, 아이들이나 무식한 사람들에게도 번갯불이나 천둥처럼 분명하게 이야기해줄 수 있는 그런 사상을 열렬히 갈망하고 있었다. 그는 그 무언가 새로운 것을 갈망하고 있었다.

유라는 외삼촌과 함께 있는 것이 즐거웠다. 외삼촌을 보면 엄마 생각이 났다. 그는 누이를 닮아 자유로운 정신의 소유자였으며 낯선 것도 잘 받아들였다. 그는 모든 살아 있는 생명체에 대한 평등 감각이 있었고 한눈에 모든 것을 이해하는 능력이 있었으며 새롭게 떠오른 생각을 그 의미와 생동감을 잃기 전에 표현할 줄 알았다.

유라는 외삼촌이 자기를 두플랸카로 데려와 준 것이 기뻤다. 매우 아름다운 고장인 데다 이곳에 오면 자연을 좋아해서 산책길에 자신을 자주 데리고 간 엄마 생각이 났던 것이다. 그리고 그는 니카 두도로프(인노켄티 데멘티예비치 두도로프, 이하 니카로 칭함)를 다시 만날 수 있기를 기대하고 있었다. 니카는 이반과 함께 살고 있는 초등학생으로 유라보다 두 살이 위였고 사실 유라를 좀 깔보고 있었다. 악수를 할 때 그가 유라의 손을 아래로 힘껏 잡아당겨서 머리가 숙여지는 바람에 머리카락이 흘러내려 얼굴을 반쯤 가리곤 했다.

5

"빈곤 문제의 핵심은" 니콜라이가 수정 원고를 읽어나갔다.

"'핵심'보다는 '본질'이라는 표현이 낫지 않을까?" 이반이 말했다.

그들은 유리창이 달린 어두컴컴한 베란다에서 일하고 있었다. 물뿌리개와 정원 가꾸는 연장들이 여기저기 널려 있었다. 부서진 의자 등받이에는 비옷이 걸쳐져 있었으며 한쪽 구석에는 진흙이 말라붙어 있는 장화가 목이 꺾인 채 바닥에 놓여 있었다.

"한편 출생 및 사망률 통계가 보여주는 바에 의하면……." 니콜라이가 낭송을 계속했다.

"'해당 연도의'를 넣지." 이반이 말하면서 메모를 했다.

일이 끝나자 이반의 제안에 의해, 차를 끓이는 동안 둘은 강가로 산책을 했다. 이반은 이곳 영주인 콜로그리보프 집안과 친분이 있어서 영지 관리인의 집에서 방 두 칸을 빌려 쓰고 있었다. 작은 정원이 딸린 이 집은 장원(莊園) 한구석에 자리 잡고 있었다. 집 옆으로는 가끔 골짜기에 쓰레기를 버리러 가는 짐마차가 지나갈 뿐 용도가 폐기된 낡은 가로수길이 있었다. 백만장자이면서 진보적인 견해를 지니고 있으며 혁명에 동조하고 있는 콜로그리보프는 아내와 함께 해외에서 지내고 있었다. 이곳 영지에는 그의 두 딸인 나디아와 리파가 가정교사 및 몇 명의 하인들과 함께 살고 있었다.

니콜라이와 이반은 온실과 정원사의 집을 지나가며 과학과 문학 분야에서의 새로운 인재들에 대한 이야기를 나누었다.

"그래, 재능 있는 인재들이 있긴 해." 니콜라이가 말했다. "하지만 요즘은 너도나도 온갖 종류의 그룹이니 단체에 끼는 게 유행이야. 재능이 없는 자들의 피난처 구실을 하는 거지. 칸트에 충성하건 마르크스에 충성하건 마찬가지야. 오직 개인만이 진리를 추구할 수 있는 거라네. 그런 개인은 진리에 관심이 없는 자들과는 어울리지 않는 법이지. 내 생각에 진정으로 충성을 바쳐야 할 것은 불멸이라네. 삶에 대한 보다 강화된 표현이 바로 불멸이지. 불멸에, 다시 말해 그리스도에 충실해야 하네. 이런, 자네, 얼굴을 찡그리는군. 늘 그렇듯 자네는 이해하지 못하는군."

"글쎄." 이반이 고개를 갸우뚱했다. 호리호리한 몸매에 금발인 그는 가느다란 턱수염을 기르고 있어 링컨 시대의 미국인 같았다. "내 생각은 좀 다르지만 긴말은 않겠네. 다만 자네가 왜 성직을 그만두게 되었는지는 묻고 싶군. 파문당한 건가?"

"슬쩍 화제를 돌리는군. 하지만 좋아……. 파문당했느냐고? 아니, 요즘 파문 같은 건 없어. 뭐, 분쟁이 좀 있었다고나 할까……. 어쨌든 그 여파가 좀 있긴 해. 꽤 오랫동안 공직에 오를 자격을 박탈당한 셈이고 모스크바와 페테르부르크에는 들어갈 수 없어. 하지만 그런 건 사소한 일이야. 내가 그리스도에게 충실해야 한다고 말했지? 설명 좀 해주겠네. 무신론자건 아니건 인간이 자연 상태에서 살고 있는 것이 아니라 역사 속에서 살고 있다는 건 이해하겠지? 그런데 우리가 알고 있는 역사란 그리스도와 함께 시작된 거라네. 그리스도의 복음이 역사의 토대가 된 거야. 그렇다면 역사란 무엇이냐? 그건 죽음의 수수께끼에 대한 수 세기에 걸친 체계적 탐구를 말하는 것이고 죽음을 극복하기 위한 노력을 말하는 거야. 수학에서 무한의 개념이 나온 것도 전자파가 발견된 것도 그 덕분이고 교향곡이 나오게 된 것도 그 덕분이야. 믿음이 없다면 그런 발전은 있을 수 없고 영적으로 갖추어지지 않으면 발견도 불가능해. 그 모든 것을 위한 기본 요소들이 바로 복음서 안에 있다네. 그 기본 요소가 뭐냐? 우선 이웃을 사랑하는 것이지. 그것이 바로 생명 에너지의 최고 형태야. 일단 그것으로 마음이 채워지게 되면 저절로 흘러넘치면서 힘을 발휘하는 거야. 현대인의 두 가지

근본 요소, 즉 자유로운 개인과 희생으로서의 삶도 그것 없이는 생각할 수 없고 설명도 할 수 없어. 고대에는 그런 의미에서의 역사가 없었어. 즉 역사란 그리스도와 함께 새로 태어난 것이란 말일세. 그리스도 이후 비로소 인간은 자유롭게 숨을 쉴 수 있게 되었어. 미래를 위해 살게 되었다는 말일세. 그제야 비로소 인간은 개처럼 길바닥이나 도랑에서 죽지 않고 역사의 품속에서 살게 된 것이며 죽음의 극복을 향한 노력이 절정에 이르게 된 거라네."

"어이쿠, 형이상학을 설파하고 계시는군! 의사가 나보고 그런 건 피하라고 하던데! 내 위가 감당해내지 못할 거래요."

"그래, 자네 정말 어쩔 수 없는 친구로군. 그만하세. 암튼 여긴 정말 경치가 좋군. 자네는 복도 많아. 하긴 매일 보면 눈에 별로 들어오지도 않겠지."

햇빛을 받아 반짝이는 강을 바라보니 눈이 시릴 지경이었다. 갑자기 강에 물결이 일었다. 말과 달구지, 농부들과 아낙네들을 태운 나룻배가 다른 쪽 강기슭으로 건너가기 위해 움직이기 시작한 것이다.

"아니, 이제 겨우 5시가 조금 지났군." 이반이 말했다. "저기 시즈란에서 오는 급행열차가 보이는군. 5시 5분에 이곳을 지나는 열차야."

저 멀리 기차의 모습이 보였다. 두 사람은 열차가 멈춰 서 있다는 사실을 문득 발견했다. 증기 기관차는 하얀 연기를 내뿜고 있었다. 잠시 뒤 경적이 울렸다.

"이상하군." 이반이 말했다. "무슨 사고가 난 모양이야. 그렇지 않으면 저런 늪지에서 멈출 리가 없지. 분명히 무슨 일이 있어. 어쨌든 우리는 차나 마시러 가세."

6

미샤 고르돈(미하일 그리고리예비치 고르돈, 이하 미샤로 칭함)은 변호사인 아버지 그리고리 고르돈과 함께 열차 이등 객실에 타고 있었다. 미샤는 생각이 많아 보이는 얼굴에 커다란 검은 눈의 열한 살 소년으로서 중학교 2학년생이었다. 아버지가 모스크바로 직장을 옮기는 바람에 전학을 해야 했다. 그의 어머니와 누이들은 새로 살 집을 마련하기 위해 미리 모스크바로 가 있었다. 부자(父子)는 사흘째 여행 중이었다.

세상 사람들은 저마다 각자의 계산에 의해 움직이는 것 같지만 실제로는 그들을 묶어주는 생명이라는 거대한 전체적 흐름에 취해 있다. 그들은 자유롭게 행동하지만 그 자유는 모든 인간의 삶이 서로 연관되어 있다는 느낌에서 오는 것이다. 그리고 인간들이 겪고 있는 이 모든 일들이 인간이 묻히는 이 지상에서만 벌어지는 것이 아니라 이른바 '하느님의 왕국'이라 불리는 다른 곳에서도 일어날 수 있다는 행복감이 그 뒤를 잇는다.

미샤는 이런 일반적인 룰에서 벗어난 예외적인 존재였다. 그는 불행했고 우울했다. 그를 지배하고 있는 것은 불안감이었다. 그는 자신의 이 유전적 기질에 대해 잘 알고 있었고 그 기질이 드러내는 증상을 우울하게 자각하고 있었다. 그리고 그 기질로 인해 고통스러워했으며 수치스럽기도 했다.

그는 철이 들면서부터 똑같이 팔다리를 지니고 있고 같은 말을 쓰며 생활 습관까지 같으면서도 왜 어떤 사람이 다른 사람과 다를 수 있는 것인지, 왜 그 사람이 극소수에게만 사랑을 받거나 심지어 아무에게도 사랑을 받지 못하는 것인지 늘 궁금해했다. 그는 남들보다 나쁜 처지에 있는 사람이 그 처지를 개선할 수 없는 상황이 왜 존재하는 것인지 이해할 수 없었다. 유대인이 된다는 것이 무슨 의미이지? 유대인의 목표는 무엇이지? 오로지 슬픔만을 가져올 뿐인 그 무력한 도전으로 얻을 수 있는 보상은 무엇이지? 그런 무력한 도전을 어떤 식으로 변호할 수 있는 거지?

미샤가 아버지에게 그 문제에 대해 물어보면 아버지는 애당초 그런 전제 자체가 터무니없다고, 그런 생각을 하는 것 자체가 옳지 않다고 말했다. 하지만 아버지는 미샤가 받아들일 수 있는 해답을 제시해주지는 않았다. 미샤는 이런저런 지저분한 문젯거리만 만들어놓을 뿐인 어른들을 점점 경멸하기 시작했다. 그는 자기가 어른이 되면 이 모든 것들을 직접 해결하리라고 확신했다.

열차가 멈춰선 것은 바로 미샤의 아버지 그리고리 때문이었다. 그가 긴급 브레이크 손잡이를 잡아당긴 것이다. 하지만 그가 잘못했다고 그를 비난할 사람은 아무도 없었다. 열차가 달리는 동안 어떤 미치광이가 승강구를 향해 달려갔고 그리고리가 그를 잡으려 하자 미치광이는 힘껏 그를 뿌리치고는 마치 수영장에서 다이빙하듯 전속력으로 달리는 열차에서 길가 둑을 향해 머리부터 몸을 던진 것이다. 그리고리는 즉각 긴급 브레이크 손잡이를 잡아당겼고 열차는 멈췄다.

자살한 사람의 시체는 철도 옆 풀밭에 널브러져 있었다. 핏줄기가 이마에 십자 형태로 말라붙어 있어 마치 폐기처분 표시라도 해놓은 것 같았다. 그의 몸 안에서 나온 피가 아니라 마치 진흙이 튀었거나 마른 자작나무 잎이 달라붙어 있는 것 같았다.

호기심과 동정심에 구경꾼들이 시체 가까이 다가갔다가 흩어지곤 했다. 자살한 사람의 친구이자 여행 동반자였던 땅딸막한 사람이 언짢은 얼굴로 마치 땀에 젖은 셔츠를 입은 순종 동물처럼 그 앞에 서 있었다. 거만한 모습의 그는 변호사였다.

사람들의 질문에 그는 어깨를 으쓱하며 고개도 돌리지 않은 채 무뚝뚝하게 말했다.

"알코올 중독입니다. 보면 모르겠어요?"

이 사건에 심한 충격을 받은 미샤는 처음에는 놀라서, 이어서 죽은 사람이 불쌍해서 울음을 터뜨렸다. 자살한 사람은 긴 여행 동안 여러 번 미샤의 객실에 들러 미샤의 아버지와 몇 시간씩 이야기를 나누곤 했었다. 그는 변호사인 그리고리에게 복잡한 법률문제, 파산 문제, 어음 위조에 관한 문제에 대해 이런저런 질문을 던지곤 했다.

"아? 그래요?" 그가 말했다. "법에도 그런 너그러운 부분이 있군요. 제 변호사는 훨씬 비관적입니다만."

불안에 떠는 이 인물이 조금 진정이 될 때마다 그의 동반자인 땅딸막한 변호사가 일등칸으로부터 쫓아와서는 그를 식당칸으로 끌고 가 샴페인을 마시곤 했었다. 바로 그 건장한 몸짓의 변호사가 조금도 놀랍지 않다는 표정으로 시체 앞에 서 있었다. 아무리 보아도 그의 고객이 끊임없이 불안해했던 것이 역으로 그에게는 유리했으리라는 느낌을 지우기 어려웠다.

미샤의 아버지의 설명에 의하면 자살한 사람의 이름은 지바고로서 아주 이름난 부자였다. 선량하지만 방탕했고 자신의 행동에 대해 책임을 질 줄 모르는 사람이었다. 그는 미샤의 객실에 오면 미샤가 곁에 있는 것을 개의치 않고 미샤 또래인 자기 아들 이야기를 했으며 죽은 아내에 대해 이야기했다. 이어서 그는 두 번째 가족에 대해서도 이야기했다. 그는 첫 가족과 마찬가지로 두 번째 가족도 버렸다.

그는 미샤에게 특별하게 다정했다. 아마도 아들의 모습을 미샤에게서 보았기 때문이리라. 그는 미샤에게 끊임없이 선물을 주었다. 기차가 큰 역에 닿을 때마다 그는 책과 장난감과 기념품들을 파는 가게가 있는 일등 대합실로 달려가곤 했다.

그는 쉴 새 없이 술을 마셨으며 석 달째 잠을 이루지 못하고 있다고, 잠시라도 술에서 깨면 정상적인 사람은 상상도 할 수 없는 고통에 시달린다고 했다. 그리고 결국은 자살하기 바로 직전 미샤의 객실로 뛰어들더니 그리고리의 손을 잡고 뭔가 말을 하려다가 끝내 하지 못하고 승강구로 달려나가 열차로부터 몸을 던진 것이다.

미샤는 우랄의 광석 세트가 담긴 작은 나무 상자를 가만히 내려다보았다. 죽은 사람의 마지막 선물이었다. 이윽고 주변이 어수선해지더니 예심판사, 의사, 순경 두 사람이 타고 온 수동차에서 뛰어내렸다. 이윽고 차갑고 사무적인 목소리가 들렸다. 사람들이 시체를 옮기자 모두 열차로 돌아가라는 안내가 있었고 기적이 울렸다. 열차가 다시 움직이기 시작했다.

7

"또 성유(聖油)가 왔나봐." 심술이 난 니카는 빠져나갈 궁리라도 하듯 방 안을 이리저리 둘러보았다. 성유는 유라의 별명이었다. 손님들의 목소리가 문밖에서 들렸다. 이제 빠져나갈 방법은 없었다. 방에는 침대가 두 개 있었다. 하나는 니카의 것이었고 다른 하나는 이반의 것이었다. 니카는 생각할 겨를도 없이 자신의 침대 밑으로 몸을 숨겼다.

그들이 다른 방에서 자기 이름을 부르며 찾는 소리가 들렸다. 자기가 없어서 놀라는 것 같았다. 이윽고 그들이 침실로 들어왔다.

"어쩔 수 없구나." 니콜라이가 말했다. "유라야, 밖으로 나가보려무나. 친구를 찾을 수 있을 거야. 그런 다음 함께 놀 수 있을 거야."

이반과 니콜라이가 페테르부르크와 모스크바의 학생 소요 사태에 대해 이야기하는 동안 니카는 어처구니없는 꼴로 20분 동안 침대 밑에 엎드려 있어야 했다. 마침내 그들이 베란다로 나갔다. 니카는 살그머니 창문을 열고 뛰어내린 다음 장원으로 달아났다.

니카는 밤새 잠을 자지 못해서 기분이 별로 좋지 않았다. 열네 살인 그는 자신이 여전히 어린아이로 지내야 한다는 사실에 짜증이 났다.

니카는 좀 유별난 소년이었다. 그는 흥분하면 마치 그의 어머니처럼 큰소리로 혼잣말을 했다. 그의 어머니는 고상한 주제와 역설을 좋아했다.

'살아 있다는 것은 얼마나 멋진가!' 그는 생각했다. '하지만 왜 이렇게 마음이 아프지? 물론 신은 있어. 하지만 신이 있다면 그건 바로 나야.'

그는 밑동부터 위까지 떨고 있는 은사시나무를 바라보며 생각했다. 반짝이는 젖은 잎은 마치 은종이로 만든 것 같았다.

'저 은사시나무에게 그만 떨라고 명령하겠어.'

니카는 자신의 몸과 마음을 다 모아서 "멈춰!"라고 명령하면서 자신의 뜻이 이루어지기를 간절히 바랐다. 그러자 은사시나무는 고분고분하게 말을 듣는 듯 꼼짝도 하지 않았다. 니카는 기쁨의 웃음을 터뜨리며 미역을 감으려고 강을 향해 달려갔다.

니카의 아버지인 데멘티 두도로프는 테러리스트로서 교수형을 선고 받았지만 황제 특사로 감형되어 강제 노동 중이었다. 그의 어머니는 그루지야의 에리스토프 공작 집안의 딸이었다. 자유분방한 성격의 아직 아름다운 젊은 여자로서 늘 반란, 반역, 과격 이론, 불행한 실패자, 유명한 배우들에게 번갈아 빠져들었다. 그녀는 아들 니카를 무척이나 사랑했다. 하지만 세상 모든 일에 대해 분노를 느끼고 있던 니카는 어머니마저 무시했다. 니카는 자신의 일에 공연히 감 놓아라, 배 놓아라, 참견하는 이반도 싫어서 어디 나중에 두고 보자고 속으로 다짐하곤 했다.

'게다가 그 나디아 계집애!' 나디아는 이곳 영지의 주인인 콜로그리보프의 딸이었다. '자기가 열다섯 살이라고 콧대를 높이고 나를 어린아이 취급해? 혼쭐을 내고 말 거야.'

그는 잠시 생각하다가 중얼거렸다.

"정말 미워죽겠어. 죽여버리고 말 거야. 보트에 태웠다가 물에 빠뜨릴 거야."

얼마 후 니카와 나디아는 연못에서 보트를 타고 있었다. 연못가에는 수련이 잔뜩 피어 있었다. 둘은 몸을 기울여 수련을 꺾기 시작했다. 둘이 수련을 꺾으려고 몸을 기울이자 보트도 기울었다. 둘은 보트에 거의 엎드리다시피 나란히 앉아서 꽃을 꺾었다.

"학교는 지겨워." 니카가 말했다. "이제 인생을 시작할 때가 되었어. 세상에 나가 돈을 벌 때가 된 거라고."

"난 네게 2차 방정식에 대해 물어보려고 했는데……. 난 대수에 약해. 재시험을 치를 뻔했어."

니카는 나디아의 말에서 뭔가 빈정거리는 투를 읽었다. 자기가 아직 소년에 불과하다는 것을 넌지시 일러주고 그따위 허황한 말 하지 말라는 의도임이 분명했다. 니카는 자존심이 상했지만 꾹 참으며 무심한 듯 말했다.

"어른이 되면 누구한테 시집 갈 거야?"

"아직 까마득한 이야기야. 아마 안 갈지도 몰라. 암튼 그런 생각 안 해 봤어."

"뭐, 내가 관심 있을 거라고는 생각하지 마."

"그럼 왜 묻는 건데?"

"넌 바보로구나."

둘은 싸우기 시작했다. 둘은 몸싸움을 하다가 둘 다 물에 빠

저버렸다. 둘은 겨우 허우적거리면서 가까스로 기슭으로 올라올 수 있었다. 니카가 더 지쳐 있었다.

둘은 흠뻑 젖은 채 나란히 앉았다. 바로 얼마 전, 그러니까 지난봄까지만 하더라도 그런 상황에서라면 둘은 서로 마주보며 소리치고 욕설하며 웃어넘겼을 것이다. 하지만 둘은 숨을 몰아쉬면서 말없이 있었다. 이 모든 일이 너무 어처구니없는 것처럼 여겨졌다. 나디아는 속으로 화가 잔뜩 나서 아무 말이 없었고 니카는 마치 몽둥이로 갈비뼈를 흠씬 두들겨 맞은 듯 온몸이 욱신거렸다.

마침내 나디아가 어른처럼 나지막이 말했다.

"너, 정말 미쳤어."

그러자 니카도 마치 어른 같은 말투로 대답했다.

"미안해."

나디아와 헤어져 집으로 돌아오면서 니카는 자연으로 하여금 자신의 의지에 복종하게 만들었던 자신의 전능한 힘에 대해 생각했다. 지금은 무슨 명령을 내릴까? 내가 지금 제일 원하는 게 뭐지? 그때 그 무엇보다 나디아와 둘이 다시 한번 물에 빠지고 싶다는 생각이 문득 들었다. 그런 일이 또 벌어질지 알 수만 있다면 모든 것을 다 바칠 수 있다고 그는 생각했다.

제2장 다른 세상에서 온 소녀

1

일본과의 전쟁은 아직 끝나지 않았고 여러 사건들이 그 전쟁을 가리고 있었다. 혁명의 물결이 러시아를 휩쓸고 지나갔으며 늘 새 물결이 지난번 물결보다 거셌고 규모가 컸다.

벨기에인 기술자의 미망인이자 프랑스에서 귀화한 아말리아 카를로브나 기샤르(이하 기샤르 부인으로 칭함)가 아들 로디온(로디온 표도로비치 기샤르, 이하 로쟈로 칭함), 딸 라리사(라리사 표도로브나 기샤르, 이하 라라로 칭함)와 함께 우랄 지방으로부터 모스크바로 이주해 온 것은 바로 그 무렵이었다. 그녀는 아들을 군사 학교에 보내고 딸은 중학교에 넣었는데 우연인시 나니아 콜로그리보프도 그 학교에 다니고 있었고 둘은 한 반 친구가 되었다.

기샤르 부인에게는 남편이 남겨준 약간의 증권이 있었는데 가격이 올랐다가 지금은 떨어지고 있었다. 그녀는 재산이 거덜 나는 것을 모면하기 위해 뭔가 해보기로 결심하고 작은 사업을 시작했다. 개선문 근처에 있는 레비츠카야라는 아담한 양장점을 사들인 것이다. 상호와 단골손님들을 그대로 이어받고 여자 재단사들과 수습생들을 떠맡는다는 조건이었다.

기샤르 부인이 그 일에 뛰어들게 된 것은 죽은 남편의 친구이자 변호사인 코마로프스키(빅토르 이폴리토비치 코마로프스키, 이하 코마로프스키로 칭함)의 조언에 의해서였다. 그는 러시아의 사업 전반을 손바닥에 훤히 꿰고 있는 냉혹한 변호사로서 부인은 러시아 이주 문제에 대해서도 그와 서신으로 협의했다. 코마로프스키는 역에서 그들 가족을 맞아주었고 미리 빌려두었던, 모스크바 시가지 반대쪽에 있는 여관의 가구 딸린 방으로 가족을 데려다 주었다. 그는 기샤르 부인을 설득해 로쟈를 군사 학교에 보내게 했고 라라를 자신이 고른 학교에 넣게 했다. 그는 소년과 스스럼없이 농담을 했으며 소녀의 얼굴을 하도 빤히 쳐다보는 바람에 그녀의 얼굴이 새빨개졌다.

2

그들 가족은 한 달 정도 체르노고리야의 몬테네그로 호텔에서 지내다가 가게 근처의 방이 세 개 딸린 작은 아파트로 이사했다. 그곳은 모스크바에서 가장 평판이 좋지 않은 곳이었다. 거친 마부들이 드나드는 싸구려 술집들이 있으며 마약과 매춘이 성행하고 있는 빈민굴이었다.

아이들은 빈대가 들끓는 더러운 방과 초라한 가구들을 보고도 별로 놀라지 않았다. 아버지가 죽은 뒤로 어머니는 노상 궁핍에 대한 두려움 속에서 지내고 있었고 로쟈와 라라는 자기 집안이 파멸의 구렁텅이에 빠졌다는 소리를 귀에 못이 박히도록 들었다. 아이들 마음속에는 부자에 대한 두려움이 깊이 자리 잡고 있었다.

기샤르 부인은 서른다섯 살 된 통통한 몸매의 금발 여성이었다. 그녀는 심장 발작을 자주 일으켰으며 겁쟁이였고 남자들을 무척이나 두려워했다. 바로 그런 두려움 때문에 그녀는 계속 이 남자, 저 남자 품으로 옮겨 다녔다. 그들 가족이 아직 여관에 머물고 있을 때 코마로프스키가 그곳을 자주 찾아왔다. 그 여관에서 그들의 방은 23호실이었다. 24호실에는 첼리스트인 티슈케비치가 살고 있었다. 그는 극장 일이나 음악원 일 때문에 며칠씩 집을 비우곤 했다. 서로 이웃으로 지내다 보니 부인의 가족과 티슈케비치는 마치 친척처럼 친해졌다.

더없이 마음씨 고운 티슈케비치는 아이들이 있을 때 코마로 프스키가 오면 기샤르 부인이 난처해한다는 것을 알고, 아이들이 자신의 방에 가 있을 수 있도록 자기 방 열쇠를 그녀에게 내주었다. 이제 그는 거의 기샤르 부인의 보호자처럼 되어, 부인은 가끔 그를 찾아가서 어려운 일을 눈물로 호소까지 하는 사이가 되었다.

가게는 트베르스카야 거리 모퉁이 가까운 곳에 있는 단층집이었다. 브레스트역에서도 가까운 곳이었다. 수습생인 올랴는 역 근처에 살면서 가게까지 걸어 다녔다. 그 애는 영리했고 일을 잘했으며 라라를 좋아했다.

가게에 들어서면 재봉틀이 피곤에 찌든 재봉사의 재빠른 손길 아래서 정신없이 돌아갔다. 재봉틀 소음과 새장 속에서 쉴새 없이 지저귀는 카나리아 울음소리에 묻히지 않으려면 한껏 목청을 높여 말을 주고받아야만 했다. 응접실에는 패션 잡지가 쌓여 있는 탁자가 놓여 있었고 그림처럼 아름다운 숙녀들이 잡지를 들춰 보며 잡담을 나누었다. 그 옆에 탁자가 하나 더 있었고 재단사인 페티소바가 그 앞에 앉아 있었다. 뺨이 홀쭉하게 들어가 있었고, 얼굴 여기저기 사마귀가 나 있는 몸집이 앙상한 여자였다. 그녀는 단골손님들의 치수와 주소, 요구 사항들을 수첩에 적고 있었다.

기샤르 부인은 가게 같은 것을 운영해본 경험이 없었고 자신이 주인이라는 느낌도 별로 들지 않았다. 그래도 직원들은 정직했고 페티소바는 믿을 만했다. 하지만 불안정한 시절이었기에 그녀는 미래에 대한 생각만 하면 두려움이 앞섰다.

코마로프스키가 자주 가게에 찾아왔다. 그는 여자 손님들 곁을 지나면서 노골적인 농담을 던졌고 여자들은 웃으며 장난스럽게 받아넘겼다. 하지만 재봉사들은 뒤에서 "흥, 주인이 납셨군" "늙은 염소" "난봉꾼"이라고 쑥덕거렸다.

하지만 사람들이 제일 미워한 것은 그가 늘 데리고 다니는 불도그 재크였다. 놈은 얼마나 혈기가 왕성한지 코마로프스키가 팔을 허우적거리면서 휘청휘청 따라가야만 했다.

어느 봄날 그놈이 라라에게 달려들어 스타킹을 찢어 놓았다.

"저 악마 같은 놈을 죽여줄 거야." 올랴가 라라의 귀에 대고 속삭였다.

"정말 미워죽겠어. 하지만 네가 어떻게 저 개를 죽여?"

"쉿! 목소리 죽여. 내가 알려줄게. 부활절 때 쓰는 돌로 만든 달걀 있지? 너희 엄마 찬장 위에……."

"그래, 있어. 유리하고 대리석으로 만든 거."

"바로 그거야. 자, 귀를 가까이 대봐. 그걸 가져와서 돼지기름을 바르는 거야. 그러면 저놈이 꿀떡 삼킬 거 아냐. 그러면 숨이 막혀서 꼴깍하는 거야. 그걸로 끝이지."

라라는 웃었다. 하지만 한편으로는 올랴가 부러웠다. 올랴는 가난해서 일을 해야만 한다. 그런 애들은 대개 조숙한 법이다. 그런데 올랴는 그 얼마나 때 묻지 않고 순진한가! 세상에 부활절 달걀과 재크라니! 어디서 그런 생각이 난 걸까?

"왜 나는 이렇게 태어난 걸까?"라고 라라는 생각했다. "내게는 왜 보는 것마다 슬퍼 보이는 걸까?"

3

"엄마는 그 사람의……, 뭐라고 해야 하지? 그러니까 그 사람은 엄마의……, 그건 나쁜 말이야. 그런 말은 하고 싶지 않아. 그런데 왜 그 사람은 그런 눈으로 나를 보는 거지? 나는 엄마의 딸이잖아."

라라는 겨우 열여섯 살이었다. 하지만 몸은 완전히 성숙해 있어서 사람들은 열여덟 살 이상으로 보았다. 머리도 좋았고 사람들과도 잘 어울렸다. 게다가 무척 아름다웠다.

라라와 로쟈는 그들의 앞날이 험난하리라는 것을 알고 있었다. 남매는 자신들이 한가롭게 호기심에 몸을 맡기거나 아직 실제로 경험하지 못한 것들을 미리 이리저리 따져볼 여유가 없다는 것을 알고 있었다. 로쟈도 그랬지만 특히 라라는 쓸모없는 것은 모두 내던졌다. 그녀는 세상에서 가장 순수한 존재였다.

라라는 공부를 잘했다. 지식을 향한 추상적 욕구가 강해서가 아니었다. 성적이 좋아야 장학금을 받을 수 있기 때문이었다. 그녀는 집에서는 설거지를 했고 가게 일을 도왔으며 어머니 심부름도 했다. 그녀는 기꺼이 모든 일을 해냈으며 그녀의 목소리, 생김새, 몸짓과 행동, 잿빛 눈동자와 금발이 혼연일체를 이루고 있었다.

7월 중순 어느 일요일이었다. 휴일 아침이면 침대에서 좀 더 누워 있을 수 있었다. 라라는 머리 밑에 두 손을 깍지 끼고 누워 있었다. 가게는 조용했다. 거리 쪽으로 나 있는 창문은 열려 있었다. 멀리서 들리는 마차 소리를 들으며 라라는 '좀 더 자야지'라고 생각했다. 도시의 소음이 마치 자장가처럼 들려왔다.

라라는 지금 그녀 몸의 두 지점, 즉 그녀의 왼쪽 어깻죽지와 오른발 엄지발가락을 통해 자신의 키와 자세를 느끼고 있었다.

'좀 더 자야 해.' 그녀는 거듭 생각했다. 그러나 바로 이 시각에 해를 받아 반짝이고 있는 마차 가게가 떠올랐다. 이어서 그곳에 진열되어 있는 으리으리한 마차들, 화려한 마차 장식들, 그 부유한 삶들⋯⋯, 그리고 거리를 좀 더 내려가면⋯⋯, 병영 훈련장, 병사들의 승마 훈련을 지켜보고 있는 구경꾼들⋯⋯, 그리고 더 내려가면 페트로브카 거리⋯⋯.

코마로프스키의 친구 딸의 명명일 기념 파티가 있었다. 어른들은 춤과 샴페인으로 즐겼다. 코마로프스키는 라라의 어머니를 초대했다. 하지만 그녀는 몸이 아팠기에 갈 수 없었다. 그녀가 말했다.

"라라를 데리고 가세요. 라라를 잘 돌보라고 늘 말씀하셨지요? 이제 당신이 그 애를 돌봐주셔야 해요."

그렇다, 그는 그녀를 말 그대로 잘 돌봐주었다!

모든 것이 왈츠로부터 시작되었다. 오, 그 열광적인 춤! 아무 생각도 없이 그저 빙글빙글 돌아가고 또 돌아간다. 음악이 연주되는 동안 마치 소설 속의 삶처럼 영원이 흘러간다. 하지만 음악이 멈추는 순간 마치 찬물이라도 뒤집어 쓴 듯, 혹은 남에게 알몸이라도 들킨 듯 갑자기 깜짝 놀란다.

그녀는 자신이 그토록 춤을 잘 출 줄은 전혀 생각하지도 못했었다. 그가 얼마나 능숙하게, 그리고 자신만만하게 허리를 껴안던지! 하지만 다시는 그 누구에게든 그런 식의 키스를 허락하지 않으리라! 그녀는 남의 입술이 자신의 입술에 그렇게 오랫동안 포개져 있는 것이 그토록 뻔뻔스럽게 여겨지리라고는 미처 꿈조차 꾸지 않았다.

'이런 말도 안 되는 짓은 다시는 하지 말아야지. 눈을 내리깔고 부끄러운 척도 하지 말고 아양도 떨지 말아야지. 만일 그러면 정말 끔찍한 일이 벌어질 거야. 무서운 경계선이 바로 그 곁에 있는 거야. 한 발자국만 잘못 내디뎌도 나락으로 떨어져 버릴 거야. 춤에 대해서는 더 이상 생각하지 말아야 해. 모든 악의 뿌리야. 과감하게 거절해야 해. 춤을 출 줄 모른다거나 다리를 다쳤다고 핑계를 대야 해.'

4

가을에 모스크바 관구 철도 노동자들 사이에 소요가 일었고 모스크바와 카잔을 잇는 라인이 파업에 돌입했으며 모스크바와 브레스트를 잇는 라인도 파업에 동참하기로 결정되었다.

10월 초, 구름이 잔뜩 낀 추운 날이었다. 이미 겨울이 시작되고 있었다. 땅거미가 질 무렵 들판에 두 그림자가 나타나더니 빠르게 걸음을 재촉했다. 역 주변 구역의 철도 보수 담당자인 파벨 베라폰토비치 안티포프(이후 안티포프라 칭함)와 역시 철도 노동자인 쿠프리얀 사벨리예비치 티베르진(이하 티베르진이라 칭함)이었다. 그들은 지하에서 비밀 회합을 하고 나온 참이었다.

"좀 더 빨리 가세." 티베르진이 말했다. "오늘 급료가 나온다더군. 사무실로 가봐야겠어. 만일 오늘 급료가 안 나온다면 난 자네들처럼 질질 끌면서 위원회니 뭐니 회의만 하는 자들에게 침을 뱉을 거야. 내 힘으로 이 모든 걸 끝내겠어. 단 1분도 기다릴 수 없어."

"어떤 식으로 끝내겠다는 건지 말해줄 수 있나?"

"간단해. 보일러실로 들어가서 경적을 울리는 거로 다 끝나는 거야."

"나는 마누라가 장티푸스에 걸려 병원에 데려가야 해. 지금은 아무 생각도 할 수 없어." 안티포프가 말했다.

둘은 작별 인사를 하고 각자 제 갈 길을 갔다. 티베르진은 시내를 향해 방향을 잡았다. 급료를 받고 사무실에서 나오는 사람들과 마주칠 수 있었다. 그 수가 많은 것을 보고 티베르진은 역에서 일하는 사람 대부분이 봉급을 받았으리라고 판단했다.

점점 어두워져 가고 있었고 사무실에는 불이 켜져 있었다. 사무실 밖 광장에 일을 마친 노동자들이 모여 있었다. 차도에는 철도 기사이자 감독관인 푸플리긴의 승용 마차가 서 있었고 그의 아내가 꼼짝하지도 않은 채 그 안에 앉아 있었다. 그녀는 남편이 급료를 받아 나오기를 기다리고 있었다.

갑자기 진눈깨비가 내리기 시작했다. 마부가 마차에서 내려 가죽 포장을 쳤다. 푸플리긴의 아내는 아랑곳하지 않고 사무실 불빛을 받아 유리구슬처럼 반짝이는 은빛 결정을 감탄한 듯 바라보았다. 이어서 그녀의 눈길은 노동자들 너머 한 지점에 고정되었다. 마치 필요할 경우에는 그 시선으로 진눈깨비나 안개비를 꿰뚫듯 그들을 관통할 수 있을 것 같은 시선이었다.

그녀의 표정이 티베르진의 눈에 들어왔다. 그는 질겁했다. 그는 그녀에게 인사도 하지 않고 지나치면서 임금은 나중에 와서 받아야겠다고 생각했다. 사무실에서 그녀의 남편과 마주치기 싫어서였다. 그는 광장 어두운 곳을 가로질러 기차 수리 공장 쪽으로 방향을 잡았다.

"어이, 티베르진!" 어둠 속에서 그를 부르는 목소리들이 들렸다. 수리 공장 앞에 사람들이 모여 있었다. 공장 안에서는 고함

소리가 들렸고 한 소년이 울고 있었다.

"티베르진, 제발 아이를 좀 구해주세요." 군중들 중 한 여자가 소리쳤다.

늙은 십장(什長)인 후돌레예프가 그의 어린 견습공인 유수프카(오시프 기마제트지노비치 갈리울린, 이하 유수프카 혹은 갈리울린으로 칭함)를 때리고 있었다. 후돌레예프가 애당초 주정뱅이 싸움꾼이었던 것은 아니었다. 옛날 씩씩한 젊은이였을 때는 모스크바 외곽 지역의 상인과 노동자들의 딸들이 그에게 홀딱 반하기도 했다. 그 무렵 그는 신학교 졸업반이었던 마르파에게 청혼했으나 거절당했다. 마르파는 후돌레예프의 동료 정비사였던 사벨리와 결혼했다. 사벨리와 마르파는 바로 티베르진의 부모이다. 사벨리가 죽은 지(그는 1888년 열차 충돌 사고로 목숨을 잃었다) 6년째 되던 해에 후돌레예프는 다시 마르파에게 청혼했으나 이번에도 거절당했다. 그는 그때부터 술을 마시기 시작했고 세상을 탓하며 툭하면 주먹을 휘둘렀다.

지금 그에게 매질을 당하고 있는 견습공 유수프카는 티베르진이 살고 있는 건물 수위의 아들이었다. 티베르진이 늘 그 아이의 보호자 역할을 하고 있었기에 그렇지 않아도 티베르진을 곱지 않은 눈길로 보던 후돌레예프는 더더욱 티베르진을 못마

땅해했다.

"야, 이 아시아 놈아! 누가 줄을 그따위로 쥐라고 했냐?" 후돌레예프는 소년의 머리채를 움켜쥐고 질질 끌면서 목덜미를 후려쳤다. "그런 식으로 어떻게 주물을 깎겠다는 거냐! 너, 내일을 망치려는 거지!"

"아야, 안 그럴게요! 다신 안 그럴 테니 용서해주세요."

"요 쥐새끼 같은 놈! 그러다가 굴대라도 부러뜨리겠다는 거지!"

후돌레예프는 소년의 변명은 아랑곳하지 않고 계속 매질을 했다.

마침내 티베르진이 사람들을 헤치고 앞으로 나섰다.

"아니, 왜 그렇게 아이를 못살게 구는 겁니까?"

"남의 일에 끼어들지 마!" 후돌레예프가 맞받아쳤다. "이놈이 굴대를 부러뜨릴 뻔했어. 무사히 살아남은 것만으로도 고마워해야지. 귀를 비틀고 머리통을 쥐어박았을 뿐이야."

"아니, 그깟 일로 머리라도 베어버리겠다는 겁니까? 나이 드신 십장이라면 부끄러운 줄 아셔야지요. 머리가 허옇게 세도록 그렇게 분별력이 없단 말입니까?"

"이 개자식아, 얼른 꺼지지 못해! 뼈도 못 추리기 전에! 어디서 훈계를 하려 들고 있어! 이 해파리 같은 놈아! 넌 철로 위에서 만들어진 놈이야! 내가 네놈 어미를 잘 알고 있어! 걸레 같은 년, 도둑고양이, 구겨진 치마를 입고 있는 년!"

눈 깜짝할 사이에 다음 일이 벌어졌다. 두 사람은 무거운 공구가 놓여 있는 선반 위에서 손에 집히는 대로 아무것이나 집어 들었다. 모두 달려들어 두 사람을 떼어놓지 않았다면 분명 살인이 벌어졌을 것이다. 후돌레예프와 티베르진은 핏발 선 눈으로 서로를 노려보고 있었다. 둘 다 너무 흥분해서 말조차 나오지 않았다.

순간 티베르진이 초인적 괴력을 발휘해 그를 붙잡고 있는 사람들을 뿌리쳤다. 하지만 그는 후돌레예프에게 달려든 것이 아니라 문 쪽으로 걸어갔다. 놀란 사람들이 다시 그를 붙잡으려다가 그의 표정이 차분해진 것을 보고 그대로 내버려두었다. 그는 문을 쾅 닫고 밖으로 나가더니 뒤도 돌아보지 않고 가버렸다. 가을밤의 축축한 공기가 그를 에워쌌다.

"저들을 도우려고 애쓰는데 저들은 칼을 들고 맞서는군." 그는 자신이 지금 어디로 가고 있는지도 모르는 채 중얼거렸다.

더럽고 거짓뿐인 이 세상! 살이 뒤룩뒤룩한 여편네가 마차에 앉아 노동자들을 깔보는 눈으로 내려다보는 세상! 이런 개판 같은 질서의 희생자들인 노동자들이 동료들을 괴롭히는 데서 만족을 구하는 세상! 그는 이런 세상이 그 어느 때보다도 혐오스러웠다. 그는 빠른 걸음으로 걸어갔다. 마치 그래야만 세상만사가 지금 그가 간절히 원하고 있는 보다 합리적이고 조화롭게 될 시간이 앞당겨질 수 있다는 듯. 그는 지난 며칠간의 투쟁, 철도 노선에서의 분쟁과 소요, 집회에서의 연설들, 파업 결정—아직 실행되지는 않았지만 결코 취소되지는 않을 것이다—등이 그들 앞에 놓인 위대하고 머나먼 길의 서막임을 알고 있었다.

하지만 그 순간 그는 너무 흥분해 있어서 그 먼 길을 단숨에 달려가고 싶었다. 그는 자신이 어디를 향해 이렇게 성큼성큼 걸어가고 있는지 의식하지 못하고 있었지만 그의 다리는 그를 어디로 데려가야 할지 잘 알고 있었다.

얼마 지나지 않아 마치 티베르진의 마음 깊은 곳에서 울리듯 기관차 수리 공장에서 경적 소리가 울렸다. 처음에는 목이 쉰 듯한 소리였지만 점차 맑아졌다. 이윽고 사람들이 화물 창고와 하적장으로부터 움직이기 시작했으며 티베르진이 울린 경적 소리에 일감을 손에서 놓은 보일러실 사람들이 합류했다.

티베르진은 그날 밤 작업과 열차 운행을 멈추게 한 것은 오로지 자기 혼자였다고 그 뒤 수년간 생각했다. 하지만 법정에서 자신에게 파업 공모 혐의만 가해졌고 선동교사 혐의는 덧씌워지지 않은 것을 보고 자신이 착각했음을 깨달았다.

달려 나온 사람들이 물었다.

"다들 어디로 가는 거지? 무슨 신호야?"

"귀머거리야? 불이 난 거야."

"어디서 불이 난 건데?"

"몰라! 불이 났으니까 저렇게 화재 경보가 울리잖아."

문들이 쾅 소리와 함께 열리더니 더 많은 사람들이 쏟아져 나왔다. 다른 목소리가 외쳤다.

"불이 났다고? 이런 무식한 것들! 파업이야, 파업! 알겠어? 이런 더러운 일은 이제 때려치우는 거야! 자, 다들 가자고!"

사람들의 수가 점점 더 불어났다. 철도 노동자 파업이 시작되었다.

5

티베르진은 이틀 후 집으로 돌아왔다. 한숨도 자지 못한 모습에 수염은 자랄 대로 자라 있었으며 몸은 꽁꽁 얼어 있었다. 10월인데도 불구하고 엄청난 추위가 닥쳤지만 티베르진은 제대로 겨울옷을 입고 있지 않았다. 현관에서 수위 기마제트진이 그를 맞이했다.

"고맙습니다, 티베르진 나리." 수위가 서툰 러시아어로 말했다. "나리 덕분에 유수프카가 화를 면했어요. 평생 하느님께 기도하겠습니다."

"아니, 기마제트진, 당신 미쳤소? 나리라니? 그따위 소리 집어치우고 할 말 있으면 빨리 해요. 추워 죽겠으니."

"들어가시면 따뜻할 겁니다. 어제 저와 당신 어머니가 모스크바 화물역에서 장작을 잔뜩 싣고 왔어요. 모두 자작나무예요. 아주 잘 마른 좋은 장작입니다."

"고마워요, 기마제트진. 암튼 내게 무슨 할 이야기가 있는 모양인데 제발 빨리 말해요. 정말 꽁꽁 얼어붙었으니까."

"밤에 집에 계시지 말라 이겁니다. 숨으셔야 해요. 경찰이 찾아와서 나리 댁에 누가 찾아왔었는지 물었습니다. 저는 아무도 오지 않았다, 철도 회사 사람들 외에 수상한 사람은 절대로 오지 않았다고 대답했지요."

티베르진은 미혼이었고 어머니 및 결혼한 남동생과 함께 살고 있었다. 그가 살고 있는 석조 건물은 옆에 있는 성 삼위일체 성당 소속이었다. 이 건물에는 성직자 몇 명과 길거리에서 청과물을 파는 사람, 정육점을 운영하고 있는 사람이 살고 있었으며 나머지는 모스크바-브레스트 라인의 철도 노동자들이었다.

티베르진의 동생은 병사로 징집되어 바팡고 전투에서 부상을 당했다. 그는 지금 시베리아의 한 병원에서 치료를 받고 있으며 아내는 그를 데려오기 위해 두 딸과 함께 그곳으로 떠났다. ―티베르진 집안은 대대로 철도 노동자였고 덕분에 무료로 러시아 전역의 기차를 이용할 수 있었다.― 따라서 지금 집에는 티베르진과 어머니만 살고 있어서 한적했다.

그가 3층, 자신의 집으로 들어가자 어머니가 그의 목을 끌어안고 반겼다.

"어머니, 장작을 많이 땠군요. 따뜻해서 좋아요."

그는 어머니의 머리를 어루만지며 잠시 기다렸다가 어머니를 가만히 떼어내며 조용히 말했다.

"모험하지 않으면 아무것도 얻어낼 수 없어요, 어머니. 모스크바와 바르샤바를 잇는 철도가 정지되었어요."

"알고 있어. 프로프가 와서 말해줬단다."

프로프는 마르파의 먼 친척으로서 젊은 성가 대원이었다. 장작을 얻으러 왔던 모양이었다. 어머니가 걱정스러운 표정으로 말했다.

"그 소리를 듣고 불안해서 울고 있었단다. 그들이 너를 쫓을 거야. 어디 멀리 도망가는 게 좋겠다."

"어머니, 어머니의 다정한 친구 후돌레예프가 제 머리를 날려버릴 뻔했어요."

어머니를 웃기려고 한 말이었지만 어머니는 정색을 하고 말했다.

"애야, 그 사람을 그렇게 비웃는 건 죄악이란다. 불쌍하게 여겨야 해. 술주정꾼에 비참한 사람이니까."

"어머니, 안티포프가 체포되었어요. 그들이 밤에 와서 온 집안을 뒤집어 놓더니 아침에 끌고 갔어요. 그 친구 마누라 다리야는 장티푸스에 걸려 입원해 있어요. 실업 중학교에 다니는 아들 파블리시카(파벨 파블로비치 안티포프, 이하 파샤, 혹은 파벨로 칭함)가 귀머거리 숙모와 단둘이 집에 있어요. 곧 아파트에서 쫓겨날 형편이에요. 그 애를 우리 집에서 데리고 있으면 어떨까 하는데요."

"그래, 그렇게 하자꾸나. 참, 내 정신 좀 봐. 프로프가 전해준 소식이 또 있는데. 애야, 폐하께서 선언서에 서명을 하셨다는구나. 모든 사람의 권익을 보호하겠다, 농민에게 땅을 주겠다, 모든 사람을 귀족처럼 평능하게 대하겠다는구나. 흥, 하시만 어디 그대로 될 수 있을까?"

6

파벨이 티베르진의 집으로 옮겨 와서 살게 되었다. 그는 번듯한 용모에 머리 한가운데 가르마를 탄 말쑥하고 깔끔한 소년이었다. 그는 끊임없이 빗으로 머리를 빗고 허리띠를 반듯하게 고쳐 매곤 했다. 그는 유머 감각이 아주 뛰어났으며 관찰력도 대단했다. 그는 보고 들은 것을 그대로 흉내를 잘 내서 사람들을 즐겁게 할 줄 알았다.

10월 17일 황제의 선언이 나온 지 얼마 되지 않아 여러 혁명 조직의 대규모 시위가 예고되었다. 트베르스카야 관문으로부터 칼루가 거리까지 도시 전역을 장악하는 대규모 시위 계획이었다. 그런데 흔히 말하듯 사공이 많으면 배가 산으로 가는 꼴이 되고 말았다. 기획자들이 서로 다툼을 벌였고 하나둘씩 시위 참가를 철회했다. 하지만 계획 당일 아침 군중들이 모였다는 소식을 듣고는 그들도 부랴부랴 시위대를 지휘할 대표들을 파견했다. 티베르진의 만류에도 불구하고 그의 어머니도 시위에 참가했으며 쾌활하고 사교적인 파벨도 그녀와 함께 거리로 나섰다.

11월 초순, 매우 건조하고 추운 날씨였고 눈발이 흩날리고 있었다. 군중은 거리 아래쪽으로 몰려갔다. 온갖 종류의 얼굴,

또 얼굴들! 두툼한 코트를 걸치고 양털 모자를 쓴 남녀 학생들, 노인들, 아이들, 제복을 입은 철도 종사자들, 전차 정류장의 노동자들, 무릎 위까지 오는 장화에 가죽점퍼를 입은 전화 교환원들, 소녀들과 학생 등등, 온갖 사람들이 뒤섞여 있었다.

한동안 「라 마르세예즈」(프랑스 국가)와 「바르샤바 노동가」, 「너희들은 희생자」 등의 노래가 울려 퍼졌다. 행진을 하던 시위대는 어느 공공 기관 건물 앞에서 멈추었다. 지도자들이 건물 현관의 반원형 계단으로 올라가 시위대를 멈춰 세운 것이었다. 시위대는 건물의 양쪽 문을 열고 안으로, 안으로 몰려 들어가 정면 계단을 오르기 시작했다.

"강당으로! 강당으로!"

모두들 강당으로 모였고 곧이어 일종의 집회가 시작되었다. 안으로 들어온 사람보다 들어오지 못한 사람이 더 많았다. 목소리 큰 사람들이 연단에 올라가 차례차례 열변을 토했고 군중은 점차 달아올랐다. 그들이 집회를 여는 동안 밖에서는 눈이 내리기 시작했으며 점점 더 눈발이 거세어졌다.

집회는 오래가지 못했다. 갑자기 용기병들이 들이닥친 것이다. 하지만 그들이 처음 들이닥쳤을 때 대열 맨 뒤에서조차 무슨 일이 벌어졌는지는 정확히 알 수 없었다. 하지만 곧이어 "사람 살려!" "이 살인자들아!" 하는 외침과 무슨 소리인지 알아들을 수 없는 외침이 섞여 들려왔다. 그리고 사람들이 비켜나면서 생긴 좁은 통로로 말 위에 올라탄 기병들이 군도를 휘두르며 진격해왔다. 그리고 부대의 반은 방향을 틀어 다시 대열을 정비하더니 이번에는 행렬의 후미를 향해 질주했다. 이어서 무차별 살육이 시작되었다.

몇 분 후 거리는 거의 텅 비고 말았다. 사람들은 인도 쪽으로 흩어졌다. 눈발이 약해졌다. 저녁 풍경은 마치 목탄화처럼 무미건조했다. 그런데 갑자기 집들 뒤로 사라져가던 해가 마치 손가락으로 가리키듯 거리의 온갖 붉은 것들을 비추기 시작했다. 용기병들의 붉은 모자, 바닥을 뒹굴고 있는 붉은 깃발, 붉은 선과 점 모양으로 눈 위에 흩뿌려진 핏방울들……

머리가 깨진 한 사내가 신음하며 길 가장자리를 향해 기어가고 있었다. 멀리 길 끝 쪽에서 용기병들이 보조를 맞추어 돌아오고 있었다. 군중들을 쫓아낸 뒤 돌아오는 길이었다. 기마병들의 말발굽과 지척 거리에서 숄을 등 뒤로 늘어뜨린 마르파가 갈팡질팡하면서 큰 소리로 "파샤! 파샤!"라고 고함을 지르고 있었다.

파벨(파샤)은 줄곧 그녀와 함께 걸으면서 조금 전에 열변을 토했던 연사를 흉내 내며 마르파를 즐겁게 해주고 있었다. 그런데 용기병들이 들이닥쳤을 때 혼란 속에 갑자기 그가 사라져 버린 것이다.

우물쭈물하고 있던 그녀의 등 뒤로 용기병의 채찍질이 가해졌다. 다행히 두터운 솜옷을 입고 있어서 별로 아프지는 않았다. 그녀는 멀어져 가는 용기병을 향해 욕설을 퍼부었다. 자기 같은 노파에게 군중들이 보는 앞에서 채찍질을 해댄 것에 대해 분노가 치민 것이다. 다행히 걱정스럽게 이곳저곳을 살피던 그녀의 눈길에 길 건너편에 서 있는 한 소년의 모습이 들어왔다. 곧이어 숨죽이며 골목에 숨어 있던 군중들이 모두 흩어지고 겁에 질려 있던 파벨이 그녀를 향해 달려왔다.

집으로 돌아오는 내내 마르파는 투덜거렸다.

"저주받을 살인자들! 천벌 받을 놈들! 황제 폐하가 자유를 주어서 사람들이 기뻐하는 걸 참을 수 없어서 저러는 거야. 저 놈들이 모든 걸 뒤죽박죽으로 만들고 약속을 뒤엎으려 하고 있는 거야."

그녀는 순간 세상 모든 것들에 대해 분노를 느꼈다. 용기병들은 물론이고 심지어 자기 아들에 대해서도 화가 났다. 그렇게 화가 나 있는 순간 그녀에게는 지금 일어나고 있는 모든 소동이 아들 티베르진과 그 애송이들의 잘못 때문에 벌어진 것으로 여겨졌다.

"그 덜떨어진 놈들이 원하는 게 도대체 뭐야? 지들도 모르고 있잖아. 그러니 독사처럼 서로 싸우면서 입만 나부랑거리고 있지"라고 그녀는 중얼거렸다. 집으로 돌아와서도 그녀는 아들에게 앵앵거렸다.

"아니, 내가 곱슬머리 애송이에게 채찍질을 당할 나이란 말이냐?"

"어머니도 참! 뭐, 제가 카자크 헌병대 중위라도 되는 것처럼 말씀하시네요."

7

시위 군중들이 뿔뿔이 흩어져 달아나고 있을 때 유리 지바고의 외삼촌 니콜라이는 창가에 서 있었다. 군중들 속에서 니카 두도로프의 모습이 잠깐 보인 것 같았지만 확실하지 않았다.

니콜라이는 금년 가을 페테르부르크로부터 이곳으로 옮겨왔다. 그는 모스크바에 집이 없었으며 호텔에 있기도 싫어서 그의 먼 친척뻘인 스벤티스키의 저택에 머물고 있었다. 스벤티스키는 3층 구석에 있는 서재를 그에게 내주었다. 스벤티스키 부부에게는 아이가 없었기에 부모가 물려준 3층짜리 집은 그들 부부에게 너무 넓어 보였다. 세 개의 안마당과 정원이 딸린 이 집은 원래 돌고루키 공작 소유였지만 스벤티스키의 부친이 공작으로부터 영구적으로 빌린 집이었다. 이 집에서는 골목 세 개를 내려다볼 수 있었으며 집의 이름은 옛날 그대로 '방앗간 동네'라고 불리고 있었다.

창문이 네 개 있었음에도 불구하고 서재는 어두컴컴했다. 책과 서류, 벽걸이 양탄자, 판화들이 벽을 채우고 있기 때문이었다. 발코니가 있었지만 겨울바람이 들어오는 것을 막기 위해 발코니로 향하는 문은 밀폐되어 있었다.

니콜라이는 창문을 통해 골목을 바라보며 지난해 겨울 페테르부르크에서 가폰 사제(1905년 1월 9일 피의 일요일 사건을 주도한 사제)와 고리키를 만난 일, 당대의 유명 작가들과 함께 비테 수상을 만났던 일을 떠올리고 있었다. 그는 그곳에서의 요란한 삶을 피해 평온한 가운데 책을 쓰기 위해 이곳 옛 수도로 온 것이었다. 하지만 뜨거운 프라이팬을 피하려다 아예 불길로 뛰어든 셈이었다. 매일 대학과 종교철학회로, 적십자사로, 파업기금협회로 불려 나니며 상연을 해야만 했다. 가능하다면 스위스 같은 곳으로 피신해서 맑고 깨끗한 호수, 푸르른 하늘과 산들, 메아리가 들려오는 맑은 공기 속에서 지내고 싶었다.

니콜라이는 창문으로부터 물러났다. 외출해서 누군가를 방문하거나 거리를 걷고 싶었다. 하지만 톨스토이주의자인 비볼로치노프가 찾아오기로 되어 있다는 사실이 생각났다. 그는 방 안을 서성였다. 그러자 조카 유리 지바고에 대한 생각이 떠올랐다.

니콜라이는 볼가강 지역으로부터 페테르부르크로 옮기면서 유리를 모스크바에 남겨 놓았다. 모스크바에 여러 친척들이 살고 있었던 것이다. 여러 군데를 전전하다가 결국 유리는 대학교수인 그로메코 씨(알렉산드르 알렉산드로비치 그로메코, 이하 그로메코라 칭함)의 집에서 지내게 되었다.

'그 아이가 지내기 아주 좋은 곳이야'라고 니콜라이는 생각했다. 유리는 그 집에서 자기와 동갑인 그로메코의 딸 토냐(안토니나 알렉산드로브나 그로메코, 이하 토냐로 칭함), 유리의 학교 친구인 미샤 고르돈과 함께 지내고 있었다. 미샤는 우리가 어떤 남자가 자살한 열차 안에서 이미 만난 바 있는 소년이다.

'셋이 정말 우스울 정도로 잘 어울리고 있어.' 니콜라이는 생각했다. '셋 다' 사랑의 의미에 심취해 있고 순결을 역설하느라 정신이 없어. 청소년기에 순수함에 대해 열광하는 것은 당연하지. 하지만 셋 다 도가 지나쳐서 자제력을 잃고 있어. 내가 모스크바에 있었다면 이렇게 열광적으로 되는 것을 막을 수 있었을 텐데. 정숙이라는 것이 필요하긴 하지만 정도 문제지.'

그가 그런 생각에 잠겨 있는 순간 약속했던 손님이 들어섰다. '보나마나 강연 부탁이겠지'라고 그는 생각했다.

8

페트로브스키 거리는 페테르부르크의 한 부분을 모스크바로 옮겨놓은 것 같은 느낌을 준다. 거리 양쪽에 건물들이 마주보고 서 있고 책방, 독서실, 제도실, 아담한 담배 가게, 멋진 레스토랑들이 들어서 있으며 레스토랑 앞에는 가스등이 줄지어 서 있다.

겨울이면 이 거리는 침울하고 험상궂은 모습으로 변한다. 이곳 주민들은 대개 수입이 좋은 자영업자들이었으며 자존심이 강했다. 코마로프스키는 바로 이 거리에 있는 웅장한 4층 저택에 세 들어 살고 있었으며 가정부 엠마가 그를 충실하게 돌보고 있었다. 그는 일요일이면 저녁 식사 전에 불도그를 데리고 거리를 산책하는 버릇이 있었다. 그리고 길에서 마음에 드는 친구를 만나 유쾌한 이야기를 나누며 쿠즈네츠키 거리를 휘젓고 다녔다.

하지만 그날 저녁의 산책은 썩 성공적이지 못했다. 거리를 걸어가도 즐겁지 않았고 모든 것이 지겹기만 했다. 그는 산책을 때려치우고 다시 집 쪽으로 발걸음을 돌렸다. 그런 그의 모습에 개도 놀란 듯 불만스럽게 주인의 얼굴을 살펴보다가 마지못해 뒤를 따랐다. 코마로프스키가 그날 산책을 하면서 왜 그렇게 안절부절못했는지 알아보려면 며칠 전의 라라의 모습으로 잠시 눈길을 돌려야한다.

날씨는 차츰 좋아지고 있었다. 눈 녹은 물이 처마에 달린 양철 홈통을 타고 똑, 똑 소리를 내며 흘러내리고 있었으며 지붕에서는 마치 봄이 왔다는 것을 알리듯 물방울 떨어지는 소리가 앞다투어 들리고 있었다.

라라는 멍한 상태에서 길을 걷고 있었다. 그녀는 집에 이르러서야 겨우 자신에게 무슨 일이 일어났는지 깨달을 수 있었다.

가족은 잠들어 있었다. 그녀는 다시 멍한 상태가 되어 어머니의 화장대 앞에 앉았다. 레이스 장식과 긴 베일이 달린 연보랏빛 야회복 드레스 차림이었다. 의상실에서 빌린 옷이었다. 라라는 거울 앞에 앉아 있었지만 아무것도 눈에 들어오지 않았다. 그녀는 화장대 위에 두 팔을 포개어 올려놓고는 거기에 머리를 묻었다.

'만일 어머니가 알게 되면 나를 죽이려 들 거야. 나를 죽인 다음 어머니도 자살할 거야. 어쩌다 이렇게 된 거지? 어떻게 그런 일이 벌어질 수 있었던 거지? 이제는 너무 늦었어. 진즉에 미리 생각했어야 했는데…….

이제 나는……, 뭐라고 해야 할까……, 그래, 타락한 여자야. 나는 프랑스 소설 같은 데나 나오는 여자가 된 거야. 그러면서도 내일 학교에 가서 나보다 어린 소녀 같은 친구들과 나란히 앉아 있겠지. 오, 하느님 맙소사! 어쩌다 이런 일이!'

창밖에서는 눈 녹은 물이 똑똑 떨어지며 봄을 속삭이고 있었다. 누군가 옆집 문을 쾅쾅 두드리는 소리가 들렸다. 라라는 고개를 들지 않았다. 어깨가 떨리고 있었다. 그녀는 울고 있었다.

집으로 돌아온 코마로프스키는 안절부절못하고 있었다. 그는 그녀를 간절히 원하고 있었지만 이번 일요일에는 만날 방법이 없었다. 그는 마치 우리에 갇힌 짐승처럼 방 안을 왔다 갔다 서성이고 있었다.

그녀는 그 누구와도 비할 수 없을 만큼 아름다웠다. 오, 정말로 깜짝 놀랄 수밖에 없을 정도로 아름다운 두 손과 팔! 호텔 방 벽에 비친 그녀의 그림자는 그녀의 순결함을 그대로 드러내고 있었다. 속옷이 마치 자수틀에 끼워진 옷감처럼 팽팽하게 그녀의 가슴을 감싸고 있었다.

"라라"라고 그는 중얼거리며 두 눈을 감았다. 그러자 그의 팔을 베고 잠들어 있던 라라의 얼굴 모습이 또렷이 떠올랐다. 누군가 몇 시간 동안 잠을 이루지 못하고 자신의 모습을 내려다보고 있다는 것도 모르는 채 그녀는 눈을 감고 잠들어 있었다. 베개 위에 흩어져 있는 그녀의 아름다운 머리카락이 마치 연기처럼 코마로프스키의 눈을 찔렀고 그의 마음을 사로잡았다.

'대체 이게 어찌 된 일이지? 내가 왜 이렇게 안절부절못하는 거지?' 코마로프스키는 생각했다. '대체 내게 무슨 일이 벌어진 거야?'

양심의 가책이라도 느끼는 것일까? 아니면 동정심일까? 아니면 후회일까? 혹은 그녀 걱정을 하고 있는 것일까? 아니다, 그는 그녀가 아무 일 없이 집에 잘 있다는 것을 알고 있었다. 그런데 왜 그녀 생각이 이렇게 머리에서 떠나지 않는 것일까?

그는 불도그를 발로 차고 지팡이로 두들겨댔다. 개는 낑낑거리며 밖으로 달아났다.

그런 가운데 며칠이 지나고 몇 주일이 흘러갔다.

9

오, 이 무슨 마법 같은 일이! 라라의 삶 속으로 코마로프스키가 침입해 들어온 것이 그녀에게 오로지 혐오감만 주었다면 라라는 그를 거부하고 빠져나갔을 것이다. 하지만 상황은 그렇게 간단하지 않았다.

머리가 희끗희끗한 아버지뻘 되는 멋진 사람, 모임에서도 남들의 칭송을 받고 신문에도 이름이 실리는 신사가 자기를 위해 돈을 아낌없이 쓰고, 음악회나 극장에 데리고 다니면서 자신을 천사라고 치켜올리고, 이른바 '마음을 갈고닦게' 해주면 소녀의 마음은 즐겁고 우쭐해지는 법이다.

어쨌든 라라는 아직 학교에서 친구들과 장난을 벌이는 갈색 교복의 소녀였다. 그런데 코마로프스키가 마부의 등이 코앞에 보이는 마차 안에서, 혹은 사람들이 훤히 보고 있는 오페라 관람석에서 대담하게 자신을 애무하면 그녀는 그 대담함에 사로잡혔고 그녀 안에 잠들어 있던 작은 악마가 깨어나 그의 흉내를 내게 만들었다.

하지만 그런 식의 장난스러운 소녀의 열정은 곧 식어버렸다.

대신 우울함과 두려움이 그녀를 쉬지 않고 괴롭혔다. 그녀는 내내 졸음을 이기기 어려웠다. 밤에는 잠을 이루지 못했고 너무 자주 울면서 두통에 시달렸기 때문이었으며 그러면서도 학교에서는 열심히 공부를 해야 했기 때문이었고, 육체적으로 지쳐 있었기 때문이었다.

이제 그는 그녀의 저주의 대상이 되었다. 그녀는 그를 증오했다. 그녀는 하루에도 수없이 그 생각을 했다.

그녀는 이제 평생 그의 노예가 되었다. 그는 어떻게 그녀를 정복할 수 있었을까? 어떻게 그녀를 굴복시킬 수 있었으며 그녀는 왜 항복했던 것일까? 왜 그녀는 그의 욕망을 채워주면서 부끄럽게 떠는 모습으로 그를 기쁘게 해주었던 것일까? 그녀의 나이 때문에? 그의 어머니가 경제적으로 그에게 의존하고 있기 때문에? 그가 하도 교묘하게 라라로 하여금 자신을 두려워하게 만들었기 때문에? 아니, 절대 아니다. 모두 터무니없는 소리이다.

사실은 그녀가 그를 사로잡고 있었다. 그가 그녀를 얼마나 원하고 있는지 그녀는 모르고 있을까? 그녀가 두려워할 것은 아무것도 없었다. 그녀의 양심은 깨끗했다. 부끄러워해야 할 것은 그녀가 아니라 그였으며 그녀가 사실을 폭로할까 봐 두려워해야 하는 것도 그였다. 하지만 그녀는 결코 그런 짓을 하지 않을 것이다. 그녀에게는 그런 야비함이 없었다. 코마로프스키 같은 부류의 인간들이 약자나 하급자들을 다룰 때 무기로 내세우는 그런 야비함이 그녀에게는 없었다.

10

1905년 프레스냐 봉기가 일어났을 때였다. 기샤르 부인의 집은 봉기 지역에 있었다. 트베르스카야 거리의 그녀 집에서 얼마 떨어지지 않은 곳에 바리케이드가 쳐졌다. 사람들은 쌓아 놓은 돌과 금속 파편들을 얼리기 위해 양동이로 물을 날라 바리케이드에 부었다.

바리케이드 옆집 마당은 무장 노동자의 집회 장소 및 진료소와 급식소로 사용되고 있었다. 라라가 알고 있는 두 소년이 그곳에 드나들고 있었다. 그중 한 명은 나디아의 집에서 알게 된 나디아의 친구 니카였다. 그는 자존심이 강해 라라의 마음에 별로 들지 않았다. 또 다른 한 명은 실업 학교 학생 파벨이었다. 파벨은 티베르진의 어머니인 마르파 할머니 집에서 살고 있었다. 라라는 마르파 할머니 집에 갔을 때 파벨을 자주 만났다. 라라는 자기가 이 소년에게 어떤 영향을 주었는지 알고 있었다.

파벨은 어린애처럼 순수해서 그녀를 만나면 기쁨을 감추지 못했다. 그에게 라라는 마치 자작나무 숲과 잔디와 구름이 잘 어우러진 아름다운 풍경 같았다. 파벨은 남들이 비웃는 것도 아랑곳하지 않고 그녀에게 홀딱 반해 있는 모습을 스스럼없이 드러냈다. 하지만 라라가 그의 그런 태도를 진지하게 고려하게 된 것은 둘 사이의 관계가 깊어진 훨씬 뒷날의 일이었다. 그리고 그때는 이미 파벨이 자기가 그녀를 열렬히 사랑하고 있으며 절대로 포기할 수 없다는 것을 자각하고 있을 때였다.

니카와 파벨 두 소년은 놀이 가운데 가장 무서운 어른들의 놀이를 하고 있는 셈이었다. 바로 전쟁놀이였다. 게다가 그 놀이에 가담했다가는 교수형을 당하거나 유형을 갈 수밖에 없는 위험천만한 놀이였다. 하지만 뒤 꼭지를 동여맨 모자를 쓰고 있는 그들의 모습은 그들이 아직 부모 슬하를 떠나지 않은 어린아이라는 것을 여실히 드러내고 있었다. 라라는 마치 어른이 어린아이 생각하듯 소년들에 대해 생각하고 있었다. '쟤들이 저렇게 위험한 놀이를 하는 건 순진해서야. 그래서 모든 것을 향해 마음을 열어놓기 때문이지.'

총소리가 들려왔다. 라라는 '쟤들이 총을 쏘는구나'라고 생각했다. '착하고 좋은 아이들이야. 그러니까 저렇게 총을 쏘는

거지.'

하지만 라라가 그렇게 생각한 것은 비단 소년들에 대해서만
은 아니었다. 그녀는 투쟁에 나선 도시 전체를 향해 그렇게 생
각했다.

11

기샤르 부인과 라라는 바리케이드에 포격이 가해질 수도 있
고 그렇게 되면 자기 집이 위험해질 수도 있다는 것을 알았다.
하지만 모스크바의 다른 지역으로 옮기는 것은 불가능했다. 그
지구 전체가 봉쇄되어 있었던 것이다. 가까운 곳 어디론가 피
신해야 했다. 그녀들은 체르노고리야의 몬테네그로 호텔을 떠
올렸다.

하지만 그런 생각을 한 것은 그들만이 아니었다. 호텔은 이
미 만원이었다. 그녀들과 비슷한 처지의 사람들이 너무 많았다.
호텔 주인은 옛정을 생각해서 그녀들에게 침구 넣어두는 방을
내주겠다고 약속했다.

가게 종업원들을 평소에도 가족처럼 대해주었기에 그들은
파업에도 불구하고 일을 계속하고 있었다. 그런데 어느 음산하
게 추운 날 저녁에 현관 벨이 울렸다. 누군가가 영업을 계속하

는 것을 비난하러 찾아온 것이었다. 찾아온 사람은 주인을 보자고 했다. 재단사 페티소바가 사태를 해결하기 위해 대신 현관으로 달려갔다.

잠시 후 그녀는 재봉사들을 응접실로 부르더니 찾아온 사내에게 일일이 소개했다. 그는 모든 사람들과 뭔가 어색한 듯하면서도 열정을 담아 악수를 나누더니 페티소바와 이야기를 나눈 후 돌아갔다.

작업장으로 돌아간 재봉사들은 숄을 두르고 낡은 겨울 코트를 걸치기 시작했다.

"무슨 일이야?" 기샤르 부인이 뛰어들면서 외쳤다.

"부인, 우리도 파업에 참여할 거예요."

"내가……, 내가……, 너희들에게 뭐 잘못한 거라도 있니?" 기샤르 부인이 울음을 터뜨리며 말했다.

"부인, 너무 실망하지 마세요. 우리는 부인에게 조금도 악의가 없어요. 모두 부인께 감사하고 있어요. 하지만 이건 부인이나 우리들 문제가 아니에요. 모두들 함께 행동하고 있어요. 이 세상 전부 다요. 모든 사람에게 거역할 수는 없잖아요."

그들은 모두, 심지어 올랴까지도 떠났다. 떠나면서 페티소바는 기샤르 부인에게 이 파업은 주인이나 가게에 모두 도움이 될 것이라고 속삭였다. 하지만 기샤르 부인은 도무지 알아들을 수가 없었다.

"이런 배은망덕한 것들! 내가 사람을 잘못 봐도 한참 잘못 봤지! 그런 것들한테 그렇게 잘해주다니! 그래, 올랴는 어린애니까 그렇다고 쳐. 하지만 그 나이 먹은 마녀까지!"

라라가 곁에 있다가 어머니를 달래주었다.

"엄마, 그 사람들만 엄마를 생각해서 파업에서 빠질 수는 없잖아요. 엄마를 나쁘게 생각하는 사람은 아무도 없어요. 지금 벌어지고 있는 일은 모두 인류의 이름으로 약자를 보호하고 여자와 아이들의 행복을 위해서 하는 일이에요. 엄마와 나도 여자잖아요. 우리도 좀 더 나은 생활을 할 수 있게 될 거예요."

하지만 어머니는 여전히 이해할 수 없었다. 그녀는 흐느끼며 말했다.

"너는 늘 그래. 내가 영문을 몰라 하면 그저 내가 놀랄만한 소리를 툭 던지곤 하는구나. 아니, 내가 이렇게 배신을 당했는데 이게 어떻게 내게 좋은 일이라는 거니? 모르겠다. 내 정신이 어떻게 되는 것 같다."

로쟈는 군사 학교에 가고 없었다. 라라는 더 어두워지기 전에 호텔로 가자며 어머니를 집 밖으로 데리고 나왔다. 건물 수

위인 필라트가 두 사람을 호텔까지 바래다주었다. 호텔을 향해 걸어가면서 라라는 '정말 잘된 일이야'라고 생각했다. 이 구역이 시의 다른 구역과 차단되어 있는 동안은 코마로프스키를 보지 않아도 되리라고 생각한 것이다. 그와의 관계를 끊는 것은 불가능했다. 바로 어머니 때문이었다. "어머니, 그 사람을 제발 그만 만나세요"라고 말할 수도 없는 노릇이었다. 그랬다가는 모든 것이 밝혀지게 될 것이다. '하지만 그렇다고 해서 뭐가 문제지? 그게 뭐가 두렵지? 오, 하느님, 제발 모든 게 끝날 수만 있다면 뭐든 하겠어요! 정말로 무슨 짓이든!'

"너 왜 그렇게 빨리 걷는 거니? 도저히 못 따라가겠다."

뒤에서 기샤르 부인이 숨을 헐떡이며 투덜거렸다.

라라는 더욱 빨리 걸었다. 마치 그 무언가 알 수 없는 힘이 그녀를 밀어 올리는 것 같았다. 그녀는 그 당당하고 활기찬 힘에 실려 공중 위를 두둥실 떠가는 것 같았다.

'정말 멋있어!' 그녀는 총소리를 들으며 생각했다. '짓밟힌 자들이여, 축복 받으라! 속은 자들이여, 축복 받으라! 하느님, 저 총알에도 축복을 내려주옵소서. 우리는 모두 한마음이니!'

12

그로메코 형제의 집은 시프세프 브라제크 골목과 다른 골목이 교차하는 모퉁이에 있었다. 형제는 각각 페트로브스키 아카데미와 모스크바 대학의 화학 교수였다. 동생 니콜라이 그로메코는 독신이었지만 형은 안나 이바노브나와 결혼하여 슬하에 딸 토냐를 두고 있었다.

그로메코의 집은 2층 집이었다. 2층에는 침실과 공부방, 형 그로메코의 서재, 안주인인 안나의 규방, 토냐와 유라의 방이 있었고 아래층은 응접용으로 쓰이고 있었다. 1층에는 옅은 황록색의 커튼이 쳐져 있었으며 번쩍이는 그랜드 피아노, 수족관, 올리브그린 색의 가구들, 수중 식물 비슷한 식물들이 심긴 화분들이 놓여 있어 마치 나른하게 흔들거리고 있는 바닷속에 들어간 것 같은 느낌을 주었다.

그로메코 집안은 교양 있는 집안으로서 사람들 접대를 즐겨했으며 박식했고 음악을 좋아했다. 그들은 사람들을 초대하여 실내악의 밤을 자주 개최했으며 그럴 때면 대개 피아노 삼중주, 바이올린 소나타, 현악 사중주가 연주되곤 했다.

1906년 1월 그곳에서 정기적인 실내악 모임이 열렸다. 그곳에 자주 들르곤 하던 니콜라이는 해외여행 중이었다. 그날 모임에서는 어느 신인 작곡가의 신작 바이올린 소나타와 차이코프스키의 현악 삼중주가 연주될 예정이었다.

이윽고 때가 되자 사람들이 몰려들기 시작했다. 밖에는 눈이 내리고 있었다. 사람들이 모두 모이자 신작 소나타 연주가 시작되었다. 모두들 조금은 지루해하는 표정이었다. 사람들은 흘끗흘끗 하얀 식탁보가 씌워진 식탁을 훔쳐보며 군침을 흘렸다. 크리스털 병에 담아 놓은 마가목 열매주가 향기를 내뿜는 것 같았고 피라미드형으로 접어 세워놓은 냅킨, 식탁을 장식하고 있는 꽃들도 식욕을 자극하는 것 같았다.

소나타 연주가 끝나고 휴식 시간이 되자 음악 평론가와 그로메코 사이에 곡에 대한 논쟁이 벌어졌다. 케림베코프라는 음악 평론가는 곡에 대해 혹평을 했지만 그로메코는 곡을 옹호했다. 사람들은 이리저리 옮겨 다니면서 담배를 피우거나 잡담을 나누었다. 하지만 사람들은 모두 옆방에 차려놓은 식탁에서 눈길을 떼지 못했다. 모두들 더 이상 지체하지 말고 음악회를 계속하자고 재촉했다.

피아니스트는 청중들을 곁눈으로 흘낏 쳐다본 다음 합주자들에게 고개를 끄덕였다. 이윽고 바이올리니스트와 첼리스트가 활을 들었고 삼중주가 시작되었다. 첼리스트는 바로 기샤르 부인이 이곳 모스크바로 와서 처음에 머물던 몬테네그로 여관 옆방에 묵고 있던 티슈케비치였다. 그는 여전히 사람들에게 기샤르 부인의 보호자, 혹은 친척으로 통하고 있었다.

유라와 토냐, 그리고 미샤는 세 번째 줄에 앉아 있었다.

"예고로브나가 뭐라고 계속 손짓을 하네요." 연주 도중 유라가 비로 앞에 앉아 있는 그로메코 씨에게 속삭였다.

머리가 하얗게 센 하녀 예고로브나가 홀 입구에 서서 주인에게 급히 전할 말이 있다는 신호를 유라에게 보내고 있었다. 뒤를 돌아본 그로메코는 눈살을 찌푸리며 자리에서 일어나 조용히 문 쪽으로 갔다.

"아니, 이게 무슨 짓이야? 무슨 일인데 이 난리야? 어서 말해요, 대체 무슨 일이야?"

예고로브나가 그의 귀에 대고 뭐라고 속삭였다.

"뭐? 체르노고리야?"

"네, 몬테네그로 호텔이요."

"그래, 어쨌다는 거야?"

"첼리스트 나리께서 당장 와보셔야 한답니다. 누군가 죽어가고 있답니다."

"죽어간다고! 하지만 지금은 곤란한데……, 연주가 끝나야 돼."

"호텔 종업원이 기다리고 있습니다. 마차도 대기시켜 놓은걸요. 다시 말씀드리지만 사람이 죽어가고 있답니다. 여자랍니다."

마침 3중주의 1악장이 끝났다. 그로메코는 홀을 향해 손을 내저으며 박수를 멈추게 한 다음 말했다.

"여러분, 죄송합니다. 삼중주 연주는 여기서 막을 내려야 할 것 같습니다. 우리의 첼리스트 티슈케비치 씨의 집에서 불행한 소식이 전해졌습니다. 친척이 위독하답니다. 모두 그를 동정해 줍시다. 그는 지금 이곳을 떠나야 합니다. 이런 때 그를 혼자 보내고 싶지 않군요. 저도 함께 가겠습니다. 여러분은 이대로 남아 계시기 바랍니다. 곧 돌아오겠습니다."

그가 마차를 대령하라고 하인에게 명했다. 미샤와 유라는 이 추운 날 밤에 마차를 함께 타고 갈 수 있게 해달라고 졸랐다.

13

12월부터 정상적인 생활이 시작되었지만 아직도 여기저기서 가끔 총성이 들리곤 했다. 그리고 일반 화재로 불타버린 집들도 마치 지난 소요 사태 때 파괴된 잔해처럼 보였다.

두 소년은 그날 밤처럼 멀리까지 마차를 타고 가본 적이 없었다. 하지만 실제로 몬테네그로 호텔은 엎어지면 코 닿을 정도로 가까운 거리에 있었다. 호텔은 스몰렌스키 대로와 노빈스키로를 지나 사도보이가(街)의 중간쯤에 있었다.

호텔 앞에는 썰매 마차에 매인 말이 담요를 두른 채 서 있었다. 마부는 손님 자리를 덥히려는 듯 손님석에 앉아 손으로 머리를 감싼 채 앉아 있었다.

호텔 로비는 따뜻했다. 호텔 수위는 외투 보관소 뒤에서 꾸벅꾸벅 졸다가 자신이 코 고는 소리에 놀라 잠에서 깨곤 했다. 그러다가 페치카에서 불이 활활 타오르는 소리, 사모바르 찻잔 끓는 소리가 마치 자장가인 양 다시 잠에 빠지곤 했다.

일행이 놀라서 달려왔지만 호텔은 아무 일도 없는 듯 조용했다. 지금 24호실에서 벌어진 사건은 호텔 직원들이 매일 겪는 귀찮은 일들 중의 하나일 뿐이었던 것이다.

지금 24호실에서는 의사가 기샤르 부인에게 토사제를 먹이고 장을 비워내고 있는 중이었다. 하녀가 마룻바닥을 닦고 더러운 것을 치워내고 다시 물을 길어오느라 정신이 없었다. 미샤와 유라는 기샤르 부인이 누워 있는 방문 앞 복도를 왔다 갔다 하고 있었다. 모든 것이 그로메코가 예상하고 있던 것과는 딴판이었다. 그는 음악가의 삶에 어울리는 순결하고 품격 있는 비극 같은 것을 상상하고 있었다. 그런데 도대체 이게 뭐란 말인가? 불결하기 그지없는 스캔들이 아닌가? 이런 것은 절대로 아이들이 보면 안 되는 것이었다.

아이들은 복도에서 기다리고 있었다.

"어린 신사분들, 안으로 들어가시지요." 호텔 종업원이 소년들에게 다가와 차분한 목소리로 말했다. 벌써 두 번째였다. "아무 걱정하지 말고 안으로 들어가요. 부인은 회복되었으니 겁낼 것 없어요. 그리고 여기 이렇게 서 있으면 안 돼요. 이렇게 비좁은 데 서 있다가는 종업원들이 음식을 들고 뛰어다니다가 부딪힐 수 있어요. 오늘 아침에도 부딪히는 사고가 나서 비싼 접시를 깨뜨렸단 말입니다."

소년들은 종업원이 시키는 대로 했다.

방 안으로 들어가니 평상시에는 메인 룸 탁자 위에 걸려 있던 등잔불이 나무로 된 칸막이 뒤의 방으로 옮겨져 있었다. 그 방에서는 고약한 냄새가 났다. 그 방구석에는 침대가 하나 놓여 있었고 침대 앞에 더러운 커튼이 달려 있었다. 하지만 커튼은 칸막이 위에 걸쳐져 있었고 경황 중에 아무도 커튼을 내리지 않았다. 침대 옆 소파에 램프 불이 켜져 있어서 마치 극장 무대 조명처럼 침대 모습을 훤하게 비춰주고 있었다.

기샤르 부인은 비소가 아니라 요오드로 자살을 시도했다. 방 안에서는 톡 쏘는 냄새가 코를 찌르고 있었다.

칸막이 뒤에서 하녀가 마루를 닦고 있었고 반쯤 벗은 여자가 침대에 누워 있었다. 그녀는 물과 눈물과 땀범벅인 채 끈적끈적 엉겨 붙은 머리칼을 대야에 늘어뜨린 채 엉엉 울고 있었다. 소년들은 그쪽을 바라보는 것이 왠지 민망해서 고개를 돌렸다. 하지만 유라는 이미 충분히 놀랄 만큼 여자의 몸을 바라본 뒤였다. 정말 꼴사납고 부자연스러운 모습이었다. 긴장해서 힘을 준 때문인지 여자의 몸은 조각에서 보던 여자의 몸과는 달리 마치 짧은 팬티 차림으로 시합에 나갈 준비가 되어 있는 레슬링 선수처럼 울퉁불퉁 근육질처럼 보였다. 바로 그때 누군가가 눈치를 챘는지 칸막이 위에 걸쳐 있던 커튼을 내렸다.

"티슈케비치, 오, 당신 손 어디 있어요? 손을 좀 주세요." 여자가 눈물과 욕지기로 숨이 막히는 듯한 목소리로 말했다. "오, 정말 무서웠어요. 그런 무서운 의심을 하다니……, 오, 티슈케비치……, 정말이지 나는……, 하지만 이젠 안심이에요……. 모든 게 제 헛된 망상인 걸 알게 되었어요……. 그런 말도 안 되는 의심을 하다니……."

"부인, 진정해요. 제발……, 어쨌든 아무리 그렇더라도 어떻게 이런 짓을 저지른 겁니까? 정말 말도 안 되는 짓을!"

"우리 이제 돌아가자." 그로메코가 아이들에게 퉁명스럽게 말했다.

소년들은 너무나 당황해서 방 문간에 서 있었다. 소년들은 눈길을 어디로 둘지 몰라 그냥 앞쪽을 바라보고 있었다. 평소에 램프가 걸려 있던 메인 룸 쪽이었다. 지금은 그 램프를 기샤르 부인이 누워 있는 방구석으로 치웠기에 방 안은 어두웠다. 벽에는 온통 사진들이 걸려 있었고 책꽂이에 악보가 쌓여 있었으며 책상 위에는 종이와 앨범들이 높이 쌓여 있었다. 그리고 식탁 너머에서 한 소녀가 안락의자 등받이를 껴안고 뺨을 기댄 채 잠들어 있었다. 이런 소동이 이는 가운데도 잠을 잘 수 있을 정도로 피곤한 모양이었다.

그들이 이곳에 온 것은 어리석은 짓이었다. 더 이상 머무는 것은 꼴사나운 짓이었다.

"자, 어서 나가자니까." 그로메코가 다시 재촉했다. "티슈케비치가 나오면 인사를 하고 가야겠다. 아, 저기 오나 보다."

등불이 하나 다가오고 있었다. 하지만 칸막이 뒤에서 나온 것은 티슈케비치가 아니었다. 깨끗하게 면도를 한, 건장한 체격에 자신감에 차 있는 사람이었다. 그는 램프를 높이 들고 소녀가 잠들어 있는 탁자 쪽으로 가더니 램프를 선반에 걸어놓았다. 불빛에 소녀가 잠에서 깨어났다. 그녀가 그를 보고 미소 지으며 눈을 가늘게 뜨고 기지개를 켰다.

낯선 사내의 얼굴을 본 미샤가 깜짝 놀라는 표정을 짓더니 그를 뚫어져라 바라보았다. 미샤는 유라의 옷소매를 잡아당기며 뭔가 귓속말을 하려 했다. 하지만 유라가 그를 막았다.

"사람들 앞에서 소곤거리는 건 부끄러운 짓이야. 그 사람들이 어떻게 생각하겠니?"

그사이 소녀와 사내 사이에서 일종의 무언극이 연출되었다. 두 사람은 말은 한마디도 하지 않은 채 오로지 눈으로만 대화를 했다. 하지만 그 둘 사이에 주고받는 의미는 마치 마술과도 같은 것이었다. 그는 인형극에서 손을 놀리는 사람 같았고 그녀는 그 손놀림에 의해 움직이는 인형 같았다.

그녀는 피곤한 듯 눈을 반쯤 감고 입술을 벌렸다. 그러자 그가 그녀에게 냉소 비슷한 표정을 지었고 그녀는 마치 공모자처럼 은근한 윙크를 보냈다. 둘 다 모든 일이 다 잘 해결되었다는 사실에 만족해하고 있었다. 그들의 비밀은 폭로되지 않았고 기샤르 부인의 음독자살 시도는 실패했으니 걱정할 것이 없었다.

유라는 두 사람을 뚫어져라 바라보았다. 어둠 속에 몸을 숨긴 채 그는 램프 불빛에 훤히 드러난 곳을 또렷이 응시했다. 포로로 잡힌 소녀와 그 주인 간에 벌어지고 있는 광경은 이루 말할 수 없이 이상야릇했으며 파렴치할 정도로 노골적이었다. 유라의 가슴은 전에 결코 경험한 적이 없는 강력한 모순되는 감정에 찢어지고 있었다.

바로 코앞에서 토냐와 미샤와 함께 '저속한 것'이라 부르며 끊임없이 토론했던 일이 벌어지고 있었다. 그들을 그토록 두렵게 하면서 동시에 매혹하던 그 힘, 안전하게 거리를 둔 상태에서 말로는 쉽게 다스릴 수 있었던 바로 그 힘이 지금 코앞에서 발휘되고 있었다. 바로 지금 눈앞에서 지극히 실제적인 그 힘, 여전히 당황스러우면서도 매력적인 그 힘, 지극히 파괴적이면서 동시에 하소연하면서 도움을 요청하는 그 힘이 눈앞에 펼쳐져 있었다. 오, 그들의 유치한 철학은 어디로 가버렸단 말인가? 이제 유라는 어찌해야 한단 말인가?

"너, 그 남자 누구인지 알아?" 거리로 나오자 미샤가 유라에게 물었다. 생각에 잠겨 있던 유라는 아무 대답도 하지 못했다.

그러자 미샤가 말을 이었다.

"네 아버지에게 술을 먹이고 자살하게 만든 바로 그 사람이야. 기차 안에서 말이야. 내가 이야기해준 적 있던 거 기억나지?"

유라는 소녀와 미래에 대해 생각하고 있었지 아버지와 과거에 대해서는 생각하고 있지 않았다. 처음에는 미샤가 무슨 말을 하는지 이해하지도 못했다. 너무 추워서 이야기를 주고받기도 어려울 지경이었다.

"춥지, 세묜?" 그로메코가 마부에게 말했다. 그들은 집을 향해 출발했다.

제3장 스벤티스키 씨네 크리스마스 축제

1

1911년 겨울, 그로메코 집안에 걱정거리가 생겼다. 그로메코의 부인 안나 이바노브나가 호흡기 질환에 걸린 것이다. 그녀는 11월 내내 폐렴으로 침대에 누워 있어야만 했다.

유리와 미샤와 토냐는 이듬해 봄이면 대학 졸업 예정이었다. 유리는 의학을 토냐는 법학을 전공했고 미샤는 철학부에서 문헌학을 전공했다. 유리의 마음은 아직 혼란스러운 상태였지만 그의 견해와 습관, 또한 그의 취향은 매우 독창적이었다. 그는 감수성이 풍부했으며 그만의 독특한 관점은 주목을 끌었다.

그는 예술과 역사에 크게 매력을 느꼈지만 주저하지 않고 의학을 택했다. 타고난 쾌활함이나 우울한 기질을 직업으로 삼을 수 없는 것과 마찬가지로 예술이 천직이 될 수는 없다고 그는 생각했다. 그는 물리학과 자연과학에 흥미를 느꼈으며 사내라면 사회적으로 유익한 일을 실제로 할 수 있어야 한다고 생각했다. 그것이 그가 의학을 택한 이유였다.

그는 1학년 때 지하실에서 시체를 해부하며 보낸 반 학기를 지금도 또렷이 기억한다. 지하실에서는 포르말린과 탄산 냄새가 났으며 모든 것에서 신비의 존재를 생생하게 느낄 수 있었다. 그는 길게 누워 있는 시체들의 알 수 없는 운명에서 신비를 느꼈으며 동시에 죽음의 신비를 실감했다. 마치 죽음이 제집, 혹은 본거지인 양 이 지하의 방을 온통 지배하고 있었다.

유리는 생각이 깊었고 글을 잘 썼다. 그는 중고등학교 시절부터 보고 들은 것, 생각한 것들을 집대성한 삶의 일대기 같은 것을 쓰기를 꿈꾸었다. 하지만 그런 글을 쓰기에는 너무 어렸기에 대신 그는 시를 썼다. 자신의 그런 성격 형성에는 외삼촌 니콜라이의 영향이 크게 작용했음을 유리는 잘 알고 있었다.

니콜라이는 지금 스위스 로잔에 살고 있었다. 그곳에서 러시아어판과 번역판으로 동시에 출간된 책을 통해 그는 다른 세계를 지향하는 그의 오랜 역사관을 피력했다. 죽음의 도전에 대한 응답으로 시간과 기억의 도움을 받아 구축한 새로운 세계를 그는 꿈꾸었다. 그의 그 책은 기독교에 대한 새로운 해석에서 영감을 받은 것이었으며 그는 그로부터 예술에 대한 새로운 개념도 도출해냈다.

니콜라이의 그런 사상에 유리보다 더 깊은 영향을 받은 것이 바로 미샤 고든이었으며 미샤는 그 때문에 철학을 전공으로 택했다. 그는 신학 강의도 들었으며 나중에 신학 아카데미로 옮길 생각도 하고 있었다.

니콜라이의 영향으로 유리는 좀 더 자유로워졌지만 미샤에게는 오히려 족쇄가 채워진 셈이었다. 유리는 그 사실을 알았지만 신중하고 절도가 있는 그였기에 미샤에게 과도하게 관념의 세계에 빠지지 말라는 직접적인 충고는 하지 않았다. 다만 그는 미샤가 좀 더 실질적인 현실주의자가 되기를 바라고 있었다.

2

안나 이바노브나는 집안사람들을 모두 긴장시킬 정도로 몇 차례 발작을 일으키긴 했지만 겉보기에는 차츰 회복이 되어가는 듯 보였다. 12월 중순이 되자 그녀는 자리를 털고 일어나려 했지만 무척 쇠약한 상태였다. 의사는 그녀에게 아직 침대에 누워 충분히 휴식을 취해야 한다고 충고했다.

그녀는 유리와 토냐를 자주 불러 자신의 어린 시절 이야기를 몇 시간에 걸쳐 들려주곤 했다. 유리와 토냐는 안나의 이야기를 들으면서 한 번도 가본 적이 없는 우랄 지방 린바 강가의 광활한 영지를 상상할 수 있었다.

그 무렵 유리와 토냐는 생전 처음으로 정장 야회복을 맞추었다. 해마다 12월 27일에 스벤티스키 씨의 저택에서 열리는 크리스마스 축하 파티에 입고 갈 옷으로 유리의 옷은 검은 프록코트였고 토냐의 옷은 목이 살짝 드러나는 새틴 드레스였다.

어느 날 양복점과 양장점에서 동시에 옷이 배달되어 둘이 옷을 입으며 기뻐하고 있을 때였다. 예고로브나가 그들에게 와서 안나 이바노브나가 부른다는 전갈을 전했다. 둘은 새 옷을 입은 채 안나 이바노브나의 방으로 달려갔다. 둘의 모습을 보자 안나가 팔꿈치에 기대어 몸을 일으키더니 어디 한 바퀴 돌아보라며 말했다.

"정말 멋지구나. 너무 멋있어. 벌써 이렇게 준비가 됐을 줄이야. 내가 너희들을 왜 불렀는지 아니? 아니, 그 전에 유라, 네게 해줄 말이 있단다."

유리는 안나가 무슨 이야기를 하려는지 지레짐작으로 말했다.

"아주머니, 알아요. 편지를 보셨지요? 제가 아주머니께 보여

드리라고 했습니다. 아주머니도 니콜라이 외삼촌과 마찬가지로 유산을 포기하지 말라고 하시겠지요. 아니, 아무 말씀 마세요. 말씀을 많이 하시면 몸에 해롭습니다. 제가 설명해 드릴게요.—물론 아주머니도 이미 아시는 이야기이겠지만요.

우선 소송을 제기해봤자 변호사들 좋은 일만 시키는 셈입니다. 소송 비용과 변호사 비용을 댈 만한 돈은 아버지 영지에 남아 있지만요. 하지만 그 외에는 아무것도 없습니다. 빚과 온통 지저분한 추문만 남을 뿐입니다. 설사 돈이 될 만한 게 좀 남아 있다 할지라도 그냥 법정에 갖다 바치게 될 뿐 제 수중에는 하나도 남는 것이 없을 게 뻔한 짓을 해야 하겠어요? 소송이란 게 원래 그런 거 아닌가요? 그러니 더러운 것들을 파헤치느니 있지도 않은 재산을 포기하고 그 재산에 권리가 있다고 주장하는 사람들에게 양도하는 게 낫지 않겠습니까? 권리 주장자 중에는 알리스 부인인가 하는 사람이 있다는 걸 아시지요? 저는 오래전에 그 이름을 들었습니다. 지바고라는 성(姓)으로 아이들과 함께 파리에 살고 있답니다. 그밖에 새로운 유산 청구자들이 여기저기 마구 나타나고 있다는 이야기를 최근에 들었습니다. 세상에 지바고 성(姓)을 가진 여자와 아이들이 왜 그리 많은지……

사실 어머니가 아직 살아계실 때 아버지는 스톨부노바 엔리츠라는 멋지면서도 좀 괴팍한 공작 부인에게 푹 빠져 있었습니다. 그녀에게는 10살 먹은 예브그라프라는 아들이 있답니다. 그 부인은 세상을 등지고 살고 있다더군요. 옴스크 외곽 지역에서 살고 있는데 그 비용이 어디서 나오는지 모르겠습니다. 그 집 사진을 본 적이 있는데 창문이 다섯 개 달린 멋진 집이더군요. 어쨌든 이 있지도 않은 가공의 재산, 엉터리 유산 청구자들, 그들의 악의와 시기 같은 것이 제게 무슨 소용이 있겠습니까? 거기다 변호사들까지……."

"그래도 포기해서는 안 돼." 안나가 말했다. "그건 그렇고 내가 왜 너희들을 불렀는지 아니? 예고로브나 말이 너희 둘 다 모레 파티에 갈까 말까 망설이고 있다며? 그런 바보 같은 소리가 어디 있니? 부끄러운 줄 알아라! 유라, 넌 번듯한 의사 아니니? 자, 이제 결정됐어. 아무 소리 말고 가는 거야."

말을 마친 그녀는 심하게 기침을 했다. 기침은 좀처럼 멎지 않았고 그녀는 거의 숨이 막힐 지경이었다.

유리와 토냐는 황급히 그녀 곁으로 다가갔다. 둘은 침대 옆에 어깨를 나란히 하고 서 있었다. 안나는 기침을 하면서도 두 손으로 둘의 손을 맞잡게 했다. 겨우 말문이 트이자 그녀가 말했다.

"내가 죽더라도 둘은 헤어지지 마라. 너희 둘은 천생연분이야. 둘이 결혼해라. 자, 지금 약혼한 거야."

말을 마치고 그녀는 울음을 터뜨렸다.

3

다시 1906년 봄으로 돌아가자. 라라가 고등학교 마지막 학년으로 올라가기 불과 몇 달 전이었다. 여섯 달 동안 지속된 코마로프스키와의 관계는 이미 그녀의 인내심의 한계를 넘어서고 있었다. 코마로프스키는 그녀의 비참한 처지를 오히려 역이용할 줄 알았다. 그는 그녀에게 끊임없이 수치심을 자극해서 혼란 상태에 빠지게 만들었다. 호색가들이 흔히 사용하는 수법이었다. 그러한 혼란 상태에서 그녀는 점점 더 깊이 관능의 악몽에 빠져들었고 그 상태에서 깨어나면 이루 말할 수 없는 공포에 사로잡혔다. 그녀가 밤에 드러내는 이 광기는 마치 흑(黑)마술처럼 설명하기 어려운 것이었다. 그럴 때면 모든 것이 뒤죽박죽이 되었다. 찌르는 듯한 아픔은 낭랑한 웃음이 되어 터져 나왔으며 저항과 거절의 몸짓이 승낙으로 바뀌었고 학대자의 손에 감사의 키스를 퍼붓게 되었다.

이 관계가 영원히 끝날 것 같지 않았다. 그런데 그해 봄 학기 말의 마지막 역사 수업을 들으며 라라는 생각에 잠겼다. 이제 여름 방학이 되면 코마로프스키에게 더욱 시달릴 생각을 하니 견딜 수 없었다. 순간 그녀는 자신의 인생행로를 바꿔버릴 만한 결심을 했다.

더운 아침 날씨였고 비바람이 몰려오고 있었다. 역사 선생님은 나폴레옹의 이집트 원정에 대해 설명하고 있었다. 바로 그때 갑자기 하늘이 어두워지더니 폭풍우가 몰아치면서 천둥과 번개가 내려치기 시작했고 창문이 확 열리면서 먼지와 모래가 거센 빗줄기와 함께 교실 안으로 휘몰아쳤다. 학생 두 명이 창문을 닫아달라고 수위에게 요청하기 위해 교실 밖으로 달려나갔다. 교실이 온통 혼란에 빠진 틈을 타서 라라가 나디아 콜로그리보프에게 쪽지를 보냈다.

'나디아, 어머니와 떨어져서 살고 싶어. 수입이 괜찮은 가정교사 자리 하나 구해볼 수 없겠니? 너, 부자들 많이 알고 있잖아.'

곧이어 나디아가 답장을 보내왔다.

'그렇지 않아도 우리 집에서 리파의 가성교사를 구하고 있었어. 우리 집으로 들어오지 않을래? 정말 멋질 거야! 우리 엄마

아빠가 너를 좋아하는 거 알고 있지?'

4

라라는 마치 돌벽 뒤에 갇힌 것처럼 3년을 콜로그리보프 씨 집에서 지냈다. 아무도 귀찮게 하는 사람이 없었다. 이제 소원 한 사이가 된 어머니나 남동생도 그녀에게는 전혀 걸리적거리 지 않는 존재가 되었다.

라브렌티 미하일로비치 콜로그리보프는 새로운 물결을 주저 하지 않고 받아들이는 현명하고 실천적인 큰 사업가였다. 그는 무엇보다도 낡고 부패한 질서를 극도로 증오했다. 그는 국유 재산을 자신의 소유로 할 만큼 부자였으며 낮은 신분으로부터 믿을 수 없을 정도의 신분 상승을 이룩한 사람이기도 했다. 그 는 경찰에 쫓기는 혁명분자들을 자신의 집에 숨겨주었으며 재 판 비용을 대주었다. 농담처럼 들릴지 몰라도 그는 자기 소유 공장의 파업을 주도하기도 했다. 그는 열정적인 사냥꾼이며 사 격의 명수로서 겨울에는 일요일마다 은밀히 노동자들에게 사 격을 가르치기도 했다.

그는 뛰어난 사람이었다. 그리고 그의 아내 세라피마 필리포 브나는 그런 남편에게 어울리는 동반자였다. 라라는 두 사람을 좋아했고 깊이 존경했으며 그 집 사람들도 모두 라라를 좋아했고 가족처럼 여겼다. 그렇게 3년 동안 라라는 아무 걱정 없이 편하게 지낼 수 있었다.

그녀가 그 집에서 지낸 지 4년째 되던 어느 날 남동생 로쟈가 그녀를 찾아왔다. 그는 일부러 거들먹거리는 듯한 태도를 보이며 용건을 말했다. 졸업을 앞둔 동기생들이 군사 학교 교장 선생님에게 선물을 사주려고 돈을 모았는데, 동기들이 자신에게 돈을 맡기며 선물을 알아서 준비하라고 했다는 것이었다. 그런데 그가 이틀 전에 노름에서 그 돈을 모두 날려버렸다. 이야기를 마친 로쟈는 안락의자에 몸을 던지고는 울음을 터뜨렸다.

로쟈가 울고 있는 동안 라라는 몸이 얼어붙는 것 같았다. 로쟈가 울음을 그치고 말을 이었다.

"어젯밤에 코마로프스키 씨를 만나러 갔었어. 그 사람은 거절했어. 하지만 '혹시 누나가 원한다면'이라며……, 누나가 지금 우리 모두에게 정나미가 떨어져 있지만 누나가 자기에게 가진 힘은 아직 엄청나다고……. 누나……, 누나가 한 마디만 해주면 돼……. 누나, 이게 얼마나 큰 의미인지 알겠지? …… 내 제복의 명예가 바닥에 떨어질지도……. 제발 그 사람에게 가서 말해줘……. 별로 힘들 것도 없잖아……. 이깟 일 때문에 내 인생을 망치게 두진 않을 거지? 그렇지, 누나? 나, 정말 자살하려고 했단 말이야."

"네 인생? 네 제복의 명예?"라라는 화가 나서 방 안을 서성거렸다. "나는 제복도 없고 명예도 없다? 그러니까 내게는 아무렇게 해도 괜찮다 이거지? 네가 지금 무슨 부탁을 하고 있는지 알고나 있는 거야? 그 사람이 제안한 게 뭔지 생각이나 해봤어? 한 해, 한 해 겨우 쌓아놓은 걸 하루아침에 허물어버리라고? 염병할 자식! 가서 자살이나 해버려! 내가 알 게 뭐야."

한바탕 쏟아 부운 후 라라가 겨우 숨을 가라앉히고 물었다.

"그래, 얼마가 필요한데?"

"690루블하고 잔돈 조금 더. 그러니까 대충 700루블이면 충분해."

"뭐야? 700루블! 로쟈, 너, 정신이 나갔구나! 너, 지금 네 입으로 무슨 소리를 하고 있는지 알고나 있는 거니? 이놈아! 나 같은 평범한 사람이 몇 년을 일해야 그 돈을 모을 수 있는지 알고나 하는 소리니?"

그녀는 잠시 사이를 두고 마치 낯선 사람에게 말하듯 냉정하게 말을 뱉었다.

"좋아. 어떻게든 해볼게. 대신 네 권총을 내게 갖다 줘. 네가 자살하려던 권총 말이야. 잊지 말고 총알도 충분히 가져와야 해."

그녀는 콜로그리보프 씨에게서 그 돈을 빌릴 수 있었다.

5

그런 일이 있었지만 라라는 무사히 대학 생활을 계속할 수
있었다. 그녀는 열심히 공부했고 이듬해인 1912년에는 졸업할
예정이었다.

1911년 봄, 그녀가 가르치던 리파가 고등학교를 졸업했다.
리파는 어렸지만 벌써 약혼자가 있었다. 상대방은 프리젠단크
라는 부유한 집안 출신의 엔지니어였다. 부모는 그녀의 선택에
동의했지만 그렇게 일찍 결혼하는 데는 반대하고 좀 더 기다리
라고 했다. 귀염둥이로 자라 응석받이가 된 리파는 발을 동동
구르고 소리를 지르며 울어댔다.

워낙 부자인 데다 라라를 가족처럼 맞아들이고 있었기에 아
무도 그녀에게 빚에 대해서는 한마디도 하지 않았다. 아예 잊
어버리고 잊는 것 같았다. 남몰래 지출하는 돈만 없었다면 그
녀는 이미 오래전에 빚을 갚았을 것이다.

그녀는 파벨 몰래 시베리아에 유형 중인 그의 아버지에게 돈
을 보내고 있었으며 병약하고 투정이 심한 그의 어머니도 돕

고 있었다. 그뿐 아니었다. 그녀는 그의 하숙비 일부를 직접 집 주인에게 지불해서 파벨 모르게 그의 지출을 줄여주고 있었다. 그에게 예술 극장과 가까운 카메르게르스키 거리의 조용한 새 집을 구해준 것도 바로 그녀였다.

라라보다 조금 어린 파벨은 그녀를 열렬히 사랑하고 있었기에 그녀가 원하는 것이라면 아무리 사소한 것이라도 다 들어주었다. 그는 실업전문대학을 마친 뒤 라라가 시키는 대로 그리스어와 라틴어를 열심히 공부했다. 이듬해 둘 다 국가고시에 합격한 후 결혼해서 우랄 지방의 학교 선생으로 부임해 가는 것이 라라의 꿈이었다.

1911년 여름, 라라는 콜로그리보프 씨의 가족과 함께 그의 영지인 두플랸카로 갔다. 이미 몇 번 그곳에 간 적이 있던 라라는 그곳을 주인들보다도 훨씬 더 좋아했다. 그녀는 숲속을 산책하며 자연의 향기를 들이마셨고 손님들이 찾아오면 수영을 하고 보트를 타면서 즐겼고 저녁에는 불꽃을 쏘아 올리며 춤도 추었다. 그녀는 아마추어 연극 무대에도 섰으며 사격 경기에도 참가했다. 그녀는 로쟈로부터 받은 권총을 능숙하게 다룰 수 있게 되었으며 자기가 여자이기 때문에 멋지게 결투할 기회를 얻을 수 없어서 유감이라는 농담까지 했다.

하지만 사실 그녀는 심신이 지쳐 있는 상태였다. 리파가 결혼해서 독립을 했으니 더 이상 그녀가 그 집에 있을 필요는 없었다. 하지만 콜로그리보프 집안사람들은 그녀를 좋아했고 그녀가 계속 그 집에 머물기를 원했다. 그녀는 봉급을 거절했지만 그들은 막무가내로 그녀에게 봉급을 주었다.

라라는 자신의 처지가 부적절하며 더 이상 견디기 힘들다고 느꼈다. 그녀는 모두들 자신을 부담스러워하면서도 내색하지 않고 있을 뿐이라고 지레짐작했다. 그녀는 스스로에게도 부담을 느꼈다. 그녀는 자신으로부터, 그리고 콜로그리보프 집안사람들로부터 멀리 벗어나고 싶었다. 어디라도 좋았다. 그러려면 그녀의 성격상 우선 돈을 갚아야 했다. 그러나 당시 그녀에게는 돈을 구할 방도가 없었다. 그녀는 어리석은 로쟈 때문에 자신이 볼모가 되었다고 느꼈으며 도저히 빠져나올 수 없는 덫에 걸렸다고 생각했다. 그녀는 손님들과 즐기면서 억지로 명랑해지려 애썼지만 그러면 그럴수록 더욱 우울해졌다.

콜로그리보프 가족들과 함께 모스크바로 돌아와서도 라라의 상태는 여전했고 파벨과 가벼운 말다툼까지 하고 나서 상황은 더 나빠졌다.—라라는 그와 다투지 않으려고 극도로 조심하고 있었다. 그는 그녀에게 마지막 피신처였다.—파벨은 이제 모종의 자신감을 내비치고 있었다. 그의 말투는 점차 교훈적이 되었는데 그것이 라라를 기쁘게 만들면서 동시에 화나게도 했다.

파벨, 리파, 콜로그리보프 가족, 돈 등이 그녀의 머릿속을 맴돌았다. 그녀는 점차 이성을 잃어갔다. 자신이 이제까지 알고 있던 것, 겪은 것들을 모두 팽개치고 뭔가 새로운 것을 해보고 싶다는 생각이 그녀를 사로잡았다. 그런 상태에서 1911년 크리스마스를 맞았을 때 그녀는 치명적인 결심을 했다. 당장 콜로그리보프 가족을 떠나 독립하기로 결심하고는 그에 필요한 돈을 코마로프스키에게서 받아내겠다는 생각을 하게 된 것이다. 둘 사이에 있었던 관계로 보나, 또한 그녀가 수년 동안 스스로 자립 생활을 했던 사실로 보나, 그가 이것저것 따지거나 설명을 요구하지도 않고 기사답게 자신을 돕는 것이 마땅한 일이라고 그녀는 생각했다.

그녀가 12월 27일 밤 페트로프스키 거리를 향해 걷고 있을 때 그녀는 그런 생각에 사로잡혀 있었다. 그녀는 만일의 경우에 대비해서 장전된 로쟈의 권총을 토시 속에 품고 있었다. 코마로프스키가 거절을 하거나 자신을 모욕할 경우 그를 쏘아 죽일 작정이었다.

그녀는 극도로 흥분한 상태에서 축제 분위기에 젖어 있는 거리를 걸고 있었다. 아무것도 보이지 않고 아무 소리도 들리지 않았다. 그녀의 마음속에서는 이미 계획하고 있는 총성이 울리고 있었다. 표적이 그 누구건 아무 상관이 없었다. 그녀는 오로지 그 총성만을 의식하고 있었다. 길을 가는 내내 그 총성이 그녀의 머릿속에 울렸다. 그 표적은 코마로프스키이면서 동시에 그녀 자신과 그녀의 운명이기도 했으며, 두프랸카의 참나무에 세워놓은 나무 표적이기도 했다.

6

코마로프스키는 집에 없었다. 들어와서 기다리라는 하녀의 말에 라라는 대답했다.

"안 돼요. 시간이 없어. 그 사람 어디 있어요?"

그는 스벤티스키 씨네 크리스마스 축제에 가고 없었다. 주소가 적힌 쪽지를 토시에 넣은 후 라라는 너무나도 눈에 익은 계단을 내려와 '방앗간 거리'에 있는 스벤티스키 씨의 저택으로 향했다. 그녀는 새삼스럽게 주변을 둘러보았다. 겨울이었다. 도시였다. 밤이었다.

지독히 추웠다. 숨쉬기조차 어려웠다. 맥주병 바닥처럼 두꺼운 얼음이 거리를 시커멓게 뒤덮고 있었다. 대기는 잿빛 진눈깨비로 자욱했으며 진눈깨비들이 마치 얼어붙은 목도리의 억센 잿빛 털처럼 그녀의 얼굴을 찔러댔다. 그녀는 심장을 두근거리며 텅 빈 거리를 걸어갔다. 싸구려 찻집과 식당 문에서 김이 모락모락 새어 나오고 있었다. 이따금 얼굴이 소시지처럼 새빨갛게 된 행인과 마주쳤으며 차가운 고드름이 털끝에 매달린 개가 불쑥불쑥 나타나곤 했다. 두꺼운 얼음과 눈으로 뒤덮인 창문들에는 크리스마스트리의 밝은 불빛들이 어른거렸고 그 안에서 즐거워하고 있는 사람들의 그림자가 어른거렸다. 마치 환등기 스크린을 통해 행인들을 위해서 볼거리를 제공하고 있는 것 같았다.

라라는 카메르게르스키 거리를 지나면서 걸음을 멈추었다. 그녀의 입에서 "아, 더 이상 못하겠어. 참을 수가 없어"라는 말이 튀어나올 뻔했다.

'올라가서 모든 걸 다 말해야겠어.'

그녀는 생각을 가다듬은 후 육중한 문을 열고 안으로 들어섰다.

파벨이 거울 앞에 서서 혀로 뺨을 부풀리면서 빳빳하게 풀을 먹인 셔츠 깃 단추 구멍에 단추를 채우려고 애를 쓰고 있었다. 파티에 갈 준비를 하고 있는 중이었다. 순진한 데다 경험이 별로 없는 그는 노크도 없이 불쑥 들어온 라라에게 옷을 다 챙겨

입지도 못한 채 거울 앞에 선 자신의 모습을 보이자 당황했다. 그는 그녀가 흥분해 있다는 것을 이내 눈치챘다. 마치 서 있기조차 힘든 것 같았다.

그가 그녀에게 황급히 다가가며 물었다.

"왜 그래? 무슨 일이 생겼어?"

"내 옆에 앉아. 옷은 나중에 입어. 나 지금 바빠. 바로 나가야 돼. 내 토시는 만지지 마. 잠깐 고개를 돌리고 기다려."

그는 시키는 대로 했다. 라라는 코트를 벗어 못에 걸고 토시에서 권총을 꺼내 주머니에 넣었다. 이어서 그녀는 파벨이 앉아 있는 소파로 갔다.

"자, 이제 봐도 돼." 그녀가 말했다. "전등을 끄고 촛불을 켜."

그녀는 희미한 촛불이 켜진 가운데 있는 것을 좋아했기에 파벨은 늘 초를 준비하고 있었다. 그는 촛대에서 타고 남은 양초를 새것으로 갈아 끼운 후 불을 붙였다. 방 안은 부드러운 빛으로 가득 찼다.

"파샤, 내 얘기를 들어봐." 라라가 말했다. "나는 지금 곤란한 지경에 빠져 있어요. 당신이 나를 도와주어야 해. 너무 놀라지 말고 묻지도 마. 어쨌든 우리가 다른 사람들과 같다는 생각은 안 했으면 해. 가볍게 생각해서도 안 돼. 나는 위험에 처해 있어. 당신이 나를 사랑한다면, 내가 파멸하기를 원치 않는다면 어서 나와 결혼해줘요."

"그거야말로 내가 늘 바라던 거야." 파벨이 그녀의 말을 가로챘다. "자, 날을 정합시다. 언제라도 준비가 돼 있어. 하지만 대체 무슨 일이 있었는지 분명히 말해줘요. 그렇게 수수께끼 같은 소리만 하지 말고."

하지만 라라는 그의 질문을 피하고 화제의 방향을 바꾸었다. 그들은 그녀의 슬픔과는 아무 연관이 없는 이야기를 오랫동안 나누었다.

7

그해 겨울 유리는 대학 공모 논문 경연에 응시하기 위해 망막 신경 조직에 대한 논문을 쓰고 있었다. 그는 일반의(一般醫) 자격만 획득하고 있었지만 눈에 대해서도 상당한 전문 지식을 갖추고 있었다. 시각 생리학에 대한 그의 흥미는 그의 창조적 재능과 예술에 대한 그의 취향, 사고의 논리적 구조에 대한 그의 관심과 보조를 맞추는 것이었다.

토냐와 유리는 세를 낸 썰매 마차를 타고 스벤티스키 가의 크리스마스 파티에 가는 중이었다. 두 사람은 유년기의 끝자락부터 청소년기의 시작까지 6년간을 함께 지냈기에 서로에 대해 잘 알고 있었다. 둘은 습관도 비슷했고 상대방의 농담에 대해 콧방귀를 뀔 정도로 친했다. 하지만 지금 썰매 마차 안의 두 사람은 아무 말이 없었다. 두 사람은 굳게 입을 다문 채 이따금 한두 마디 말만 주고받을 뿐이었다. 그들은 각자 자기만의 생각에 빠져 있었다.

유리는 경연 논문 마감 날짜를 꼽으며 논문 집필을 서둘러야겠다고 생각하고 있었다. 이어서 미샤 고르돈에게 써주기로 약속한 글에 대해서도 생각했다. 미샤는 학생 잡지의 편집 책임자 일을 하고 있었고 유리는 블로크(러시아의 상징주의 시인-옮긴이 주)에 대한 글을 써주기로 약속한 터였다. 당시 모스크바와 페테르부르크의 젊은이들은 거의 모두 블로크에 열광하고 있었는데 유리 역시 그에게 푹 빠져 있었다.

하지만 결국 두 사람의 생각은 한곳으로 모아졌다. 안나 이바노브나의 침상 곁에서의 최근의 광경은 두 사람을 변모시켰다. 둘 다 갑자기 눈을 뜬 듯 서로를 새롭게 바라보게 된 것이다. 오랜 친구였으며 그저 모든 것이 당연한 듯이 여겨져 그 무슨 설명 따위가 필요 없던 존재였던 토냐가 이제 유리에게 가장 다가가기 어렵고 그 이상 복잡할 수 없는 존재가 되어버렸다. 그녀는 이제 여자가 된 것이다. 그는 상상의 나래를 펼치기만 하면 황제, 영웅, 예언자, 정복자의 모습은 쉽게 그려낼 수 있었지만 여자만은 그렇지 않았다.

이제 토냐는 여자가 된다는 가장 어렵고도 지고한 임무를 그녀의 가냘프고 연약한 어깨 위에 짊어지게 된 것이다. 토냐는 실제로 건강하기 그지없는 여자였지만 유리의 눈에 갑자기 그녀가 가냘프고 연약하게 여겨졌다. 그는 그녀를 향한 열렬한 공감과 두려운 경이(驚異)를 느꼈다. 그것은 뜨거운 열정의 시초였다. 그리고 유리만 그런 것이 아니라 토냐에게서도 같은 변화가 일어났다.

유리는 거리 양쪽을 바라보다가 방금 전에 라라의 눈에 들어왔던 환등기 같은 장면을 보았다. 그러자 갑자기 이런 생각이 들었다. 혹시 블로크는 거의 모든 영역에 걸쳐 러시아인들의 삶을 물들이고 있는 영혼을 반영한 것이 아닐까? 이 북방의 도시와 새로운 러시아의 문학, 별이 빛나는 하늘 아래의 이 현대적인 거리, 20세기의 거실에서 빛나고 있는 전나무들에 들어 있는 그 영혼을 반영한 것이 아닐까? 그렇다면 블로크에 대한 기사를 쓸 필요는 없다고 그는 생각했다. 자신이 해야 할 일은 동방박사들을 경배하는 네덜란드 어느 화가의 그림처럼 눈과 늑대와 어두운 전나무 숲으로 이루어진 러시아판 경배의 그림을 그리는 일이리라.

그들이 거리를 지나고 있을 때 어느 창문을 덮고 있던 얼음이 촛불에 녹아서 낸 동그란 구멍이 유리의 눈에 들어왔다. 그 구멍을 통해 촛불이 보였다. 불빛은 마치 지나가는 마차들을 바라보며 누군가를 기다리듯 거리를 향해 의식적으로 눈초리를 던지고 있는 것 같았다.

탁자 위에서 촛불이 타오르고 있다.

촛불은…….

그는 그렇게 중얼거렸다. 뭔가 혼란스럽고 아직 형태를 갖추지 않은 시의 서두 같았다. 그는 저절로 그 시가 모양을 갖추길 원하고 있었다. 하지만 더 이상 아무것도 떠오르지 않았다.

8

스벤티스키 씨네 집에서 열리는 크리스마스 파티는 아주 오래전부터 똑같은 진행 방식을 고수해오고 있었다. 밤 10시가 되어 아이들이 집으로 돌아가면 크리스마스트리에 두 번째 불이 밝혀지고 파티는 아침까지 이어졌다. 점잖은 사람들은 밤새 폼페이풍의 거실에서 카드놀이를 했다. 그리고 동이 트기 전에 밤참을 함께 들었다.

"왜 이렇게 늦은 거야?" 스벤티스키 씨의 조카인 조르지가 입구에서 유리와 토냐를 맞으며 말했다. 유리와 토냐는 코트를 벗고 주인 내외에게 인사하러 가기 전에 댄스홀 안을 들여다보았다.

사람들이 둥그렇게 원을 그리고 있는 가운데 그 안에서 사람들이 어지럽게 돌아가며 춤을 추고 있었다. 검사보의 아들인 귀족 학교 학생 코카 코르나코프가 프랑스어로 춤을 지휘하고 있었다. 토냐와 유리는 잠시 그들이 춤추는 모습을 바라보다가 곧장 주인 내외가 있는 안채로 갔다. 주인 내외는 그들을 반겼다. 그날 유리와 토냐는 파티 전면에 나서지 않고 그날 밤의 절반 정도를 주인 내외 및 조르지와 함께 보냈다.

유리와 토냐가 스벤티스키 노부부와 함께 있는 동안 라라는 무도회가 열리는 홀에 있었다. 무도복을 입지도 않았고 아는 사람 하나 없었지만 코카 코르나코프의 청에 의해 왈츠를 추기도 했고 마치 몽유병자처럼 하릴없이 홀 안을 서성이기도 했다.

그녀는 벌써 몇 번이고 거실 문 앞에서 안으로 들어갈까 말까 망설였다. 문을 정면으로 바라보고 앉아 있는 코마로프스키의 눈에 띌까 하는 기대에서였다. 하지만 그는 카드에서 눈을 떼지 않은 채 그녀를 향해 눈길조차 돌리지 않았다. 일부러 못 본 척하는 것 같기도 했다. 라라는 굴욕감에 숨이 막히는 것 같았다. 그때 그녀가 알지 못하는 소녀 한 명이 홀로부터 거실로 들어섰다. 코마로프스키는 라라가 너무나도 잘 기억하고 있는 그 눈빛으로 소녀를 바라보았다. 소녀는 뭐라고 재잘거리더니 얼굴이 발갛게 된 채 기쁨으로 빛나는 미소를 지었다. 라라는 수치심으로 얼굴이 달아올라 하마터면 소리를 지를 뻔했다.

'새로운 희생자로군'이라고 라라는 생각했다. 마치 거울을 보듯 자신과 자신의 모든 과거가 떠올랐다. 그녀는 좀 더 적절한 때에 코마로프스키와 이야기를 나누어야겠다고 생각하고 마음을 가라앉히며 홀로 돌아왔다.

코마로프스키는 다른 세 사람과 함께 카드놀이를 하고 있었다. 그의 왼쪽에 있는 사람은 지금 라라와 다시 왈츠를 추고 있는 코마 코르나코프의 아버지로서 검사보였다. 그 젊은이와 왈츠를 추면서 라라가 알게 된 사실이었다. 그리고 라라에게 묘한 감정을 불러일으켰던 소녀는 바로 코마의 여동생으로서 라라가 품었던 의심은 아무런 근거도 없는 것이었다.

코마가 처음으로 자신의 이름을 라라에게 밝혔을 때 라라는 아무런 주의도 기울이지 않았다. 하지만 다시 경쾌하게 왈츠 스텝을 밟은 뒤 그가 그녀를 의자로 데려다주며 두 번째로 자신을 소개했을 때 라라는 그 이름을 또렷하게 알아들을 수 있었다.

'코르나코프, 코르나코프.'

그 이름을 소리 없이 되뇌는 순간 그 무언가가 불현듯 떠올랐다. 그래, 티베르진을 포함한 철도원들의 재판에서 열변을 토했던 바로 그 검사야. 라라의 부탁으로 콜로그리포프가 선처를 부탁하러 찾아갔지만 뜻을 이루지 못했었다.

'그래, 맞아……. 그러니까…… 재미있게 됐네……. 코르나코프, 코르나코프.'

9

거의 새벽 2시가 되었다. 유리는 귀가 먹먹했다. 잠시 휴식 시간을 이용해 식당에서 작은 케이크를 곁들여 차를 마신 뒤 다시 춤이 시작되었다. 크리스마스트리 위의 양초는 다 타버렸지만 아무도 거기에 신경을 쓰지 않았다.

유리는 홀 한가운데 멍하니 서서 낯선 사람과 춤을 추고 있는 토냐를 바라보고 있었다. 토냐는 그를 향해 다가왔다가 긴 새틴 드레스 자락을 마치 물고기 꼬리지느러미처럼 살랑이며 춤추는 사람들 무리 속으로 사라져 갔다. 그녀는 흥분해 있었다. 그녀는 낯선 사람과 춤을 추고 돌면서 유리 곁을 지나갈 때면 장난스럽게 그의 손을 잡으며 의미심장한 미소를 던졌다. 그렇게 몇 번인가 손을 잡았을 때 유리의 손에는 그녀의 손수건이 들려 있었다. 그는 손수건을 입술로 가져가며 눈을 감았다. 밀감을 까먹었는지 밀감 냄새와 토냐의 살 냄새가 뒤섞인 향기가 그의 코를 스쳤다. 그것은 유리가 전에는 한 번도 느껴보지 못했던 새로운 경험이었다. 머리끝부터 발끝까지 묘한 전율이 일었다. 그 어린애처럼 순진무구한 그 향기는 어둠 속에서 속삭이는 말처럼 내밀하면서도 깊은 공감을 불러일으켰다. 그는 그 손수건으로 눈과 입술을 덮은 채 깊게 숨을 들이마셨다. 바로 그 순간 안에서 총성이 울렸다.

모두 홀과 거실 사이에 드리워져 있는 휘장 쪽으로 눈길을 돌렸다. 한동안 침묵이 흘렀다. 이어서 대소동이 일었다. 어떤 이들은 비명을 질렀고 일부 사람들이 코카의 뒤를 따라 총성이

들린 거실로 뛰어 들어갔다. 울부짖고 소리 지르며 거실로부터 뛰어나오는 사람들이 안으로 들어가려는 사람들과 부딪혔다.

"그 여자가 무슨 짓을 한 거지! 대체 무슨 짓을 저지른 거야!" 코마로프스키가 절망적으로 부르짖는 소리였다.

"여보, 보랴, 당신 괜찮아요?" 코르나코프 검사보 옆에 앉아 있던 그의 부인이 신경질적으로 울부짖었다. "여기 닥터 드로코브가 와 있다고 하던데, 그분 어디 계세요? 당신은 그냥 찰과상이라고 하지만……, 아녜요. 당신은 순교자예요. 당신이 그 흉악한 범죄자들을 벌주었다고 그런 거예요! 저기 저년이 그랬어요! 저기 저년! 이 못된 년! 네 눈을 할퀴어 주겠어! 저년 못 달아나게 해요! 뭐라고요, 코마로프스키 씨? 당신이요? 당신을 겨눈 거라고요? 아니에요! 믿을 수 없어요. 이런 비참한 순간에 그런 농담을 들을 겨를이 없어요. 코카, 코카! 어떻게 이런 일이! 저년이 네 아버지를 죽이려고……, 오, 맙소사! 코카! 코카……."

사람들이 거실로부터 홀로 쏟아져 나왔다. 그들 한가운데에서 피가 흐르는 왼손의 상처를 손수건으로 감싼 채 코르나코프가 여유 있는 미소를 지으며 자신에게는 아무 일 없다고 큰소리로 농담을 하면서 함께 걸어 나왔다. 몇 걸음 뒤쪽에서 일군의 사람들이 라라의 팔을 붙잡고 있었다.

유리는 아연했다. 또다시 저 여자다! 게다가 또다시 이런 이상한 상황에서! 그리고 또다시 그 잿빛 머리칼의 남자! 하지만 전과 달리 유리는 그 남자가 누구인지 알고 있었다. 자기 아버지의 유산과 연관이 있는 유명한 변호사 코마로프스키이다. 그에게 아는 척할 필요는 없다. 둘은 서로 모른 척했다. 그런데 저 여자는……. 총을 발사한 게 저 여자란 말인가? 검사에게? 정치적 이유 때문임이 분명하다. 가엾은 일이다. 이제 정말 난처한 처지에 빠지게 된 것이다. 오, 그녀는 그 얼마나 아름다운가! 그런데 저들은! 마치 그녀가 도둑인 것처럼 그녀의 팔을 비틀고 있다니!

하지만 그는 곧 자기가 잘못 보았음을 깨달았다. 그들은 그녀의 팔을 비틀고 있는 것이 아니었다. 그녀가 몸을 지탱하지 못하고 쓰러질 것 같아서 부축하고 있는 것이었다. 그들은 가까운 곳에 있는 안락의자로 그녀를 데려갔고 그녀는 무너지듯 털썩 주저앉았다.

유리는 그녀를 돌보기 위해 그녀에게 달려가려고 했다. 하지만 순간 희생자에게 먼저 관심을 보이는 것이 순서라고 생각했다. 그는 검사보에게로 걸어갔다.

"저는 의사입니다." 그가 말했다. "손을 좀 보여주십시오. 아, 다행이군요. 붕대를 감을 필요도 없겠습니다. 요오드팅크를 조금 바르면 되겠습니다. 저기 스벤티스카야 부인이 오시니 부탁하십시오."

스벤티스카야 부인과 토냐가 하얗게 질린 얼굴로 다급하게 유리의 곁으로 왔다. 두 사람은 유리에게 모든 것 다 그만두고 어서 코트를 걸치라고 했다. 집에서 전갈이 와서 급히 돌아가 봐야 한다는 것이었다. 최악의 사태를 짐작하며 유리는 코트를 입고 토냐와 함께 밖으로 나왔다.

10

안나 이바노브나는 이미 이 세상 사람이 아니었다. 그들이 허겁지겁 그녀의 방으로 들어섰을 때 그녀는 이미 10분 전에 숨을 거둔 뒤였다. 사인은 갑자기 발작한 호흡 곤란이었다. 토냐는 울부짖으며 거의 실신하다시피 했다.

다음 날 토냐는 어느 정도 진정이 되었지만 유리와 아버지가 건네는 말에 그저 건성으로 고개만 끄덕일 뿐이었다. 너무나 큰 슬픔에 잠겨 있어서 무언가 말을 하려고 할 때마다 마치 그 무언가에 사로잡힌 듯 비명이 터져 나올 것만 같았다. 예배 의식 사이에 그녀는 몇 시간이고 망자 옆에 무릎을 꿇고 앉아 크고 아름다운 두 손으로 화환에 뒤덮인 관대 모서리와 관 귀퉁이를 붙잡고 있었다. 그녀는 주위의 그 어느 것도 의식하지 못했다.

슬픔에 잠겨 몇 시간을 서 있었던 데다 수면 부족으로 인해, 또한 며칠 전에 걸린 감기로 인해 유리는 이상하게 감미로운 혼란 상태에 빠져 있었다. 슬픔과 환희가 뒤섞인 이상한 열병 같은 것이었다.

그의 어머니가 10년 전에 돌아가셨을 때 그는 아직 어린아이였다. 그는 자신이 얼마나 서럽게 울었는지, 얼마나 무서움에 질렸었는지 지금도 잘 기억하고 있다. 당시 그는 자기 자신에 대해서는 아무런 관심도 없었다. 그는 '유라'라는 존재가 과연 실제로 존재하는 것인지, 어떤 가치가 있는 존재인지 자각하지 못했다. 당시 중요한 것은 모두 그를 둘러싸고 있는 외부에 있었다. 사방 천지로부터 외부 세계가 그를 압박했고 그 세계는 마치 숲처럼 빽빽하고 이론의 여지가 없이 뚜렷하게 존재하는 것이었다. 그가 어머니의 죽음으로 인해 그토록 충격을 받은 것은 마치 숲에서 길을 잃은 것 같은 기분을 느꼈기 때문이었다. 어머니가 갑자기 숲에서 사라지고 홀로 남은 것 같은 기분에 젖은 것이다. 그 숲은 이 세상 삼라만상으로 이루어져 있었다. 하늘의 구름과 상점의 간판, 소방서 망루 위의 화재를 알리는 황금색 공, 성모상을 호위하듯 그 앞에서 말을 타고 지나가는 수도사들, 아케이드 거리의 진열장과 별, 주님과 성자들이 계신 저 까마득한 하늘, 그것들이 바로 그 숲을 이루고 있었다. 그리고 그 모든 것이 두려웠다.

하지만 지금은 모든 것이 달라졌다. 12년 동안 중·고등학교와 대학교를 거치면서 유리는 고대 그리스 로마 문명과 성서를 공부했고 신화와 시를 공부했으며 역사와 자연과학을 배웠다. 그리고 그것들이 그의 집의 연대기처럼 되었고 그의 족보가 되었다. 이제 그는 아무것도 두렵지 않았다. 삶도 두렵지 않았고 죽음도 두렵지 않았다. 이 세상 모든 것들이 그의 어휘 속으로 들어왔다. 그는 자신이 이 우주와 대등하게 뿌리를 내리고 서 있는 듯 느꼈다. 그는 어머니의 장례식 때와는 전혀 다른 느낌으로 안나 이바노브나의 장례식에 임했다. 어머니의 장례식에서는 혼란과 두려움과 고통으로 인해 기도했다. 하지만 지금은 추모 기도가, 자신에게 직접 전해지는 말처럼, 자신과 직접 연관이 있는 말처럼 들렸다. 그는 그 기도의 말들에 귀를 기울였다. 이 지상의 다른 말들처럼 그 의미를 명확히 파악하기 위해서였다. 하지만 그가 하늘과 땅의 지고의 힘을 자신의 선조로 삼고 그에 대해 경배한 것은 일반적인 종교적 신앙과는 달랐다.

11

장례식이 끝났다.

장례 행렬은 도시 반대쪽에 있는 묘지를 향해 천천히 나아갔다. 매섭게 몰아치던 추위가 한풀 꺾여 있었다. 마치 장례식을 위해 자연이 마련해준 선물 같았다. 묘지의 전나무들이 마치 상복을 입고 함께 애도하는 것 같았다.

그곳은 바로 유리의 어머니가 묻힌 그 교회 묘지였다. 유리는 지난 몇 년 동안 어머니의 묘지를 찾은 적이 한 번도 없었다. 그는 어머니 무덤 쪽을 바라보며 마치 그 옛날 그랬듯이 "엄마"라고 낮게 중얼거렸다. 토냐는 아버지의 부축을 받으며 걷고 있었다. 유리는 토냐의 상복이 잘 어울린다고 생각했다.

유리는 다른 사람들과 따로 떨어져 걸었다. 사람들은 죽음이 가져다준 쓸쓸함과 허탈감에 젖어 있는 것 같았다. 하지만 유리는 마치 그 허탈감에 응답하듯 또 다른 상념에 잠겼다. 그는 마치 물이 깔때기를 통해 밑으로 내려가듯 꿈속으로 빠져들었다. 사색하고, 새로운 형식을 고안하고 예술을 창조해야 한다는 꿈이었다. 그는 그 어느 때보다도 생생하게 예술이란 결국 두 가지 문제에 대해 끊임없이 질문해오고 관심을 가져왔다는 것을 깨달았다. 죽음에 대해 명상하고 늘 생명을 창조하는 것! 모든 위대한 참된 예술은 요한 계시록을 닮은 것이고 그것을 이어받은 것이다.

유리는 언젠가 홀로 있으면서 장모 안나 이바노브나를 기리는 시를 쓸 날이 있으리라는 즐거운 생각에 잠겼다. 그 시에 삶이 그에게 안겨준 이 모든 생각들, 안나 이바노브나의 뛰어난 점들, 상복을 입은 토냐의 모습, 묘지로부터 돌아오면서 눈에 들어온 모습들, 오래전 강한 눈보라가 몰아치는 밤에 어린 자신이 울고 있던 그 모습을 모두 새겨 넣으리라.

제4장 불가피한 운명의 시간들

1

라라는 반쯤 혼수상태에서 스벤티스카야 부인의 방 침대에 누워 있었다. 스벤티스키 가족들, 하인들과 드로코프 의사 등이 그녀 주변에서 수군거리고 있었다. 집 안은 어두운 가운데 텅 비어 있었고 객실 벽의 램프만이 길게 늘어선 방을 따라 희미한 빛을 비추고 있었다.

그 복도 한가운데를 코마로프스키가 잔뜩 화난 표정으로 왔다 갔다 하고 있었다. 하지만 단순히 격분해 있는 것이 아니었다. 그의 가슴속에 온갖 복잡한 생각들이 오가고 있었다. 물론 처음에는 화가 났고 제정신이 아니었다. 이 무슨 추태란 말인가! 이 무슨 치욕이란 말인가! 하지만 바로 그 순간, 이 소문이 더 널리 퍼지기 전에 그 싹을 어서 잘라내야 한다는 생각이 들었다. 자신의 지위가 위협에 처해 있고 명성에 흠이 가려 하고 있다. 만일 이 소문이 이미 퍼졌다면 더 커지기 전에 차단해야 한다.

한편 그가 분노와 함께 동요를 느낀 것은 이 미친 듯 절망에 빠진 여자에게서 넋을 앗길 만큼의 매력을 다시 실감한 때문이었다. 그는 그녀가 보통 여자들과 다르다는 것은 늘 알고 있었다. 그녀에게는 뭔가 특별한 것이 있었다. 그런데 자신이 그 얼마나 깊게 그녀에게 치명상을 입히고 그녀의 삶을 뒤집어 놓았던가! 그녀가 자신의 운명을 바꾸고 새롭게 시작하기 위해 그 얼마나 처절하게 몸부림을 쳤을까! 그래, 어떤 식으로건 그녀를 도와주어야 한다. 그녀에게 있을 곳을 마련해주어야 할 것이다. 하지만 무슨 일이 있어도 그녀를 건드리지 말아야 한다. 그녀에게 방해가 되지 않도록 멀찌감치 떨어져서 지켜보기만 해야 하리라. 그렇지 않다면 그녀의 성격으로 보아 또다시 무슨 일을 저지를지 모른다.

그리고 앞으로 그 얼마나 성가신 일들이 기다리고 있을 것인가? 도대체 가볍게 넘겨버릴 수 있는 일이 아니다. 법이 눈감아줄 리도 없다. 일이 벌어진 지 채 두 시간도 되지 않아 아직 날이 밝지도 않았는데 경찰이 두 번이나 왔었다. 그는 형사를 부엌으로 데려가서 적당히 둘러대며 넌지시 일을 덮어두는 데는 성공했다.

하지만 시간이 갈수록 일은 더 꼬일 것이다. 라라가 애당초 코르나코프 검사가 아니라 자신을 노렸다는 사실도 증명해내야 하리라. 그렇다고 일이 끝나는 것이 아닐 것이다. 그녀가 저지른 죄의 일부분은 면죄를 받을 수 있을지 몰라도 기소를 피할 수는 없을 것이다.

무슨 수를 써서라도 그런 사태에 이르는 것은 막아야 한다. 만일 사건이 법정까지 가더라도 정신과 의사를 매수해서 그녀가 총을 발사하던 순간 자신의 행동에 책임을 질 수 있는 상태가 아니었다는 정신 감정을 받아내리라.

생각을 정리하면서 그의 마음이 차츰 가라앉았다. 날이 밝자 그는 침실에 잠깐 들러 라라가 아직 회복되지 않았다는 말을 전해 들은 다음 밖으로 나갔다.

그는 곧바로 친구로 지내고 있는 여류 변호사 루피나 오니시모브나 보이트를 찾아갔다. 그녀는 정치 망명가의 아내로서 방이 여덟 개나 되는 넓은 집에 살면서 그중 두 개의 방을 세주고 있었다. 코마로프스키는 그중 한 개의 방을 라라를 위해 빌렸다. 그리고 몇 시간 뒤 라라는 여전히 고열로 시달리면서 반실신 상태에서 그 방으로 옮겨졌다.

2

라라가 묵고 있는 아파트는 아르바트 거리에 있는 건물의 꼭대기 층이었다. 동지가 지나면서 창문을 통해 보이는 푸른 하늘이 마치 강물처럼 넘실거리는 것 같았다. 그리고 겨울의 나머지 반이 지나가면서 점차 봄이 다가오고 있다는 신호로 집 안이 가득 찼다. 남쪽에서 불어오는 훈풍이 창문을 통해 들어왔고 멀리 역으로부터 기차 기적 소리가 마치 물개 울음소리처럼 들려왔다. 라라는 침대에 누워 어린 시절의 추억에 잠기곤 했다. 7, 8년 전, 우랄 지방으로부터 모스크바에 처음 도착하던 날 마차를 타고 지나던 그 어두컴컴한 골목길들, 어둠 속에서 울리는 수많은 종소리들, 현란한 진열장과 조명…… 그때 호텔 방에 놓여 있던 커다란 수박…… 코마로프스키가 환영의 뜻으로 보내온 수박이었다. 그 믿을 수 없을 정도의 크기에 라라는 감탄했었다. 라라에게는 생전 처음 보는 그 커다란 수박이 권력과 부의 상징으로 여겨졌었다. 그가 그 놀라운 녹색 과일을 반으로 가르자 그 차갑고 달콤한 속이 모습을 드러냈다. 그녀는 숨이 막힐 정도로 두려웠지만 그가 건네주는 수박 한 조각을 감히 거부하지 못했다. 그녀는 향기 나는 분홍빛 수박을 베어 물었지만 목이 막히는 것 같아 삼키기가 힘들었다. 비싼 음식과 수도 모스크바의 밤 모습에서 느꼈던 그 두려움이 나중에 코마로프스키 앞에서의 두려움으로 그대로 이어졌으니,—그것이 바로 모든 것을 설명해줄 수 있는 열쇠였다.

그런데 그런 그가 이제 놀라울 정도로 변했다. 그는 아무것도 요구하지 않았고 과거의 일을 그녀에게 상기시키지도 않았으며 심지어 아예 그녀를 찾아오지도 않았다. 그동안 내내 그녀와 거리를 유지했으며 더없이 품위 있게 그녀에게 도움을 제공했다.

그녀에게 큰 도움을 준 사람이 한 명 또 있었다. 바로 콜로그리보프 씨였다. 그는 라라를 친딸처럼 여기고 있었다. 라라는 그가 찾아온 것이 너무 기뻤다. 콜로그리보프 씨의 활달함과 재능이 자신에게 전해지는 것 같았고 방 안 전체가 밝아지는 것 같았다. 그녀를 찾아온 날 그가 침대 곁에 앉아 미소를 띤 채 말했다. 마치 어린아이에게 말하듯 조심스러우면서도 애정이 가득한 말투였다.

"대체 무슨 엄청난 생각을 하신 건가? 누가 이런 멜로드라마를 원한 거지?"

그는 잠시 말을 멈추고 습기로 인한 벽과 천장의 얼룩을 바라보았다. 이어서 그는 마치 자신을 나무라듯 고개를 좌우로 흔들며 말을 이었다.

"나는 곧 뒤셀도르프에서 개최되는 그림과 조각, 원예 국제 전시회에 가볼 작정이다. 아무리 봐도 이 방은 너무 습기가 많구나. 게다가 언제까지 그렇게 정처 없이 떠돌 작정인가? 게다가 이 집 주인 보이트는 별로 좋은 사람이 아니야. 내가 잘 알고 있어. 왜 옮길 생각을 않는 거니? 이제 충분히 누워 있었다. 일어날 때가 된 거야. 방을 바꾸고 공부를 시작해. 공부를 마쳐야 할 것 아닌가? 내가 친하게 지내는 화가가 한 명 있는데 2년 동안 투르키스탄에 가 있을 예정이라고 하더라. 아틀리에에 칸막이벽을 해놓아서 작은 아파트라고 할 수 있는 곳이야. 가구와 함께 마땅한 사람에게 빌려줄 생각인 모양이더라. 내가 처리해줄까? 한 가지 더 말해줄 게 있다. 오래전부터 내가 꼭 해야만 할 일이라고 생각해온 거다. 리파가 졸업했을 때부터……, 이거 얼마 안 되지만 그 애를 졸업시켜준 데 대한 보답이다……. 아니, 제발, 부탁이다……. 고집부리지 말고……, 그러니 그냥……."

그녀가 눈물까지 흘리며 안된다고 저항했고 심지어 싸움이라도 할 것처럼 대들었지만 그는 일만 루블짜리 수표를 그녀에게 억지로 쥐어주고 떠났다.

병에서 회복된 라라는 콜로그리보프 씨가 말해준 거리로 거처를 옮겼다. 스몰렌스키 시장과 매우 가까운 곳이었다. 그녀의 거처는 낡은 이층집 위층이었다. 1층에는 커다란 창고가 있었다. 자갈 포장이 된 안마당에는 늘 귀리와 건초들이 흩어져 있었다. 마당 주변에는 비둘기들이 구구 울음소리를 내며 돌아다니고 있었으며 이따금 쥐들이 떼 지어 지나가면 날개를 파닥이며 날아올랐다. 하지만 라라의 방 창문까지는 올라오지 않았다.

3

그 와중에 아주 심한 고통에 시달리고 있는 사람이 한 명 있었다. 바로 파벨이었다. 그녀가 앓아누워 있는 동안 그녀를 만날 수 없었으니 그의 기분이 어떠했겠는가? 파벨은 생각했다. 라라는 그녀와 이제 더 이상 아무 관련이 없는 한 남자를 죽이려 했다. 그런데 그녀가 죽이려다 실패한 바로 그 사내가 뒤처리를 다 해주며 그녀를 보호하고 있다. 게다가 그 일은 그들이 촛불을 켜놓고 잊기 어려운 대화를 나눈 크리스마스 날, 바로 그날 벌어졌다. 그 남자가 없었다면 라라는 기소되어 재판을 받았을 것이다. 그 사람 덕분에 라라는 처벌을 면할 수 있었고 학업도 무사히 마칠 수 있었다. 파벨에게는 모든 것이 뒤죽박죽이었고 고통스러운 일이었다.

라라는 몸이 회복되자 파벨을 자기 방으로 불러서 말했다.

"나는 나쁜 여자예요. 당신은 나를 잘 몰라요. 언젠가 말해주겠어요. 지금은 말해줄 수 없어요. 당신도 보다시피 말을 하려면 눈물부터 나오는걸요. 자, 이제 됐어요. 어쨌든 나를 잊어요. 나는 당신을 만날 자격이 없는 여자예요."

다음번 파벨이 라라를 찾아왔을 때 라라는 한결 더 단호했다. 파벨을 고통에서 벗어나게 해주기 위해 그녀는 자신이 더 이상 그를 사랑하지 않으니 단호하게 관계를 끊자고, 다시는 찾아오지 말라고 말했다. 그녀가 아직 아르바트 거리에서 살고 있을 때 일이었다. 하지만 그렇게 단념의 말을 하면서 그녀는 심하게 흐느껴 울었다. 파벨은 그녀의 말이 진심이라고 믿을 수 없었다. 한편 파벨은 그녀가 무슨 죽을죄를 지은 것이라고 의심했으며 그녀의 말 자체가 모두 의심스럽기도 했다. 그는 그녀를 저주하고 증오할 태세가 되어 있었다. 하지만 그는 그녀를 미친 듯 사랑하고 있었고 그녀의 모든 생각들, 그녀가 입술을 댔던 컵, 그녀가 머리를 눕혔던 베개까지 모든 것이 다 질투의 대상이었다. 둘 다 미쳐버리지 않기 위해서는 무언가 단호한 행동을 빠르게 취해야만 했다. 둘은 학교를 졸업하기 전에 당장 결혼하기로 결정했다. 결혼식은 부활절 다음의 일요일에 올리기로 결정되었지만 라라의 요청에 의해 연기되었다.

결혼식은 우여곡절 끝에 졸업 시험이 끝난 성령강림절 직후 월요일에 거행되었다. 라라의 클래스메이트인 투샤의 어머니인 류드밀라가 모든 것을 주관해주었다. 조촐한 결혼식이었지만 친구들과의 피로연은 즐거웠다. 모두 술을 마시고 춤을 추며 즐겼다.

손님들이 모두 돌아가고 둘만 남았을 때 파벨은 갑자기 찾아온 정적이 거북하게 여겨졌다. 커튼을 통해 들어오는 가로등 불빛 때문에 마치 누군가가 자신들을 엿보고 있다는 불안감을 느꼈다. 파벨은 자신이 라라나 자기 자신보다도, 또한 그녀를 향한 자신의 사랑보다도 가로등에 더 마음을 빼앗기고 있다는 사실을 깨닫고 놀랄 수밖에 없었다.

영원처럼 길게 느껴지던 그날 밤 파벨은 기쁨의 절정을 맛봄과 동시에 절망의 나락을 경험했다. 그의 의심스러운 추측 사이로 라라의 고백이 이어졌다. 그가 그녀에게 질문했고 그녀가 질문에 대답할 때마다 그의 영혼은 마치 심연으로 굴러떨어지는 것 같은 절망을 경험했다. 그의 상처 입은 상상력으로는 도저히 따라가기 힘든 그녀의 고백이었다.

그들은 아침까지 이야기를 나누었다. 파벨이 자신의 생애에서 그날 밤처럼 결정적이고 충격적인 변화를 겪은 적은 없었다. 아침이 되자 그는 다른 사람이 되어 잠에서 깨어났다. 자신의 이름이 여전히 파벨 안티포프인 것이 이상할 정도로 놀라운 변화였다.

열흘 뒤 그들의 친구들이 송별 파티를 열어주었다. 좋은 성적으로 졸업 시험을 통과한 두 사람은 우랄 지방 어느 도시에 있는 학교에 추천을 받아 그곳으로 떠날 예정이었다. 젊은 사람들이 모여 흥겹게 술을 마시며 파티를 열었고 파벨과 라라도 모든 일을 잊고 함께 즐겼다. 그런데 파티 도중에 나디아가 나타났다. 나디아는 온 가족이 보낸 축하의 말과 함께 부모가 보내준 선물을 가져왔다. 노란 장밋빛 보석이 달린 아름다운 사파이어 목걸이였다. 라라는 너무 고맙고 기뻤다.

다음 날 아침, 부부는 우랄 지방으로 향하는 열차에 몸을 실었다.

4

사흘째 궂은 날씨가 이어졌다. 전쟁(제1차 세계 대전-옮긴이 주)이 일어난 뒤 두 번째 가을이었다. 첫해에는 승전을 거두는가 싶더니 이듬해에 전세가 역전되었다. 카르파티아 산맥에 집결한 브루실로프 휘하의 제8군은 경사면을 내려가서 헝가리를 침공할 예정이었지만 전군이 후퇴하는 바람에 함께 물러설 수밖에 없었다. 러시아군은 전쟁 초기에 점령했던 갈리치아도 넘겨줄 수밖에 없었다.

닥터 지바고는—이제 그는 유리 안드레예비치로 불렸고 더 이상 유라라는 아명으로 불리지 않았다—부속 산부인과 병원 산과 병동의 한 병실 앞에서 서성이고 있었다. 그 병실에는 아내 토냐가 출산을 위해 입원해 있었다.

그는 바쁜 와중에 이곳에 온 것이었다. 두 명의 환자를 더 진찰해야 했고 가능한 한 빨리 근무하는 병원으로 돌아가야 했다. 밖에는 비가 오고 있었다. 창문을 내다보니 두 대의 트레일러를 매단 트럭이 병원 쪽으로 다가오는 모습이 보였다. 부상병들을 싣고 온 트레일러였다. 일반 병원이 온통 부상병들로 만원이어서 산부인과 병동으로 싣고 온 것이었다.

이내 날이 어두워졌다. 마치 마법의 지팡이를 흔든 듯 모든 창문에 일제히 불이 밝혀졌다. 잠시 후 병실에서 의사가 나오더니 지바고를 보고 말했다.

"오늘은 일단 돌아가세요. 내일 선생님 계시는 병원으로 연락 드리지요. 당장은 별일 없을 겁니다. 자연분만이 가능할 겁니다."

하지만 다음 날에도 토냐는 출산하지 않았으며 사흘째 되는 날에야 양수가 터졌고 진통이 시작되었다. 간호사가 나와서 복도에서 서성이고 있는 그에게 말했다.

"아들이에요. 순산하셨어요."

유리는 뒤따라 나온 의사에게 사정해서 멀리서나마 산모와 아기의 모습을 볼 수 없겠느냐고 사정했다. 그는 병실이 훤히 들여다보이는 창가에서 침대에 누운 토냐와 아기의 모습을 바라보았다.

병실 안에는 흰 유니폼을 입은 두 명의 여성이 등을 돌리고 서 있었다. 산파와 간호사였다. 간호사의 손바닥 위에서 연약한 생명체가 마치 검붉은 고무 덩어리처럼 사지를 꼼지락거리면서 울어대고 있었다. 산파는 탯줄을 끊을 준비를 하고 있었다. 토냐는 수술용 침대에 누워 있었다. 너무 흥분해 있었기에 모든 것이 과장되어 보이는 유리의 눈에 아내는 아주 높은 곳에 누워 있는 것만 같았다.

그녀는 마치 생명의 대륙에서 새로운 영혼이라는 화물을 싣고 죽음의 바다를 건너와 이제 막 그 화물을 내리고 항만에 정박해 있는 배처럼 보였다. 하나의 영혼을 무사히 상륙시키고 나서 닻을 내린 채 한숨을 돌리고 있는 것처럼 보였다. 긴장했던 돛과 선구 등 그녀의 전 존재가 휴식을 취하고 있었으며 그녀가 떠나온 해변가, 건너온 곳, 짐을 부린 곳에 대한 온갖 기억마저도 모두 사라지고 없었다.

근무하는 병원으로 돌아오자 직장 동료들이 모두 그에게 축하의 말을 건넸다. 유리는 어떻게 이렇게 빨리 소식이 전해졌는지 의아할 뿐이었다. 그가 의사 대기실 의자에 앉아 있는데 병원장이 들어와 그를 보고 말했다.

"축하하네. 아들을 떡하니 낳았군. 그런데 좀 성가신 소식이 있어. 자네 병역 면제 심사가 다시 있게 될 모양이야. 이번에는 막기가 어렵겠어. 군의관이 턱없이 부족한 모양이야. 오래지 않아 자네는 화약 냄새를 맡게 될 것 같아."

5

파벨과 라라는 유리아틴에서 예상했던 것보다 잘 지내고 있었다. 라라는 유리아틴이 좋았다. 그곳은 그녀의 고향이었다.

고향에서는 기샤르 집안에 대해 좋은 기억을 간직하고 있었다. 덕분에 그들 부부는 별 어려움 없이 새롭게 정착할 수 있었다.

라라는 해야 할 일도 많았고 생각해야 할 것도 많았다. 그녀는 집안일을 온통 혼자 책임지고 있었으며 세 살 난 딸 카챠도 돌보아야 했다. 붉은 머리의 마르푸트카가 가정부로서 열심히 일을 도와주고 있었지만 그것만으로는 충분하지 않았다. 라라는 남편이 흥미를 갖고 있는 일에는 무엇이든 관여했다. 그녀는 여자 중학교에서 교사로 근무했다. 그녀는 쉬지 않고 일했으며 행복했다. 그녀가 꿈꾸던 삶이 바로 이런 것이었다.

유리아틴은 중하류까지 배가 들어오는 커다란 르인바 강변에 있는 도시로서 우랄 철도가 지나가고 있었다. 겨울이 가까워지면 보트 소유자들이 배를 집으로 가져가서 뒷마당에 세워 놓고 봄이 올 때까지 기다렸다. 마당 안쪽에 하얀 바닥을 드러낸 채 놓여 있는 보트의 모습은 다른 지방에서의 철새의 이동이나 첫눈과 똑같은 의미를 지니고 있었다. 파벨 부부의 집 뒷마당에도 보트가 놓여 있었으며 카챠는 그 안에 들어가서 놀곤 했다.

라라는 고향 사람들과 잘 어울렸고 그들의 소박함에 마음이 끌렸지만 모스크바 철도원의 아들인 파벨은 어쩔 수 없는 도시 사람이었다. 그는 유리아틴 사람들에 대해 라라보다 훨씬 엄한 시선을 던지고 있었다. 그들이 보여주는 거친 모습과 무지가 신경에 거슬렸던 것이다.

그에게는 그동안 자신도 의식하지 못하고 있던 능력이 있었다. 그는 속독 능력이 있었고 그렇게 얻은 지식을 축적할 수 있는 능력이 있었다. 전에도 그는 책을 많이 읽었지만, 부분적으로는 라라의 도움에 의해서였다. 그런데 이곳에서 책을 하도 많이 읽다보니 라라마저 더 이상 별로 유식해 보이지 않았다. 그는 이내 동료 교사들 가운데 우뚝 선 존재가 되었으며 그런 친구들과 함께 지내려니 숨이 막힐 지경이라고 불평했다.

파벨은 학교에서 라틴어와 고대사를 가르쳤다. 그런데 학창 시절에는 반쯤 묻혀 있던 과학과 물리와 수학에 대한 정열이 갑자기 되살아났다. 그는 독학으로 그 분야에서 이미 대학 졸업 정도의 수준을 갖추게 되었다. 그는 자연과학이나 수학의 지방 고시에 합격한 뒤 페테르부르크로 가서 수학 교사가 되겠다는 꿈을 갖게 되었다. 그는 밤늦게까지 공부하느라 건강이 약해졌으며 불면증까지 생겼다.

부부 사이는 비교적 좋았지만 단순하지만은 않다는 것이 문제였다. 그는 그녀가 지나치게 자신에게 친절하고 잔소리를 해

대는 것이 좀 거슬렸다. 하지만 그는 결코 그녀를 비난하지 않
았다. 별 의미 없이 던지는 자신의 하찮은 말을 그녀가 혹시 출
신 성분의 차이에 대한 불만이나 그녀의 과거에 대한 지적으로
듣지나 않을까 하는 염려에서였다. 자신이 뭔가 터무니없는 생
각을 하고 있다는 의심을 그녀에게 사지 않으려고 지나치게 배
려한 나머지 두 사람의 삶에 뭔가 부자연스러운 면이 생겼다.
그들 둘 다 상대방보다 점잖게 행동하려고 애썼고 바로 그것이
모든 것을 복잡하게 만들었다.

어느 날 손님들이 오고 간 뒤에 파벨은 라라가 잠든 것을 확
인하고 슬그머니 방 밖으로 나갔다. 잠이 오지 않았던 것이다.
파벨은 누워 있어 봤자 서너 시간 동안 잠을 이루지 못하리라
는 것을 알고 있었다. 그는 엎어놓은 보트에 앉아 생각에 잠겼
다. 언제고 결론을 맺어야 할 상념이며 오늘이 그러기에 좋은
날이라고 그는 생각했다. 맑고 추운 가을밤이었다.

'이대로 계속될 수는 없어. 결혼하기 전에 이미 예견할 수 있
었던 일이야. 다만 너무 늦게 깨달은 거지. 어릴 때부터 내가 그
녀에게 너무 반해 있어서 그녀가 나를 자기 하고 싶은 대로 하
게 만든 거야. 내가 왜 분별력 있게 제때 그녀를 포기하지 않았
던가? 결혼하기 전 겨울에 말이다. 그녀가 결혼하자고 그렇게

졸랐었지. 그녀가 사랑한 것은 내가 아니라 그녀가 내게 부여한 고결한 임무라는 것, 나는 그녀의 야심이 빚어낸 하나의 허상에 불과하다는 것이 너무도 분명하지 않았던가. 제아무리 감동적이고 고결하다고 하더라도 그녀가 마음속에 품고 있는 사명과 실제 가정생활과는 무슨 연관이 있단 말인가? 그런데 가장 고약한 것은 내가 아직 그녀를 선과 똑같이 사랑하고 있다는 사실이다. 그녀는 정말이지 너무나 아름답다. 그렇다면 나는 진정으로 그녀를 사랑하는 것이 아니라 그녀의 아름다움과 너그러움 앞에서 정신을 못 차리고 있는 것이 아닐까? 오, 도대체 누가 그걸 분명히 구분할 수 있을 것인가! 악마도 발을 동동 구르며 혼란스러워 하리라.

그렇다면 어떻게 해야 한단 말인가? 아내와 딸을 이런 위선적인 삶에서 벗어나게 해줘? 그래, 나 자신이 자유로워지는 것보다 그게 더 중요해. 하지만 어떻게? 이혼? 자살? 이런! 무슨 부질없는 생각을!'

그는 그런 혐오스러운 생각을 하는 자신에 대해 화가 났다. 그는 마치 별들에게 조언을 구하듯 하늘을 올려다보았다. 별들이 일부는 무리 지어, 일부는 흩어져서 반짝이고 있었다. 그때 갑자기 별빛이 흐려지는 것 같더니 집과 들판이, 그리고 파벨이 앉아 있는 보트가 질주하는 듯한 거친 불빛에 휩싸였다. 마치 그 누군가가 횃불을 흔들며 들판으로부터 문을 향해 달려오는 것 같았다. 군용 열차가 불꽃과 노란 연기를 하늘을 향해 뿜어 올리며 서쪽을 향해 건널목을 지나갔다. 지난 1년 동안 밤낮으로 수없이 보았던 모습이었다.

파벨이 갑자기 미소를 지으며 몸을 일으키더니 잠을 자기 위해 집 쪽으로 걸음을 옮겼다. 궁지에서 빠져나올 방법이 갑자기 떠오른 것이다.

6

파벨의 결심을 듣고 라라는 멍한 표정으로 그를 바라보았다. 처음에는 자신의 귀를 의심할 수밖에 없었다.

'무슨 헛소리지?' 그녀는 생각했다. '그냥 변덕일 뿐이야. 신경 쓸 것 없어. 곧 잊어버리겠지.'

하지만 파벨은 이미 두 주 전부터 모든 것을 준비했다. 그는 징병 사무소에 서류를 제출했고 학교에서는 후임 교사를 이미 결정한 터였다. 그리고 옴스크에 있는 육군사관학교 입학 허가 통지서를 이미 받아놓고 있었다.

라라는 시골 아낙네처럼 울부짖으며 남편의 손을 잡고 그의 발아래서 몸부림쳤다.

"오, 여보, 파세니카!" 그녀는 부르짖었다. "가지 말아요! 지금이라도 늦지 않았어요! 내가 다 바로잡아 놓을게요. 당신 건강 검진도 받지 않았잖아……. 심장도 나쁘고……. 그런 미친 짓을 해서 가족을 희생한다는 게 부끄럽지도 않아요? 오, 지원을 하다니! 로쟈를 그렇게 비웃더니 이제 걔가 부러워진 거예요? 장교복을 입고 칼을 철럭거리며 뽐내고 싶다는 건가요? 당신 도대체 어떻게 된 거야? 도대체 이해할 수가 없어. 당신 왜 이렇게 변한 거야? 제발 빤한 소리로 둘러대지 말고 솔직하게 말해요. 이게 러시아가 정말로 원하는 거예요?"

라라는 홀연 그런 게 문제가 아님을 깨달았다. 사태를 모두 이해한 것은 아니었지만 문제의 핵심을 파악한 것이다. 자신의 태도를 오해한 것이다. 그녀는 그를 향해 모성애적인 사랑을 쏟았다. 그녀의 삶 전체는 그 애정의 일부분일 뿐이었다. 그런데 그는 그 모성애적인 사랑에 반발한 것이다. 그는 그 사랑이 여자가 남자를 향하여 품을 수 있는 일반적인 감정 이상의 것이라는 사실을 이해할 수 없었던 것이다.

라라는 입술을 깨물었다. 그녀는 마치 매라도 맞은 것처럼 움츠러들며 눈물을 삼켰다. 그리고 조용히 그를 떠나보낼 준비를 했다.

　파벨이 떠난 뒤 그녀에게는 온 도시가 적막에 싸인 것 같았으며 하늘을 나는 까마귀 숫자조차 줄어든 것 같았다. 그녀의 삶에서 가장 쓰라린 패배를 맛본 순간이었다. 찬란하게 빛나던 그녀의 희망은 무너져버렸다.

　시베리아에서 보내온 남편의 편지를 통해 라라는 파벨이 느끼고 있던 것, 지금 느끼고 있는 것을 모두 알 수 있었다. 그는 자신이 잘못했음을 알았다. 그는 아내와 딸을 미치도록 그리워하고 있었다. 몇 달 후 그는 사관학교 졸업도 하기 전에 소위로 임관되어 즉시 일선으로 배치되었다.

　전선에서 날아온 편지는 옴스크에서 보낸 편지보다는 훨씬 활기가 있었다. 그는 포상 휴가를 얻어 그리운 가족들을 만나기 위해 큰 공을 세우겠다고 편지에 썼다. 그런데 홀연 편지가 끊겼다. 처음에는 전선 이동 중이라 편지를 쓸 수 없는 것이리라 생각하고 안심했다. 하지만 너무 오랫동안 편지가 없어서 라라는 여기저기 수소문을 해보았다. 하지만 그 어디서도 아무것도 알아낼 수 없었다.

　전시에 시골 아낙네들이 흔히 그렇듯이 라라도 전쟁이 발발

한 뒤 유리아틴 지방 병원 부설 군 병원에서 봉사활동을 했다. 그녀는 열심히 노력해서 간호사 자격을 얻었다. 그녀는 학교에 반 학기 동안 휴직원을 냈다. 그녀는 집안일을 마르푸트카에게 맡기고 딸 카차와 함께 모스크바로 갔다. 거기서 그녀는 딸을 나디아의 동생 리파에게 맡겼다. 리파의 남편은 독일 시민이었기에 다른 적국 시민들과 함께 수용소에 수용되어 있었다.

라라는 우편으로 아무리 남편 소식을 수소문해도 소용이 없다는 생각에 직접 찾아 나서기로 결심했다. 그녀는 헝가리 국경 지대의 메조라보르치행 병원 열차의 간호사로 들어갔다. 파벨이 마지막으로 편지를 보낸 주소가 바로 그곳이었기 때문이었다.

7

이곳은 유리 지바고가 근무하고 있는 최전선의 사단 야전 병원, 유리의 어린 시절 친구인 미샤 고르돈이 그곳을 찾았다.

모스크바의 사회 활동가들이 병사와 장교들에게 줄 선물을 갖고 일선을 방문한 것이며 미샤는 그 일행 중 한 명이었다. 열차를 타고 역에서 내린 미샤는 수소문 끝에 지바고가 근무하는 야전병원이 가까운 마을에 있다는 것을 알아냈다. 미샤는 작은

짐마차를 타고 파괴된 마을을 지나 지바고가 근무하고 있는 야
전병원으로 찾아갔다. 애당초 지바고를 방문하면서 그는 지바
고의 숙소에서 하룻밤도 지내지 않고 그날로 동료들이 있는 철
도역으로 돌아갈 수 있으리라고 생각했다. 하지만 예기치 못한
상황 때문에 그는 그곳에 일주일 이상 머물러야 했다.

미샤가 유리를 찾아갔을 때는 전선이 움직이기 시작한 때였
다. 미샤가 찾아간 마을 남쪽에서 러시아군이 적의 진지를 돌
파하는 데 성공했다. 주력 부대를 지원하는 부대들이 뒤를 따
르며 전선을 확대했다. 그런데 지원 부대가 서서히 뒤처지면서
선봉 부대는 고립되었고 모두 포로가 되었다. 그리고 포로 중
에 파벨 안티포프 소위가 있었다. 그가 지휘하는 소대 전체가
포로가 된 것이다.

그가 전사했다는 잘못된 소문이 떠돌았다. 포탄에 맞아 전사
했다는 것이었다. 소문의 진원지는 그와 같은 부대 동료인 갈
리울린 소위였다. 그가 감시 초소에서 망원경으로 직접 관측했
다는 것이었다. 그는 친구로 지내던 파벨과 함께 전투에 참가
했고 가까운 곳에서 그가 전사한 것을 확인했다고 말했다. 파
벨이 전사한 것이라는 생각을 굳힌 부대에서는 갈리울린에게

그의 유품을 맡기면서 아내에게 전하라고 했다. 파벨의 유품 속에는 작은 사진들이 많이 있었다.

사병에서 최근에 소위로 진급한 갈리울린은 이 책의 앞부분에 나왔던 인물이다. 철도 수리공 십장인 후돌레예프에게 맞고 있는 것을 티베르진이 구해준, 기마체틴의 아들 유수프카 갈리울린이 바로 그였다. *그가* 준위에서 소위로 진급하게 된 것은 역설적이게도 바로 후돌레예프 덕분이었다.

준위 계급장을 달고 근무할 때 갈리울린은 자신의 의도와는 상관없이 한가한 후방에서 편하게 근무하고 있었다. 그는 그곳에서 반은 노병들로 이루어진 신병들의 훈련을 책임지고 있었다. 그러던 어느 날 예비역들로 구성된 보충병들이 모스크바로부터 도착했는데 그 속에 그가 너무도 잘 알고 있는 표트르 후돌레예프가 있었다.

"오호, 옛 친구를 만났군." 갈리울린이 씁쓸한 미소를 지으며 말했다.

"넷! 그렇습니다!" 후돌레예프는 부동자세로 거수경례를 하며 크게 외쳤다.

후돌레예프는 훈련에서 실수가 잦았다. 어느 날 갈리울린은 훈련 시 한눈을 파는 그에게 따귀를 날리고 영창에 집어넣었다. 군기를 어긴 데 대한 당연한 조치로 볼 수도 있었지만 갈리울린의 행동에는 앙갚음하겠다는 심정이 분명히 작용하고 있었다. 갈리울린 자신도 그 사실을 잘 알고 있었다. 그는 절대복종이라는 군대 규율의 힘을 빌려 앙갚음을 하는 것은 더없이 비열한 짓이라고 생각했다. 그렇다고 도덕군자처럼 그를 너그럽게 대할 수도 없었다. 그는 두 사람이 같은 곳에서 지내는 것은 불가능하다고 판단했다. 그렇다고 해서 말단 장교인 주제에 그를 전출 보낼 수도 없었다. 그는 일선 배치를 자원했다. 그런 그를 상부에서 좋게 본 데다 최근 전투에서 공로를 세운 덕에 그는 준위에서 정식 소위로 단기간에 진급할 수 있었다.

갈리울린은 1905년 파벨 안티포프를 만난 적이 있었다. 파벨이 티베르진의 집에서 6개월 동안 지냈을 때였다. 당시 갈리울린은 일요일이면 티베르진의 집으로 찾아가 함께 놀곤 했다. 갈리울린은 그곳에서 한두 번인가 라라를 만난 적도 있었다. 이후 그는 두 사람에 대한 소식을 듣지 못했다. 파벨이 갈리울린이 근무하는 부대에 모습을 나타냈을 때 갈리울린은 그의 변한 모습에 놀랐다. 수줍음을 잘 타고 결벽증이 있던 장난꾸러기가 거드름을 피우며 아는 체하는 염세가로 바뀌어 있었다. 파벨은 총명했으며 용감했고 과묵했으며 풍자적이었다. 동시에 그 그윽한 눈동자 속에는 그 속에 뿌리박고 있는 사상, 혹은 딸과 아내를 향한 그리움이 들어 있는 것 같기도 했다. 갈리울린에게 파벨은 동화 속에 나오는 마법에 걸린 사람 같았다. 그런데 이제 그는 가고 없었고 갈리울린의 손에는 그의 서류와 사진, 그리고 그의 변모의 비밀만이 남아 있었다.

조만간 라라가 자신에게 남편의 안부를 물어 오리라. 그는 그녀에게 편지를 쓰려 했다. 하지만 너무 바빠서 제대로 편지를 쓸 시간이 나지 않았다. 그리고 무엇보다 그녀가 받을 충격을 줄여주고 싶었다. 그는 그녀에게 자세한 편지를 쓰는 것을 계속 미루고 있었다. 그러다 그녀가 전선 어느 곳에선가 간호사로 일하고 있다는 소식을 들었다. 하지만 어느 곳으로 편지를 보내야 하는지는 알 수 없었다.

8

"오늘은 말이 있을까?" 미샤 고르돈이 닥터 지바고가 점심식사를 하러 집으로 돌아올 때마다 묻곤 했다. 둘은 갈리치아의 한 농가에 머물고 있었다.

"없을 거야. 어쨌든 어느 쪽으로 가겠다는 건가? 사방이 봉쇄된 셈이야. 온통 무시무시한 혼란뿐이야. 아무도 갈피를 잡을 수 없어. 남쪽에서는 독일군 진지를 몇 개 돌파한 모양이지만 우리 쪽 전투 부대는 뿔뿔이 흩어져서 독 안에 든 쥐 꼴이야. 북쪽에서는 독일군이 도저히 건널 수 없다고 생각한 지점에서 스벤타 강을 건넜다는군. 강력한 전투력을 지닌 기병대라네. 적들은 철로를 파괴하고 창고를 폭파하고 있어. 내 생각에 우리는 포위된 거야. 그런데 말 따위로 어쩌겠다는 건가? 자, 식사나 하지. 오늘 메뉴는 뭐지? 오, 송아지 다리? 좋군."

병원과 부속 부대로 이루어진 의료 부대는 기적적으로 포격에서 벗어난 마을 여기저기 흩어져 있었다. 늦더위가 반짝 찾아오는 시기여서 가을이었지만 낮에는 무더웠다.

밤이 되었다. 미샤와 지바고는 벽 양쪽에 놓여 있는 야전 침대에 마주 보고 누워 있었다. 담배 연기 자욱한 방 안은 덥다고 느껴질 정도로 따뜻했다. 둘은 창문을 열고 가을의 신선한 공기를 들이마셨다.

여기저기서 포 소리가 멈추지 않고 들려오는 가운데 둘은 틈만 나면 이야기를 나누었다. 미샤는 지바고와 이야기를 나누면서 전쟁에 대한, 그리고 전쟁이 사람들의 사고에 미치는 영향에 대한 지바고의 생각을 알 수 있었다. 지바고는 이렇게 서로를 살상하는 전쟁의 무자비한 논리를 도저히 받아들이기 어렵다고 친구에게 말했다. 또한 예전에는 결코 볼 수 없었던 끔찍한 부상자의 모습, 현대 살상 무기에 의해 불구가 되어 살아남은 생존자들의 모습에 익숙해지는 것을 도저히 받아들일 수 없다고 말했다.

미샤는 지바고와 함께 매일 이리저리 옮겨 다니면서 끔찍한 광경들을 직접 목격했다. 이렇게 방관자의 눈으로 타인들의 용기를, 초인적인 노력으로 죽음의 공포를 이겨내는 그들의 모습을, 희생을 치르면서 위험을 감수하는 그들의 모습을 바라보기만 한다는 것이 그 얼마나 부도덕한 짓인지 그가 절감했다는 사실을 새삼 강조할 필요는 없으리라. 그는 그런 모습 앞에서 눈물을 흘린다고 해서 부도덕함이 어느 정도 감해진다고도 생각하지 않았다. 그는 삶이 자신에게 부여한 바로 그 상황에서 솔직하게, 그리고 정직하게 행동하는 것만이 필요하다고 생각했다.

그들은 최전선 바로 후방에서 활동하고 있는 적십자 야전병원을 방문했다. 그 경험을 통해 미샤는 사람이 부상자의 모습을 보고도 기절할 수 있다는 사실을 체험할 수 있었다.

두 사람은 포화로 인해 심하게 손상된 숲에 도착했다. 꺾이고 짓밟힌 관목 숲에는 전복된 포차가 누워 있었고 말 한 마리가 나무에 매여 있었다. 멀리 지붕이 반쯤 날아가버린 산림관리원의 집이 보였다. 그 집과 길 건너의 커다란 두 천막이 야전병원으로 사용되고 있었다.

"자네를 공연히 이곳으로 데려왔어." 지바고가 말했다. "참호가 1킬로미터 정도 떨어진 곳에 있고 우리 포대가 바로 그 위, 숲 뒤에 있어. 소리 들리지? 언제 우리 머리 위로 포탄이 떨어질지 몰라."

묵직한 군화를 신은 병사들이 먼지를 뒤집어쓴 채 바닥에 누워 있거나 엎드려 있었다. 나흘에 걸친 큰 전투 끝에 부상을 입고 후송된 병사들이었다. 그들은 마치 웃거나 말을 할 기력도 없는 듯 돌덩이처럼 누워 있었다. 그들은 가끔 마차 몇 대가 덜컹 소리를 내며 길을 따라 다가와도 고개를 돌리지 않았다. 중상을 입은 부상병들을 야전병원으로 이송하고 있는 마차였다. 그 가운데 반 이상은 의식이 없었다. 잠시 후 두 사람은 야전병원에 도착했다.

마차가 현관 사무소에 도착하자 들것을 든 위생병들이 재빨리 다가와 부상병들을 마차에서 내렸다. 천막 안에서 한 간호사가 천막을 들치고 밖을 내다보았다. 그때였다. 텐트 뒤의 숲에서 누군가 두 사람이 큰 소리로 다투는 소리가 들렸다. 잠시 후 두 사람이 길을 건너 야전병원 쪽을 향해 왔다. 한 명은 흥분해 있는 젊은 소위였고 상대방은 야전병원 의사였다. 장교는 의사에게 이곳 공지에 포진하고 있던 포병대가 어디로 갔느냐고 의사에게 큰 소리로 묻고 있었다. 의사는 알 리 없었고 알 필요도 없었다. 의사는 장교에게 부상병들이 실려 와서 정신이 없는 판이니 제발 소리 좀 지르지 말라고 애걸했다. 하지만 장교는 진정하기는커녕 적십자와 포병대, 그 밖의 모든 것들에 대해 욕설을 퍼부었다. 그는 나무에 매어 두었던 말에 올라타더니 길 건너 숲속으로 달려갔다. 간호사는 처음부터 그 모습을 다 지켜보았다.

그런데 갑자기 그녀는 얼굴이 일그러지더니 재빨리 텐트에서 뛰쳐나오며 들것 옆에서 걷고 있는 두 명의 가벼운 부상자들에게 소리쳤다.

"아니, 당신들 무슨 짓을 하는 거예요? 미쳤어요?"

들것 중 하나에 끔찍할 정도로 부상을 당한 병사가 누워 있었다. 포탄 파편이 얼굴 여기저기 박혀 있었고 혀와 입술이 피범벅이었다. 턱에 파편 조각이 박혔고 뺨이 그야말로 너덜너덜한 상태였다. 그는 도저히 인간의 것이라고 여겨지지 않는 신음 소리를 짧게 냈다. 누가 보더라도 자신을 빨리 죽여줘서 이 끔찍스러운 고통에서 벗어나게 해달라고 빌고 있다는 것을 알 수 있었다. 간호사는 들것 옆에서 걷고 있던 두 명의 경상자가 그 뜻을 알아차리고 맨손으로 파편을 빼내려 했음을 알 수 있었다.

"도대체 어쩌려던 거예요? 당신들이 그러면 안 돼요. 의사가 특수 기구를 가지고 해야 하는 거예요. 그때까지 살아 있다면요."

하지만 그 부상병은 계단을 오르는 순간 비명을 지르더니 몸을 한 번 부르르 떤 다음 숨을 거두었다.

죽은 부상병은 우리가 알고 있는 사람으로서 바로 예비역 병사 기마체트진이었다. 숲에서 소리치던 병사는 그의 아들 갈리울린 소위였고, 그 모습을 지켜보던 간호사는 바로 라라였다. 미샤 고르돈과 지바고는 그 모습을 모두 목격했다. 우연히 그들이 모두 한자리에 있게 된 것이다. 하지만 그들은 서로를 알아보지 못했으며, 처음으로 만나본 사이도 있었다. 그렇게 그들 각자에게 벌어졌던 일들은 어떤 이에게는 영원히 미지로 남게 되었고, 또 어떤 이에게는 나중에 다시 만나게 되었을 때가 되어서야 밝혀지게 되었으니……

9

밤이 되자 유리 지바고와 미샤 고르돈은 다시 창문 양쪽 야전 침대에 비스듬히 누워 이야기를 주고받았다. 지바고는 미샤에게 전선에서 니콜라이 2세를 보았을 때 이야기를 해주었다. 그는 타고난 이야기꾼으로서 말을 잘했다.

그가 전선에서 첫 번째 봄을 맞이했을 때의 일이었다. 그가 소속한 부대의 사령부는 카르파티안 산맥 깊은 골짜기에 있었다. 그 골짜기의 헝가리 쪽 입구는 전투부대가 봉쇄하고 있었다. 골짜기 안에는 기차역이 있었다. 지바고는 미샤에게 그 골짜기의 모습을 멋지게 묘사했다. 산에는 거대한 전나무와 소나무들이 울창하게 자라고 있었고 그 산 위에 하얀 구름들이 떠돌고 있었다. 골짜기 주변으로는 마치 낡은 모피를 두른 것처럼 잿빛의 암벽이 둘러쳐져 있었다.

그날은 마치 이 암벽처럼 축축한 잿빛 4월 아침이었다. 바람 한 점 불어오지 않는 후텁지근한 날씨였다. 그 무렵 황제가 갈리치아 지방을 순방하고 있었다. 그런데 갑자기 그가 명예 총사령관의 자격으로서 이곳에 배치된 부대를 방문할 예정이라는 소식이 전해졌다. 황제가 도착할 시간이 임박하자 의장대가 황제를 영접하기 위해 기차역에 도열해 있었다. 이윽고 수행원이 타고 있는 차량 두 대에 뒤 이어 황제가 탄 차량이 도착했다.

황제는 총사령관직을 맡고 있는 니콜라이 대공을 대동하고 도열해 있는 척탄병을 사열했다. 편치 않은 모습으로 미소를 짓고 있는 황제는 루블 지폐에 그려진 모습보다 훨씬 늙고 지쳐 보였다. 얼굴에는 생기가 없었고 약간 부어 있었다.

이 잿빛의 따뜻한 산악지대에서 보게 된 황제의 모습이 지바고에게는 딱하게 여겨졌다. 그는 이렇게 수줍게 머뭇거리는 모습이 압제자의 본질적 특성이라는 생각에, 그토록 나약한 사람이 사람들을 감옥에 보내고 목매달고 사면할 수 있다는 사실에 당혹감을 느꼈다.

"황제는 독일 황제처럼 '나의 칼, 나의 백성이여! 짐은 그대들에게 어쩌고저쩌고'라고 한바탕 연설을 해야 했어. 백성에 대해 뭐라고 한마디 하는 게 기본적으로 중요하잖아. 하지만 황제는 러시아식으로 보면 자연스러웠다고 볼 수 있지. 그런 식의 연극적인 모습은 러시아에서는 생각할 수 없으니까. 내가 보기에 카이사르 치하에도 백성들은 존재했어. 갈리아인, 스키타이족, 일리아인 등등이 모두 백성이었지. 하지만 그때부터 백성이란 것은 하나의 허구에 지나지 않게 되었어. 왕이나 정치가들의 연설 주제로나 존재하는 허구! '백성이여, 나의 백성이여!' 어쩌고저쩌고…….

　지금 전선에는 특파원들과 기자들이 득실거리고 있네. 그들은 그들이 관찰한 것들과 반짝이는 백성의 지혜들을 기록해. 그리고 부상자들을 방문하면서 백성의 영혼에 대한 새로운 이론들을 만들어내고 있다네. 새로운 러시아어 대사전을 만들어내고 있는 꼴이야. 필기광(筆記狂)들이 제멋대로 마구 남발해 내는 순전한 허구적인 말들이 날뛰고 있으니까. 그게 가장 전형적인 모습이야. 그런데 또 다른 유형이 있다네. 아주 짧게 끊어지는 말로 마치 스케치하듯 세상을 묘사하면서 회의주의, 염세주의를 퍼뜨리는 유형이라네. 내가 실제로 읽은 글 중에 이런 글이 있었어. '어제처럼 흐린 날. 아침부터 비. 진흙탕. 창을 통해 길을 내다본다. 끝없이 이어지는 죄수들의 행렬. 부상병들. 대포 소리. 오늘도 어제와 똑같다. 내일도 오늘처럼 대포 소리는 울릴 것이며 매일 매시간 울릴 것이다.' 아주 감칠맛 있고 재치가 넘치지. 하지만 대포에게 화를 내서 어쩌겠다는 건가? 대포가 변하기를 바라고 있다니 정말 웃기는 일 아닌가? 그보다는 날이면 날마다 이런저런 똑같은 문구를, 똑같은 구두점을 대포처럼 쏘아대는 자기 자신을 돌아보는 게 낫지 않을까? 마치 벼룩처럼 톡톡 튀는 저널리스틱한 박애정신을 포탄처럼 마구 쏘아대는 자신을 도대체 왜 돌아보지 않는 것일까? 멈춰야 하는 것은 대포 소리가 아니라 그런 식의 쓸데없는 글들이라는 것을, 노트에 그런 터무니없는 사실들을 쌓아 올려보았자 정작 의미 있는 이야기는 한마디도 할 수 없다는 것을 왜 모르는 것일까? 그런 사실들에 자신만의 그 무언가를 담지 않는 한, 인간의 자유로운 천재성을 발휘하지 않는 한—예를 들면 신화 같은 것 말일세—그 사실 자체는 아무 의미도 없다는 것을 왜 모르는 것일까?"

"정곡을 찌르는 말일세." 미샤가 입을 열었다. "이제부터 오늘 내가 느낀 것을 말해보겠네. 실은 자네 외삼촌에게서 받은 영향일 수도 있어. 자네는 백성이라는 표현을 썼지만 기실 '민족이란 무엇인가?'라는 질문을 제기한 셈이라네. 민족이 무엇인지 진지하게 생각해보지도 않은 채 그저 추상적으로 민족을 추켜세우고 거기에 무슨 보편적인 아름다움이나 위대함이 있는 양 찬양하면서 불멸의 명성을 부여하는 자가 민족에게 조금이라도 보탬이 될까? 대답은 너무 뻔해. 기독교 세계가 설립된 이후의 민족이란 무엇일까? 그건 더 이상 고유의 의미에서의 민족이 아니야. 그건 전향한, 변모한 민족이야. 중요한 것은 낡은 원칙에 대한 충성에 있는 것이 아니라 바로 그 변화에 있다네. 복음서에서는 이 문제에 대해 뭐라고 말하고 있지? 우선, 애당초 민족이라는 것에 대해 그 어떤 단언이나 주장을 하고 있지 않아. 그저 애매하게 순진하고 조심스러운 제안만 하고 있을 뿐이라네.

'그대는 완전히 새로운 삶을 원하는가? 영적인 행복을 원하는가?'

모든 사람이 그 제안을 수락했고 수천 년 동안 그것에 취해 있었네. 복음서에서 '하느님의 나라에는 유대인도 기독교도도 없다'라고 말한 것은 간단히 말해 하느님 앞에서는 모두 평등하다는 뜻이 아니겠는가? 아니, 단지 그것만을 위해서라면 복음서가 필요한 것도 아니었어. 그리스 철학자들, 로마의 윤리학자들, 그리고 유대인 예언가들이 이미 오래전부터 그 사실을 알고 있었지. 다만 복음서가 이렇게 말하고 있다는 게 다를 뿐이야.

'마음속으로부터 태어난 그러한 새로운 삶의 방식, 새로운 형태의 사회, 하느님의 왕국이라고 부를 수 있는 그러한 새로운 곳에서는 민족이란 존재하지 않는다. 개인들만 있을 뿐이다.'

사실 자체는 그것에 의미를 부여하지 않는 한 무의미하다고 자네가 말했지? 나는 이렇게 말하고 싶다네. 사실을 의미 있게 만들기 위해 부여해야 할 것이 바로 기독교 정신이고 개인의 신비라고 말일세.

우리는 지금 삶이나 총체적인 세계에 대해서는 아무 말도 할 줄 모르는 평범한 정치평론가들에 대한 이야기를 한 셈이라네. 그들은 이류, 혹은 아류일 뿐이야. 그들은 소수 민족, 더 나가 비참한 처지에 빠져 있는 민족 이야기만 나오면 너무 좋아서 열을 올리지. 자신이 능력 있고 똑똑한 사람이라는 걸 보여줄 수 있는 좋은 기회니까. 그리고 자신이 박해받는 민족에게 연민을 갖고 있는 사람이라고 선전하며 한몫 챙길 수 있는 기회니까. 그런 자들의 그런 정신 상태의 가장 큰 희생자가 바로 유대인이 아니고 무엇이겠나? 그들의 그러한 발상이 그들을 수 세기에 걸쳐 하나의 민족이기를, 하나의 민족뿐이기를 강요해 온 거야. 그들은 수 세기에 걸쳐 말없이 가해진 그 사슬에 묶여 있었던 거야. 그런데 바로 그 유대인들 가운데서 나온 새로운 세력들에 의해 전 세계는 그 사슬에서 벗어날 수 있게 되었으니 이 얼마나 놀라운 일인가! 자네라면 어떻게 설명할 수 있겠나?

생각해 보게나. 이 영광의 주일(主日), 범용한 자들이라는 저 주로부터의 해방과 도약은 우선 바로 그들의 땅에서 성취되었고 그들의 언어로 선언되었으며 바로 그들 종족으로부터 나왔다는 사실을! 그들이 이제 그것을 보고 듣고 그것을 실현하려하고 있다는 사실을! 그들은 지금 외치고 있는 거라네.

'자, 이제 눈을 떠라! 멈추어라. 이제 더 이상 자신의 아이덴티티에 집착하지 마라. 함께 뭉치지 말고 흩어져라. 그대들은 이 세상 최초이자 최고의 기독교도들이다. 그대들은 그대들 가운데 가장 사악하고 나약한 자들에 의해 외면받았던 바로 그 당사자들이다'라고 말일세."

10

이튿날 저녁을 들기 위해 숙소로 온 지바고가 미샤에게 말했다.

"그렇게 떠나지 못해 안달이더니 드디어 자네 소원이 이루어졌군. 하지만 다행이라고 말할 수는 없어. 우리가 계속 밀리고 있으니 말일세. 서부 전선은 압박을 받고 있고 동쪽으로 향하는 길만 열려 있다네. 의료 부대는 철수하라는 명령이 떨어졌어. 내일이나 모레쯤이면 출발할 걸세. 어디로 가는지는 모르겠어. 그냥 정처 없이 떠도는 게 우리들 처지니까. 한 곳에서 익숙해질 만하면 다른 곳으로 옮겨야 해. 처음에 이곳에 왔을 때는 하나도 마음에 들지 않았어. 불결하고 숨이 막힐 것 같았지. 게다가 페치카는 어디 있는지 모르겠고 천장도 낮았어. 하지만 자네가 아무리 다그친다 해도 전에 있었던 곳이 어떠했는지는 전혀 기억해낼 수 없어. 이제는 페치카 귀퉁이에 햇빛이 비치고 나무 그림자가 어른거리는 모습을 보고 있자면 이곳에서 한평생이라도 지낼 수 있을 것 같아."

그들은 천천히 짐을 꾸렸다.

밤중에 그들은 비명 소리, 총성, 사람들이 소란스럽게 오가는 소리에 잠에서 깨어났다. 마을 전체가 불길하게 밝혀져 있었고 창문마다 그림자가 어른거렸다. 집주인 내외가 일어나서 부산하게 움직이고 있는 것도 느낄 수 있었다. 유리는 무슨 일인지 알아보라고 당번병을 보냈다.

당번병은 독일군이 돌격을 감행했다는 소식을 전했다. 지바고는 서둘러 옷을 입고 야전병원으로 갔다. 사실이었다. 독일군이 저항선을 돌파했고 이 마을 부근까지 진격한 것이다. 마을은 포격에 휩싸여 있었다. 병원은 철수 명령을 기다릴 필요도 없이 즉시 이동 준비를 시작했다.

지바고가 미샤에게 말했다.

"새벽이 되어야 완전히 철수하게 될 거네. 자네는 1진으로 먼저 떠나게. 수송 마차가 떠날 준비를 마쳤네. 자네를 기다리라고 미리 말해 놨어. 자, 잘 가게. 자네를 마차까지 배웅해주지."

그들은 몸을 낮추고 벽에 몸을 숨기면서 마을 길을 가로질러 갔다. 거리에서는 총알이 바람을 가르며 날아다니고 있었고 건너편 들판에 유탄이 마치 활짝 펼쳐진 우산처럼 폭발하는 모습이 보였다.

"자네는 어떻게 할 건가?" 미샤가 달려가면서 지바고에게 물었다.

"나는 2진과 함께 떠나겠네. 돌아가서 챙길 것들이 좀 있어."

그들은 마을 끝에서 헤어졌다. 짐 마차 몇 대와 대형 수송 마차로 이루어진 수송대가 한 줄로 정렬해서 출발했다. 유리 지바고는 떠나는 친구를 향해 손을 흔들었다. 타오르는 헛간의 불빛에 친구의 모습을 볼 수 있었다.

유리는 다시 집들 벽에 몸을 숨기면서 길을 재촉했다. 그런데 숙소를 얼마 남기지 않은 곳에서 폭발음이 일었고 그는 파편을 맞고 말았다. 그는 길 한복판에 피범벅이 되어 쓰러졌고 의식을 잃었다.

11

유리 지바고는 서부 전선 총사령부 가까이 마련된 병원의 장교 병실에 누워 회복 중이었다. 2월 말이었지만 날씨는 포근했다. 지바고의 부탁으로 그의 침대 옆 창문은 열려 있었다.

환자들은 점심시간을 기다리며 저마다 시간을 죽이고 있었다. 들리는 소식에 의하면 새로운 간호사가 한 명 이곳으로 왔으며 오늘 처음으로 환자들을 돌아볼 것이라고 했다. 지바고의 맞은편 침대에는 갈리울린이 누운 채 막 배달된 신문을 읽고 있었다. 그는 검열에 의해 기사들이 여기저기 삭제된 것을 보고 분통을 터뜨리고 있었다.

지바고는 한 묶음의 토냐의 편지를 읽고 있었다. 불어오는 바람에 편지와 종이들이 살랑거렸다. 그때 가벼운 발자국 소리에 그는 고개를 들었다. 라라가 병실로 들어섰다. 지바고는 한눈에 그녀를 알아보았다. 지바고와 갈리울린은 각자 그녀를 알고 있었지만 그녀는 그들 둘 다 누구인지 몰랐다.

병실로 들어선 그녀가 말했다.

"안녕하세요? 왜 창문을 열어놓은 거예요? 춥지 않으세요?"

이어서 그녀는 갈리울린에게로 다가갔다. 그녀는 그에게 좀 어떠냐고 묻고는 맥을 짚으려고 그의 손목을 잡았다. 그런데 갈리울린이 뭐라고 한마디 하자 그녀는 곧바로 손목을 놓고는 침대 옆 의자에 털썩 주저앉았다. 그러자 갈라울린이 계속 말했다.

"정말 우연이로군요, 라리사 페도로브나. 당신 남편을 제가 잘 알고 있습니다. 저와 같은 부대에 있었습니다. 그 사람이 당신께 전해주라는 물건들을 제가 갖고 있습니다."

"아니, 이럴 수가! 정말 못 믿겠어요. 당신이 그 사람을 알고 계시다니! 세상에 이런 우연이! 빨리 말씀해주세요. 그 사람이 폭격을 맞아 죽었다는데 사실인가요? 걱정하지 말고 사실대로 이야기해주세요. 전 이미 다 알고 있거든요."

갈리울린은 사실대로 말해줄 용기가 나지 않았다. 그는 그녀를 안심시키기 위해 거짓말을 하기로 마음먹었다.

"파벨은 포로가 되었습니다. 소대원들과 함께 너무 적진 깊숙이 전진했다가 모두 항복을 할 수밖에 없었습니다."

하지만 그녀는 그의 말을 믿지 않았다. 가슴이 터질 것 같았다. 그녀는 사람들 앞에서 눈물을 보이기 싫어 마음을 가다듬으려고 황급히 복도로 나왔다.

잠시 후 라라는 가라앉은 모습으로 병실로 돌아왔다. 갈리울린과 다시 이야기를 나누다가는 울음이 터질 것 같아 그녀는 그에게는 눈길도 주지 않은 채 유리 지바고에게로 왔다. 그녀가 아무렇지도 않은 표정으로 거의 기계적으로 유리에게 말했다.

"안녕하세요? 어디가 불편하신가요?"

지바고는 그녀가 동요하고 있다는 것을, 그녀가 눈물을 흘렸다는 것을 분명히 알아볼 수 있었다. 그는 그녀에게 무슨 일로 그렇게 걱정하고 있느냐고 묻고 싶었다. 그리고 소년일 때 한 번, 대학생일 때 한 번, 모두 두 번 그녀를 본 적이 있다고 말하고 싶었다. 하지만 그렇게 너무 친근하게 대하다가는 그녀가 자신의 의도를 오해할 것 같았다. 또한 바로 그 순간 관 속에 누워 있던 장모 안나 이바노브나의 모습과 울부짖던 토냐의 모습이 떠올랐다. 그는 자제한 채 담담하게 말했다.

"고맙습니다. 나는 의사입니다. 스스로 돌볼 수 있습니다. 내게는 아무것도 필요 없습니다."

'내가 뭘 잘못했나?' 라라는 의아하게 생각했다. 그녀는 놀란 눈으로 사자코를 한 평범한 얼굴의 낯선 사람을 바라보았다.

며칠간 날씨가 죽 끓듯 변덕을 부렸다. 밤이면 따뜻한 바람이 속삭이듯 불어와 축축한 흙냄새를 실어왔다. 그사이 사령부에서 이상한 정보가 들어오기 시작했고 가족으로부터 불안한 소식이 전해지곤 했다. 페테르부르크 전화는 불통이었고 사람들은 어디서나 정치에 대해 수군거렸다.

라라는 아침저녁으로 병실을 돌면서 환자들과 한두 마디 말을 나누었다. 물론 그중에는 지바고와 갈리울린도 포함되어 있었다. 그녀는 지바고와 별 의미 없는 말을 나눈 뒤에 생각했다.

'정말 이상한 사람이야. 젊으면서도 무뚝뚝해. 들창코에 미남이라고는 할 수 없어. 하지만 정말로 지성적인 사람 같아. 마음도 활기가 있고 뭔가 끄는 데가 있는 것 같아. 하지만 그런 게 나랑 무슨 상관이람. 가능한 한 빨리 이곳 일을 끝내고 모스크바의 카챠 곁으로 돌아가는 게 중요하지. 간호사직을 사임하고 유리아틴으로 돌아가서 학교에 복직해야 해. 불쌍한 그이에게 무슨 일이 있었는지도 다 확인했고 이제 더 이상 희망은 없어.'

그녀는 고아처럼 지내고 있을 카챠 생각만 하면 어떻게 지내고 있는지 궁금하고 불쌍해서 하염없이 눈물이 났다. 이제 세상에 믿을 것도, 의지할 것도 없는 상황에 자신이 처해 있는 것 같았다. 마치 누군가 손을 잡고 걸음마 연습을 시키다가 갑자기 혼자 걸어보라고 손을 놓아버린 것 같았다. 주위에 가까운 사람도 없었고 존중할 만한 판단을 내려주는 사람도 없었다. 사람이 그런 상황에 처하게 되면 그 무언가 절대적인 것, 이를테면 삶이나 진실, 혹은 아름다움에 자신을 맡겨버리고 싶어지는 법이다. 이미 뒤집혀버린 인위적인 규율 대신에 그러한 것들의 지배를 받고 싶어지는 법이다. 그리고 그녀는 지금 처지에서 그런 욕구를 채워줄 수 있는 대상이 바로 카챠라고 생각했다. '남편이 없게 된 지금 오로지 어머니라는 존재로만 살면서 불쌍한 카챠를 위해 온 힘을 기울이리라'라고 그녀는 결심했다.

지바고에게 모스크바로부터 소식이 왔다. 미샤 고르돈과 니카 두도로프에게서 온 소식이었다. 그들은 지바고에게 묻지도 않고 그의 시집을 출판했으며 호평을 받았고 전도가 유망하다는 평도 받았다는 소식을 전해 왔다. 이어서 그들은 모스크바에 뭔가 심상치 않은 분위기가 감돌고 있으며 정치적 격변이 다가오고 있는 것 같다고 썼다.

한편 라라는 마음속으로 자책하고 있었다. 그 장교가 고맙게도 남편의 편지도 전해주고 자신에게 신경을 써주었는데도 그 사람이 누구인지, 어디서 왔는지도 묻지 않았던 것이다.

이튿날 아침 병실을 돌아보게 되었을 때 라라는 그 장교를 찾아가 사과하는 심정으로 그에 대해 모든 것을 물어보았다. 그가 누구인지 알게 된 라라는 탄성을 질렀다.

"오, 하느님! 이럴 수가!"

브레스트가(街) 28번지! 티베르진 씨 댁과 1905년의 혁명!

그리고 그해 겨울! 유수프카? 만난 기억은 없었다. 하지만 그해, 그리고 그 집! 그래, 그건 정말로 사실이었다. 정말 그해가 있었고 그 집이 있었다. 얼마나 생생하게 그녀에게 그 모든 것이 되살아났던가! 그때의 그 충격! 그것을 뭐라고 불렀었지? 그리스도의 심판! 어린아이로서 처음으로 느낀 그때의 그 감정들은 얼마나 날카롭게 자신을 파고들었던가!

"소위님, 용서해주세요. 소위님 이름이 뭐예요? 아니, 이미 말씀해주셨지요. 정말 고마워요. 뭐라고 감사를 드려야 할지……. 오시프 기마제트진, 당신은 제게 그 모든 것을 일깨워주고 되살려주셨어요."

그녀는 온종일 마음속으로 그 집을 떠올리면서 계속 혼잣말처럼 중얼거렸다.

'브레스트 가 28번지! 그곳에 다시 총성이 울리고 있지. 그런데 지금은 훨씬 더 무서워. 이제는 애들 장난이 아니야. 아이들이 모두 자라나서 모두 여기 군대에 모여 있는 거야. 그 집에 살고 있던 사람들, 그와 비슷한 다른 집, 다른 마을에서 살고 있던 비천한 사람들이 이곳에 모여 있는 거야. 정말 놀라운 일이야, 놀라운 일!'

걸을 수 있는 모든 환자들이 지팡이와 목발을 짚고 이 방 저

방에서 뛰쳐나오며 서로 경쟁하듯 외쳤다.

"드디어 봉기다! 페테르부르크에서 시가전이! 페테르부르크
수비대가 시위대와 합류했다! 혁명이다!"

제5장 지난날이여, 안녕

1

멜류제예보라는 그 작은 도시는 비옥한 흑토 지대에 있었다. 집들 지붕에는 마치 메뚜기 떼처럼 새까맣게 먼지가 내려앉아 있었다. 마을을 지나가는 부대와 수송차들이 일으킨 먼지였다. 어느 행렬은 전선으로 향하고 또 다른 행렬은 전선에서 돌아오고 있었기에 전쟁이 계속되고 있는 것인지, 아니면 끝난 것인지 알 수가 없었다.

매일 새로운 일거리가 마치 비 온 뒤의 버섯처럼 불쑥불쑥 생겨났다. 지바고와 갈리울린 소위, 간호사 라라를 비롯해 큰 도시에서 온 식견 있고 경험 있는 사람들이 모든 일을 도맡아 하고 있었다. 그들은 임시 마을 관리 일을 비롯해 군대와 보건 부서의 하급 인민위원 역할도 했다. 그들은 잇따라 주어지는 임무들을 마치 야외 운동이나 오락, 혹은 술래잡기 놀이처럼 수행했다. 하지만 그들은 점점 더 이제 이 일을 그만둘 때가 되었다고, 본연의 일과 가정으로 돌아가고 싶다고 느끼기 시작했다.

지바고와 라라는 일 때문에 함께 지내는 때가 많았다.

2

비가 내리자 검은 먼지가 짙은 커피색 진창으로 바뀌어 비포장도로를 덮었다. 작은 마을이었다. 어느 거리이건 조금만 걸으면 검은 하늘 아래 음울한 초원이 보였고 전쟁과 혁명의 공간이 광활하게 펼쳐져 있었다.

지바고는 아내에게 편지를 썼다.

군대의 붕괴와 무질서가 잇따르고 있소. 규율을 강화하고 정신 무장을 시키는 시책이 시행 중이오. 이웃에 주둔하고 있는 부대도 돌아보았지만 마찬가지였소.

(······)

한 가지 덧붙일 게 있소. 진작 당신에게 이야기했어야 하는데, 나는 라라 안티포바라는 간호사와 함께 많은 일을 하고 있소. 모스크바에서 온 우랄 출신 여성이오. 당신 어머니가 돌아가시던 날 밤 검사에게 총을 쏘았던 여자 기억하오? 뒤에 기소가 되었던 모양이오. 그녀가 여중생이었을 때 나와 미샤가 어느 누추한 호텔에서 본 적이 있다고 당신에게 말해주었던 것 기억나오? 장인어른께서 우리를 그곳에 데리고 가셨었지. 왜 갔었는지는 기억이 안 나고 지독하게 추운 밤이었던 것만은 기억할 수 있소. 아마 프레스냐 봉기 때였던 것 같소. 바로 그 소녀가 라라 안티포바였소.

집으로 돌아가려고 백방으로 애를 쓰고 있소. 하지만 그렇게 간단하지가 않구려. 일 때문이 아니요. 일이라면 쉽게 남에게 맡길 수 있소. 교통이 문제요. 열차가 없고, 설혹 있다 하더라도 도저히 자리를 얻기가 힘이 드오.

하지만 언제까지 이러고 있을 수는 없는 노릇이어서 나와 라라와 갈리울린을 포함해서 제대한 사람들, 동원 해제된 사람들이 무슨 수를 써서라도 다음 주에는 떠나기로 결정했소. 한꺼번에 떠나는 게 아니라 각자 알아서 떠나기로 했소. 그편이 유리할 것 같아서요.

그러니 내가 어느 날 불쑥 당신 곁에 나타나게 될지도 모르오. 물론 그 전에 전보를 치려고 시도는 해보겠소.

떠나기 전에 그는 아내 토냐의 답장을 받았다. 문장 중간중간이 끊기고 눈물과 잉크 자국이 마치 구두점처럼 찍힌 편지에서 토냐는 남편에게 모스크바로 돌아오지 말고 그 멋진 간호사와 함께 우랄로 가라고 설득하고 있었다. 그토록 놀라운 일들과 사건들을 겪으며 성장한 그녀의 삶은 자신의 하찮은 삶과는 비교도 되지 않는다는 것이었다.

'사샤의 미래에 대해서는 걱정하지 마세요. 부끄럽지 않은 아이로 키우겠어요. 당신이 어렸을 때 우리 집에서 보인 모습과 똑같이 키우겠어요'라고 그녀는 덧붙였다.

지바고는 당장에 답장을 썼다.

토냐, 당신 정신이 나간 모양이구려. 어떻게 그런 말도 안되는 생각을 할 수 있다는 거요? 당신 정말 모르는 거요? 당신이 없었다면, 당신과 우리 가족에 대한 믿음이 없었다면 내가 이 끔찍한 전쟁터에서 살아남을 수 없었다는 것을! 하긴 이런 편지를 쓸 필요도 없지. 우리는 곧 만나게 될 것이고 다시 전과 같은 생활을 하게 될 거요. 그러면 모든 게 밝혀지겠지.

하지만 당신이 보낸 편지를 보고 또 한 가지 놀란 게 있소. 당신이 그런 편지를 쓸 수밖에 없게 만든 게 나라면, 내 행동이 애매했던 게 틀림없소. 나는 당신에게뿐 아니라 그런 오해를 받게 만든 그 여자에게도 잘못한 것이오. 그녀에게 사괴를 해야만 하겠소. 그녀는 지금 이웃 작은 마을에 가 있소. 전에는 도(道)나 군(郡)에만 존재했던 지방의회가 이제는 작은 단위의 마을에도 도입되었소. 그녀는 새롭게 결성된 그 기관의 지도원으로 일하고 있는 친구를 돕기 위해 이웃 마을에 가 있다오.

한 가지만 덧붙이겠소. 그녀와 나는 한 집에서 살고 있지만 나는 아직까지 그녀의 방이 어디인지도 모르오. 그리고 거기에 관심을 가져본 적도 없소.

3

멜류제예보에는 각기 동쪽과 서쪽 방향으로 두 개의 간선도로가 나 있었다. 동쪽으로 난 도로는 숲을 지나는 비포장도로로서 작은 규모의 곡물 거래 센터가 있는 즈이부시노로 이어진다. 행정상으로는 멜류제예보 관할이었지만 모든 면에서 멜류제예보보다 훨씬 앞서 있는 곳이었다. 다른 한 길은 자갈길로서 겨울에는 질척거리고 여름에는 바싹 말라버리는 들판을 가로지르면서 가장 가까운 기차역이 있는 비류치로 통하고 있었다.

6월에 즈이부시노는 독립공화국이 되었다. 제분업자인 블라제이코가 세운 공화국이었다. 1917년 2월 혁명 때 무기를 들고 탈영해 비류치를 지나 즈이부시노로 온 212보병연대 탈주병들이 그를 지지하고 있었다.

즈이부시노 공화국은 2월 혁명 후 수립된 임시정부를 인정하지 않고 러시아 다른 지역과의 분리를 선언했다. 젊은 시절 톨스토이와 딱 한 번 편지 왕래를 했던 비국교주의자(非國敎主義者) 블라제이코는 새로운 즈이부시노 천년 왕국을 선포하고 노동과 재산의 공유를 선언했으며 지방 정부를 사도(使徒)직이라고 천명했다.

즈이부시노는 언제나 전설과 과장의 진원지였다. 러시아 격변기의 온갖 기록에 그런 것들이 언급되어 있으며 훗날에도 그 도시를 둘러싸고 있는 숲에는 도둑들이 우글거렸다. 이 도시는 상업이 번창했고 토양이 비옥한 것으로 유명했으며, 전선과 가까운 서부 지역의 특징으로 간주되고 있는 온갖 민간 신앙, 관습, 사투리는 모두 즈이부시노에서 유래한 것이었다.

그 공화국은 2주간 존속했다. 임시정부에 충성을 맹세한 군대가 7월에 그 도시로 들어가 공화국을 전복시켰다. 212보병연대 탈주병들은 비류치로 도주했다.

비류치역 철로변의 수 킬로미터에 이르는 숲이 벌채되어 있었고 잘린 나무 그루터기들을 산딸기가 뒤덮고 있었으며 장작더미들이 방치되어 있었다. 또한 계절을 따라 이리저리 옮겨 다니며 벌채를 하던 노동자들이 살던 진흙 오두막이 군데군데 버려져 있었다. 탈주병들은 그곳에 캠프를 차렸다.

4

지바고는 몸이 회복되자 환자로 누워 있던 병원에서 의사로서 일하고 있었다. 그가 지금 떠날 준비를 하고 있는 그 야전병원은 전쟁이 시작되자 소유자인 자브린스카야 백작 부인으로부터 압류한 집이었다. 사실 백작 부인은 다른 곳에 광대한 영지를 소유하고 있었고 이곳의 저택은 그녀가 멜류제예보 마을에 볼일이 있을 때 잠시 들르는 장소일 뿐이었으며 여름에는 영지에 피서를 온 손님들의 숙소로 사용되었을 뿐이었다. 지금 그 집이 야전병원으로 사용되고 있으며 그 집의 소유자인 백작 부인은 그녀가 살고 있던 페테르부르크에서 체포되었다.

유리 지바고는 서서히 떠날 준비를 하고 있었다. 그는 친구들과 작별 인사를 하고 사무실을 찾아다니며 필요한 서류를 준비했다.

바로 그때 전선 지구의 새로운 인민위원이 부대를 방문하는 길에 멜류제예보에 들렀다. 사람들은 그가 경험이라고는 없는 풋내기라고 수군거렸다.

새로운 공격이 준비되고 있었고 병사들의 정신교육이 강화되었다. 혁명 군사 재판소가 설립되었고 최근에 폐지되었던 사형 제도가 부활되었다.

그곳을 떠나기 위해서는 지역 사령관에게 전출 명령서를 받아야 했다. 지바고는 사령관실로 갔다. 사령관실은 몰려드는 사람들로 북새통을 이루고 있었다. 그는 그곳에서 갈리울린 소위를 만났다.

안으로 들어가자 열변을 토하고 있는 신임 인민위원의 모습이 보였다. 사령관이 지바고를 인민위원에게 소개했지만 인민위원은 열변에 취해 있어 지바고에게 눈길도 주지 않았다. 사령관은 지바고가 내민 서류에 서명한 후 방 한가운데 있는 의자를 눈짓으로 가리키며 앉으라고 했다. 방 안에는 사령관과 부관이 앉아 있었고 지바고와 갈리울린도 자리를 잡고 앉았다. 사령관과 부관은 거의 눕다시피 지극히 편한 자세를 취하고 있었다. 인민위원은 쉬지 않고 입을 놀렸다. 비류치에 머물고 있는 탈주병들에 대한 이야기였다.

인민위원은 지바고가 사람들을 통해 들은 모습 그대로였다. 호리호리하고 경쾌한 몸매의, 드높은 이상에 불타는 햇병아리였다. 집안이 좋다는 소문이었고—원로원 의원의 아들이라고 했다—2월 혁명 때 제일 먼저 제정의회에 진입했다는 것이었다. 사령관이 그를 소개하면서 긴체라고 했는지 혹은 긴츠라고 했는지 지바고는 가물가물했다. 그는 정확한 페테르부르크 악센트와 발트해 억양으로 또박또박 말을 잇고 있었다. 그런데 불쑥 사령관이 나서서 말했다.

"여기서 얼마 안 되는 곳에 카자크 중대가 머물고 있소. 붉은 군대요. 충성심도 강합니다. 그들을 불러와서 폭도들을 포위하면 만사 해결일 거요. 지체없이 그놈들을 무장해제 시켜야 합니다."

"카자크병? 무슨 소리를!" 인민위원이 격분한 듯 소리쳤다. "지금은 1905년이 아닙니다. 혁명 이전의 방법으로 되돌아갈 수는 없어요. 그 점에서 나와 당신들의 의견이 다른 겁니다. 당신들 장군들은 그저 얕은 꾀나 내고 있어요."

"아직 조치를 취한 건 아니오. 그냥 계획을 말했을 뿐이오."

"내가 작전 명령에는 개입하지 않는다고 최고 사령부와 합의를 보았으니 카자크병들 소환 명령을 취소시키지는 않겠어요. 부르고 싶으면 부르세요. 하지만 나는 나대로 상식에 맞게 행동할 겁니다. 탈주병들이 그곳에 야영하고 있습니까?"

"그런 것 같소. 어쨌든 진지를 구축하고 야영하고 있는 셈이오." 사령관이 대답했다.

"그렇다면 더 잘됐어요. 내가 그곳에 가겠습니다. 내가 그 골칫거리 무리들을 직접 만나겠어요. 여러분, 그들은 역도(逆徒)들이고 탈영병들입니다. 하지만 그들도 민중이라는 사실을 잊지 말아요. 민중은 어린아이입니다. 그들을 제대로 이해해야 해요. 그들의 심리를 알아야 한단 말입니다. 그들에게서 최선의 것을 얻어내려면 그들에게 제대로 접근해야 합니다. 그들의 심금을 울릴 수 있어야 한단 말입니다. 내가 가서 흉금을 터놓고 이야기를 나누겠어요. 여러분은 그들이 원대로 복귀하는 모습을 볼 수 있게 될 겁니다. 내 말을 못 믿겠어요? 내기라도 할까요?"

"글쎄요. 어쨌든 위원님 말씀대로 이루어지길."

"나는 그들에게 이렇게 말할 겁니다. '형제들이여, 나를 보라. 나는 외아들로서 부모의 희망이었다. 하지만 나는 나를 아끼지 않았다. 나는 모든 것을 버렸다. 나의 이름도, 가족도, 지위도 모두 버렸다. 여러분들에게 자유를 주기 위한 싸움에 나서기 위해서였다. 이 세상 그 어느 민중도 누려보지 못한 자유를 주기 위해. 바로 나, 그리고 나와 같은 수많은 젊은이들이 그 일을 해냈다. 물론 명예로운 선조들, 굳건한 신념으로 싸워왔던 투사들, 시베리아 강제 노역에 끌려갔던 민중의 권리 옹호를 위해 싸웠던 분들도 함께했음은 두말할 필요가 없다. 우리들이 우리 자신을 위해서 이 과업을 수행했는가? 꼭 우리들이 해야만 했는가? 이제 여러분이, 더 이상 평범한 개인이 아니라 세계 최초 혁명 군대의 전사들인 여러분이 스스로에게 정직하게 물어보아라. 여러분이 이 숭고한 부름에 부끄럽지 않은 삶을 살아왔는지! 조국이 숭고한 피를 흘리며 히드라처럼 조국을 휘감고 있는 괴물을 물리치기 위해 혼신의 힘을 다하고 있는 지금 이 순간, 여러분은 하찮은 무리들에게 홀려서 아무런 정치적 의식도 없는 강도가 되었고 폭도가 되었다. 여러분들은 자유를 누리는 게 아니라 자유에 물려버린 것이다. 여러분들은 식당에 들여보내 주었더니 곧바로 식탁으로 뛰어오른 돼지와 같은 자들이다!' 나는 그들의 심금을 울릴 겁니다. 그들이 스스로를 부끄러워하게 만들 겁니다."

"아니, 그건 좀 위험한데." 사령관이 부관과 의미심장한 눈길을 주고받으며 건성으로 말했다.

갈리울린은 인민위원의 무모한 계획을 막기 위해 최선을 다했다. 그는 이전에 자신이 근무했던 적이 있는 212보병 연대 사병들이 얼마나 무분별한지 잘 알고 있었다. 그러나 인민위원은 들은 척도 하지 않았다.

지바고는 어서 일어나서 밖으로 나가고 싶었다. 그는 인민위원의 순진함에 질려 있었다. 하지만 사령관과 부관의 교활함, 냉소적이고 기만적인 기회주의자적인 교활함도 나을 것이 하나도 없었다. 그 어리석음과 교활함은 오십보백보였다. 그리고 그렇게 홍수처럼 쏟아놓는 쓸데없는 말들, 지극히 그릇되고 애매한 그 말들은 삶 그 자체와는 아무 상관이 없는 말들이었다.

오, 이 아무 의미 없는 우둔한 웅변으로부터, 이 모든 번지르르한 말들로부터 벗어나 아무런 말도 없는 자연 속으로, 길고 고된 일 속으로, 깊은 잠 속으로, 말없이 감정으로 서로를 이해할 수 있는 곳으로 갈 수만 있다면!

닥터 지바고는 라라와 나눌 이야기가 남아 있다는 것이 기억

났다. 별로 유쾌한 만남은 아니겠지만 그녀를 만날 수 있다는 것이 그는 기뻤다. 그녀는 아직 돌아와 있지 않을 것이다. 그는 기회가 오자 때를 놓칠세라 사람들이 눈치채지 못하게 얼른 사령관의 방에서 빠져나왔다.

5

그녀는 집에 돌아와 있었다. 하녀에게 그녀의 방이 어디인지 물으니 2층 복도 끝에 있다고 알려주었다. 지바고는 그쪽으로는 한 번도 가본 적이 없었다. 그는 그 방 앞까지 갔다. 하지만 여행에서 돌아와 지쳐 있는 사람을 밤늦게 만나는 것은 실례일 것 같아 노크를 하려다가 그만두고 자기 방으로 돌아왔다.

이튿날 저녁 지바고는 라라 안티포바를 만났다. 그녀의 방에서가 아니라 식기실에서 만난 것이다. 이곳은 세탁 장소로 이용되는 동시에 차를 끓여 내보내고 음식물을 접시에 담아 내보내는 곳으로서 한가할 때는 휴식 장소나 만남의 장소로도 이용되는 곳이었다.

지바고가 휴식을 취하기 위해 그곳에 들어섰을 때 라라는 다림질을 하고 있었다.

"다림질할 옷이 많군요." 지바고가 말했다. "병원 옷을 모두 다림질하시나 보지요?"

"아니, 제 것도 많아요. 저보고 왜 이곳에 눌러앉아 있느냐고 늘 저를 놀리셨지요? 그래요, 이번엔 정말 떠날 거예요. 짐을 꾸리고 있어요. 정리되는 대로 떠날 거예요. 저는 우랄 지방에 있게 될 것이고 당신은 모스크바로 가시게 되겠지요. 훗날 누군가 당신께 이렇게 물을 때가 있겠지요. '멜류제예보라는 작은 마을에 대해 혹시 아시나요?' 그러면 당신은 이렇게 대답하시겠지요. '글쎄요, 기억이 나지 않는데요.' '그러면 라라 안티포바라는 이름은 들어보셨나요?' '금시초문인데요.' 당신은 이곳 일을 다 잊으실 거예요."

"그럴 리가. 어쨌든 마을은 돌아보셨나요? 보셔서 아시겠지만 이제 곧 이곳에서 엄청난 혼란이 있게 될 겁니다. 우리의 힘으로는 막을 도리가 없는 대혼란입니다. 잠깐 다리미를 놓고 내 이야기를 들어보시겠어요? 그런 일이 일어나기 전에 어서 이곳을 떠나시길 바라기에 드리는 말씀입니다."

"무슨 큰일이 있겠어요. 당신이 과장하고 있는 거예요. 어쨌든 전 떠날 거예요. 하지만 갑자기 문을 쾅 닫고 떠날 수는 없는 노릇이잖아요. 물품들을 제대로 인계하고 떠나야지요. 뭔가 챙겨서 도망간 것처럼 보이기는 싫어요. 하지만 도대체 누구에게 인계해야 하는지가 문제예요. 저는 자브린스카야 소유 물건들을 모두 병원 재산으로 기록해 놓았어요. 법에 그렇게 되어 있으니까요. 그런데 사람들은 그걸 내 소유로 하려고 그랬다는 거예요! 정말이지, 무슨 그런 말을!"

"아니, 도자기니 카펫이니 하는 것 따위는 잊어버려요. 지금 그런 것에 신경 쓸 때가 아닙니다. 아, 당신을 어제 만났으면 좋았을 것을! 어제는 왠지 당신에게 모든 것을 말해줄 수 있을 것 같았는데……. 세상이 대체 어떻게 돌아가는지에 대해 설명해줄 수 있을 것 같았는데……. 지금 농담하고 있는 게 아닙니다. 정말 모든 것을 털어놓고 싶었어요. 나의 아내에 대해, 아들에 대해, 그리고 나 자신에 대해……. 제길, 왜 남자가 여자에게 속내 이야기를 하면 무슨 속셈이라도 있는 것처럼 여기는 건지! 아, 내게 신경 쓰지 말고 다림질을 계속해요. 나 혼자 지껄일 테니……. 할 이야기가 많습니다.

지금 무슨 일이 일어나고 있는지 한번 생각해보세요. 당신과 나는 엄청난 시대에 살고 있는 겁니다. 이런 일은 영원히 다시는 일어나지 않을 겁니다. 생각해봐요. 러시아 전체가 지붕을 날려버리고 당신과 나, 그리고 모든 사람들이 모두 함께 문을 활짝 열어놓은 겁니다. 아무도 우리를 감시하거나 염탐하지 않아요. 자유! 진정한 자유! 말로만 떠드는 자유가 아니라 하늘로부터 뚝 떨어진 자유! 우리의 기대를 넘어서서 갑자기 주어진 자유! 오해를 통해 주어진 자유! 사람들이 갑자기 위대해져서 어쩔 줄 몰라 하고 있어요. 당신도 느끼고 있나요? 자신이 위대하다는 것을 발견하고 그 무게에 짓눌려 있다는 걸.

아, 다림질을 계속해요. 나는 계속 말을 할 테니. 지루하지 않을 겁니다. 아 참, 내가 다리미를 바꿔드리지. 여기 불 위에 올려놓은 게 충분히 달궈진 것 같습니다. 나는 어제 광장에서 열리는 집회를 바라보고 있었어요. 얼마나 놀라운 광경이었던지! 어머니 러시아가 움직이기 시작했습니다. 가만히 있을 수 없던 거지요. 온통 들떠서 얌전히 쉴 수 없는 모습이었습니다. 계속 그 무언가 쉬지 않고 계속 이야기를 해야만 하는 모습이었습니다. 사람들만이 이야기를 하는 것 같지 않았습니다. 별들과 나무들이 만나서 이야기를 나누고 꽃들이 철학에 대해 논하고 석조 건물들이 집회를 갖는 것 같았습니다. 뭔가 복음서에 나오는 이야기 같지 않습니까? 사도들의 시대가 온 것 같지 않습니까? 사도 바울의 말이 기억나세요? '혀로 말하고 예언하라. 해석의 재능을 주십사고 기도하라'라는 말."

그러자 라라가 한마디 했다.

"별과 나무들이 집회를 갖는다는 게 무슨 뜻인지 알겠어요. 당신 말을 이해할 수 있어요. 제게도 그런 생각이 들 때가 있거든요."

지바고가 약간은 연설조처럼 변한 말투로 이야기를 계속했다.

"전쟁이 일부분을 수행했고 나머지는 혁명이 이룩했소. 전쟁이란 삶을 인위적으로 중단시키는 거요. 마치 삶이 잠시 유예될 수 있다는 듯이. 정말 터무니없는 짓이지! 혁명은 마치 오랫동안 숨을 참고 있었던 것처럼 다짜고짜 마구잡이로 터져 나오는 거요. 그러면 누구나 소생하고 다시 태어나고 변화하는 거지. 누구나 두 개의 혁명을 겪는다고 말할 수 있을 거요. 자신의 개인적 혁명과 전반적인 혁명. 내가 보기에 사회주의는 바다와 같소. 사적이고 개인적인 혁명들은 모두 그곳으로 흘러 들어가지. 삶의 바다, 자발성의 바다. 내가 말하는 삶이란 그냥 흔히 주변에서 우리가 보던 삶이 아니오. 우리가 위대한 그림에서 보던 삶, 천재에 의해 변모된 삶, 창조적으로 풍요로워진 삶을 말하는 거요. 그런데 지금, 바로 지금, 사람들이 그 삶을 책이나 그림에서가 아니라 자신들 안에서, 추상적이 아니라 실제로 체험하기로 결정한 거요."

닥터 지바고의 떨리는 목소리는 그가 흥분했음을 보여주고 있었다. 라라는 다림질을 멈추고 놀란 눈으로 심각하게 그를 바라보았다. 지바고는 그 시선에 당황해서 자신이 무슨 말을 하고 있는지도 잊어버렸다. 당황한 채 얼마간 침묵을 지키고 있던 지바고는 다시 입을 열고 머리에 떠오르는 생각을 되는 대로 지껄이기 시작했다.

"이럴 때일수록 나는 정직하게 살기를, 생산적이 되기를 간절히 바라고 있습니다. 이 각성하는 모든 것들의 일부가 되기를 원하고 있습니다. 그리고 모두들 이렇게 환희에 들떠 있는 가운데 당신의 그 신비스럽고 슬픈 눈길을 만난 겁니다. 어느 먼 곳을 헤매고 있는지 모를 그 눈길을! 당신의 눈길이 그렇게 먼 곳을 헤매지 않을 수만 있다면! 당신이 당신의 운명에 만족하고 있고 누구의 도움도 필요로 하지 않고 있음을 당신의 얼굴에서 발견할 수만 있다면! 누군가 당신 가까운 사람이, 당신의 친구나 남편이 내 팔을 붙잡고 당신의 운명에 대해 걱정할 필요가 없다, 그렇게 쓸데없는 관심으로 당신을 귀찮게 하지 말라고 말해준다면……, 그러면 내가 내 팔을 스스로 뿌리치며 손을 내저으련만……. 아, 이거, 내가 제정신이 아니었습니다. 정말 죄송합니다."

이번에도 그의 목소리는 그의 감정을 감춰주지 못했다. 그는 너무 어색해서 자리에서 일어나 창가로 갔다. 그는 팔꿈치로 창틀을 짚고 손으로 턱을 괸 채 정신을 수습하려고 애쓰면서 공허한 눈길로 어둠에 싸인 정원을 바라보았다.

라라는 다리미판을 돌아서 걸어오더니 의사로부터 몇 걸음 떨어진 방 한가운데 멈춰 섰다.

"이런 일이 있을까 봐 두려웠는데……," 그녀는 마치 혼잣말하듯 낮게 중얼거렸다. "이래선 안 되었는데……, 오, 유리 안드레예비치, 그만 하세요. 어머, 당신이 무슨 짓을 했는지 보세요!"

그녀는 소리치며 다리미판으로 뛰어갔다. 다리미 밑에 눌러붙은 블라우스에서 가느다란 연기가 피어오르며 단내가 나고 있었다. 그녀는 다리미를 제대로 세워놓은 후 큰 소리로 말했다.

"유리 안드레예비치! 제발 정신 차리세요. 어서 물이라도 드시고 평상시에 제가 알고 있는 모습으로 돌아오세요. 제발, 부탁이에요."

그 뒤 두 사람 사이에 그런 식의 대화는 더 이상 오가지 않았다. 일주일 뒤에 라라 표도로브나는 그곳을 떠났다.

6

얼마 뒤 지바고도 떠날 준비를 마쳤다. 그가 멜류제예보를 떠나기 전날 밤 그곳에는 무서운 폭풍이 밀려왔다. 그런데 그 폭풍우처럼 무서운 일이 바로 그날 벌어졌다.

그날 카자크 기병들을 태운 열차가 비류치 역에 도착했다. 지휘관의 명령이 떨어지자 카자크 병사들은 일제히 말에 오르더니 탈영병들이 머물고 있는 벌채지를 향해 내달았다.

212연대 소속 폭도들은 금세 포위되었다. 숲속에서의 기병의 모습은 들판에서보다 훨씬 커 보이고 위압적이기 마련이다. 폭도들은 오두막에 소총을 지니고 있었음에도 불구하고 쉽게 제압되었다. 기병들은 칼을 높이 치켜들었다.

기병들이 둥그렇게 포위하고 있는 원 안에 장작더미가 쌓여 있었다. 인민위원 긴츠는 그 위에 올라 포위된 병사들을 향해 연설을 시작했다.

그는 평소처럼 군인의 의무와 조국 등 그가 즐겨 입에 담는 주제에 대해 열변을 토했다. 하지만 그의 열변은 청중에게 아무런 공감도 불러일으키지 못했다. 우선 청중이 너무 많았다. 그들은 전쟁으로 너무나 큰 고초를 겪었으며 뻔뻔해져 있었고 지쳐 있었다. 그들은 지금 긴츠가 들려주는 이야기를 귀에 못이 박이도록 들어왔다. 이 순진한 사람들은 넉 달간 번갈아 들어온 좌익과 우익의 감언이설에 지칠 대로 지쳐 있었다. 게다가 이 평민들은 긴츠의 외국식 이름과 페테르부르크식 억양에 반감을 느꼈다.

긴츠는 자기 이야기가 너무 장황하다고 느끼고 스스로에게 화가 났다. 게다가 자신의 이야기에 감사하는 대신 무관심하고 지루해하는, 심지어 적대감까지 내비치는 청중에게도 화가 나기 시작했다. 그는 자제력을 잃었다. 그는 청중들에게 보다 단호한 모습을 보이기로 결심하고 이제껏 자제하고 있던 협박의 말을 꺼내 들었다. 병사들이 술렁거렸고 불만이 끓어올랐지만 그에게는 들리지도 않고 보이지도 않았다. 그는 탈주병들에게 혁명 군사재판소가 설립되었고 당장 무장해제를 하고 지도자를 넘기지 않으면 모두 사형을 시킬 것이라고 위협했다. 만일 거부한다면 모두 반역자로 낙인찍힐 것이며 그런 자들은 무책임한 불량배이자 상놈들이라고 퍼부었다.

동시에 수백 명이 으르렁거렸다. 어떤 자들은 별로 화도 내지 않고 무덤덤하게 중얼거리기도 했다.

"얼씨구, 잘하는군. 어디 실컷 지껄여보라지."

그런데 그 가운데 증오에 가득 찬 목소리가 날카롭게 울려 퍼졌다.

"정말 뻔뻔한 놈이로군! 변한 게 하나도 없어! 저 장교 놈들은 우리를 여전히 발가락에 때처럼 여기고 있다고! 뭐, 우리가 반역자라고? 그렇다면 나리, 당신은 뭐지요? 이런 제기랄! 저 놈은 분명 독일 놈이야! 첩자가 틀림없어! 어이, 귀하신 놈아, 어디 신분증 좀 보여주실까! 어이, 기병 나리들! 왜 그렇게 입만 쩍 벌리고 있는 거야! 우리를 진압하러 온 거 아닌가? 자, 어서 계속해! 우리를 묶으라고! 어서 신나게 해보라니까!"

하지만 카자크 기병들도 긴츠의 한심한 연설에 점점 더 반감을 느끼고 있었다. 그들은 웅성거렸다.

"뭐야, 우리도 제 놈 눈에는 개돼지라 이거지? 제 놈은 무슨 각하에 영주란 말인가?"

카자크 기병들이 처음에는 한두 명씩, 이어서 일제히, 높이 쳐들고 있던 칼을 칼집에 집어넣기 시작했다. 이어서 그들은 하나씩 말에서 내렸다. 거의 대부분 다 말에서 내리자 그들은 일제히 무질서하게 공터 중앙을 향해 걸어가더니 212연대와 뒤섞였다. 진압군과 폭도가 손을 잡은 것이다.

"빨리 사라지는 게 좋겠습니다." 불안해진 카자크 장교가 긴츠에게 말했다. "역 근처에 당신 차가 있습니다. 당신을 데리러

오라고 사람을 보내겠습니다. 어서 서두르십시오."

긴츠는 장교의 말을 따랐다. 하지만 슬그머니 도망가는 모습을 보이는 것은 체면을 구기는 짓이라고 생각하고 역을 향해 당당하게 걸어갔다. 그는 무척 동요하고 있었지만 자존심 때문에 천천히 서두르지 않고 걸었다.

숲에서 벗어나 역 근처에 다다르자 그는 처음으로 뒤를 돌아다보았다. 병사들이 소총을 들고 그를 따라오고 있었다. '어쩌려는 거지?' 긴츠는 걸음을 재촉했다.

그러자 따라오는 자들 걸음도 빨라졌다. 긴츠와 추적자들 사이의 거리는 일정하게 유지되고 있었다. 긴츠는 달리기 시작했다. 그러자 병사들도 달렸다. 긴츠가 플랫폼에 다다르자 역무원이 어서 안으로 들어오라고 손짓했다. 그가 그대로 안으로 들어갔으면 병사들도 포기하고 물러섰을지도 모른다. 그런데 몇 세대에 걸쳐 도시에서 배양된 그의 명예욕과 자존심이 안전한 길을 포기하게 만들었다. 자기희생적인 의미는 있는지 몰라도 이곳에서는 아무짝에도 쓸모없는 자존심이었다. 그는 요란하게 쿵쾅거리는 심장을 가라앉히려 애쓰면서 생각했다.

'저들에게 정신 차리라고, 나는 스파이가 아닌 걸 알고 있지 않느냐고 말해야 해. 진정으로 감동적인 말 한두 마디면 저들

을 정신 차리게 할 수 있을 거야.'

지난 몇 달 동안의 경험에 의하면 연단이나 의자 위 같은 데로 올라가기만 하면 군중을 향해 호소력 있는 연설을 저절로 할 수 있었다. 아니 그보다는, 그런 것이 보이기만 하면 무의식적으로 그 위로 올라가서 일장 연설을 하고 싶었다.

역사(驛舍) 문 옆에 달려 있는 종 아래 화재 대비용 큰 물통이 놓여 있었다. 뚜껑은 단단하게 닫혀 있었다. 긴츠는 그 위에 올라서더니 다가오는 병사들을 향해 앞뒤가 맞지 않는 연설을 열정적으로 늘어놓기 시작했다. 그의 대담한 행동에 병사들은 놀라서 그 자리에 그대로 서버렸다.

하지만 불행한 일이 벌어지고 말았다. 긴츠는 뚜껑 가장자리에 서 있었던 것이다. 갑자기 뚜껑이 푹 꺼져버렸다. 그의 한쪽 다리가 통속에 빠져버렸고 다른 한쪽은 통 가장자리에 걸쳐 있었다.

그가 물통 가장자리에서 허우적거리는 우스꽝스러운 꼴을 보이자 병사들이 일제히 웃음을 터뜨렸다. 순간 앞에 있던 병사 한 명이 긴츠의 목을 겨냥해 총을 발사했다. 그가 즉사하자마자 병사들이 일제히 그의 몸뚱이에 달려들어 총검으로 찔러댔다.

6

유리 지바고가 떠나던 날은 몹시 무더웠다. 다시 천둥 번개가 몰려올 것 같았다. 지바고는 역장을 통해 비밀 열차가 도착한다는 소식을 알게 되었다. 역장은 그 열차를 타고 수히니치까지 가서 다른 열차로 갈아타라고 일러주었다.

몰려오는 사람들 틈에 섞여 겨우 기차에 오른 지바고는 통로 바닥에 내려놓은 자신의 짐짝 위에 앉아 수히니치까지 갔다. 그가 수히니치에 도착한 것은 한밤중이었다. 역에 도착하자 미리 비류치 역장의 연락을 받아놓은 짐꾼이 그를 맞았다. 전쟁 전에나 볼 수 있었던 친절함을 여전히 지니고 있는 사람이었다. 그가 지바고를 어두운 철길을 따라 안내하더니 방금 도착한 다른 임시 열차 뒤 칸에 태워주었다.

비밀 임무를 띤 이 '특별 열차'는 아주 빠르게 달렸고 몇 군데에서 잠깐씩 멈출 뿐이었으며 무장한 군인들이 경비를 서고 있었다. 열차 안은 거의 텅 비어 있었다.

지바고가 자리 잡고 앉은 객실에는 작은 촛불이 하나 밝혀져 있었고 촛불은 반쯤 열린 창문을 통해 들어오는 바람에 너울너울 춤을 추었다. 지바고가 들어선 객실에는 젊은 사람이 한 명 앉아 있었다. 그 촛불은 바로 그 승객이 밝혀 놓은 것이었다. 앉은 자세였지만 팔다리 길이로 보아 무척 키가 큰 금발의 젊은이였다. 창가에 편한 자세로 몸을 뻗고 앉아 있던 그는 지바고가 들어오자 자세를 바로잡았다. 의자 밑에서 뭔가 꼼지락거리는 것 같아서 바라보았더니 포인터 한 마리가 앉아 있었다. 낯선 사람이 들어오자 개는 구석에서 기어 나오더니 코를 킁킁거리며 지바고에게로 다가와 냄새를 맡았다. 하지만 주인이 명령하자 개는 다시 의자 밑으로 들어갔다. 그제야 사냥총과 가죽 탄띠가 지바고의 눈에 띄었다. 그는 사냥꾼이었던 것이다.

젊은이는 이야기하는 것을 매우 좋아하는 듯 이내 상냥한 웃음을 띠고 닥터 지바고에게 말을 걸었다. 하지만 지바고는 너무 피곤했다. 그는 사냥꾼에게 미안하다고 말한 후 상단 침대로 올라가 몸을 눕혔다.

지난 일주일 동안 겪은 일, 출발 준비, 이른 새벽 출발로 인해 너무 지쳐 있었기에 지바고는 쉽게 잠이 들 줄 알았다. 하지만 오히려 너무 피곤해서인지 잠이 오지 않았다. 그는 새벽이 되어서야 겨우 잠이 들었다.

잠을 청하면서 그의 생각은 주로 두 갈래로 향했으며 그 두 가지 생각은 마치 실타래처럼 엉켰다가 풀어지곤 했다.

그중 한 가지는 토냐와 집을 중심으로 한 이전의 소박한 삶에 대한 상념이었다. 그 삶에서는 아무리 사소한 것이라 할지라도 모든 것에 시정(詩情)이 넘쳤으며 애정과 따뜻함이 충만해 있었다. 그는 이전의 그 생활이 못내 염려스러웠다. 벌써 2년이 흘렀지만, 그는 그 삶이 온전히 남아 있기를 바라고 있었으며 이 야간 급행열차 안에서 애타게 그리는 마음으로 그 삶을 향해 달려가고 있었다.

그런데 그렇게 과거의 평온한 삶을 그리는 그의 상념에는 다른 것이 섞여 있었다. 혁명에 대한 충심과 그것을 찬양하는 마음이었다. 그가 생각하는 혁명이란 중산계급이 받아들일 수 있는 혁명, 1905년 당시 블로크를 찬양하던 학생으로서 그 의미를 부여하던 혁명이었다. 그리고 오래전부터 친근했던 그러한 상념에는 전쟁 전, 그러니까 1912년과 1914년 사이에 러시아 사상계와 예술계, 러시아의 삶 속에 나타났던 새로운 약속과 질서에 대한 전망과 약속이 함께 하고 있었다. 일단 전쟁이 끝나면 다시 그런 풍토로 돌아가 그 모든 것을 새롭게 이어가야 하리라. 마치 긴 외출에서 집으로 돌아가듯이.

그런 익숙한 상념 반대편에 또 다른 일군의 상념들이 있었다. 하지만 그것들은 먼젓번 상념과 얼마나 다른가! 그것은 익숙한 상념이 아니었다. 그것은 그가 선택한 것도 아니었고 마치 지진처럼 불가항력적인 현실에 의해 이미 결정된 것이었다.

그리고 그 한가운데 전쟁이 있었다. 전쟁의 유혈과 공포, 그것이 가져온 황폐화와 야만성, 전쟁으로 인해 겪는 시련과 그로 인해 획득되는 지혜에 대한 상념이었다. 그리고 전쟁이 휩쓸고 간 변방의 작은 마을, 거기서 만난 사람들에 대한 상념이었다. 그러한 새로운 상념에는 물론 혁명도 포함되어 있었다. 그러나 그 혁명은 과거에 대한 상념과 함께 떠오르는 1905년의 혁명이 아니었다. 이 새로운 대격변은 오늘날 전쟁과 함께 태어난 것으로서 피비린내가 나고 무자비한 혁명이며 전문적인 혁명가들인 볼셰비키의 조종에 의해 병사들이 일으킨 혁명이었다.

그리고 전쟁과 혁명에 대한 그 새로운 상념에는 간호사 라라 안티포바도 포함되어 있었다. 그녀는 전쟁에 의해 자신도 어딘지 모를 곳에 내던져진 존재였다. 그녀의 과거에 대해 그는 아무것도 아는 것이 없었다. 그녀는 그 누구도 비난하지 않았으며 그녀의 침묵 자체가 불평처럼 보이는 여자였다. 그녀는 신비스러울 정도로 말이 없었으며 그 말 없음으로 인해 더욱 강해 보이는 여자였다. 그는 그녀를 사랑하지 않기 위해 혼신의 힘을 다했다. 그 노력은 그가 평생토록 가족과 이웃, 그리고 친구들과 모든 사람들을 사랑하기 위해 기울인 노력에 버금가는 것이었다.

열차는 전속력으로 달려갔다. 열린 차창을 통해 거센 바람이 불어와 지바고의 머리칼을 헝클어뜨리고 먼지투성이로 만들었다. 이따금 깊은 어둠 속에서 마차들이 덜커덩거리며 달려가는 소리가 들렸다. 사람들 목소리와 바퀴 소리와 숲이 술렁이는 소리가 한데 뒤섞였다. 지바고는 열차 안 이층 침대에서 몸을 뒤척이며 그 소리를 들었다. 마치 러시아에서 쉬지 않고 끝없이 확장되어가는 움직임에 대한 소식, 혁명에 대한 소식, 러시아가 맞이하게 될 숙명적인 순간에 대한 소식이 들려오는 것 같았다.

다음 날 지바고는 11시가 넘어서야 잠에서 깨어났다. 객차 안에는 여전히 젊은 사냥꾼밖에 없었다. 젊은이의 이름은 포고렙시흐였다. 젊은이는 여전히 말이 많았다. 지바고가 잠시 그의 말에 대꾸를 해주자 그는 이런저런 이야기를 열심히 떠벌리더니 열심히 혁명을 옹호했다. 젊은이가 옹호하는 혁명은 파괴 그 자체를 의미했다. 그의 열변을 듣고 있던 지바고가 아무리 대격변이 일어나더라도 신중할 필요가 있다고, 아무리 보잘것 없는 것이라 할지라도 평화와 질서는 필요한 법이라고 조용히 말했다. 그러자 그가 지바고의 말을 자르며 말했다.

"정말 순진한 생각입니다. 선생 같은 사람들이 무질서라고 부르는 것은 선생이 그토록 애지중지하는 질서에 속하는 보편적인 현상입니다. 모든 파괴는 거대한 창조의 구도 내에서 첫 단계에 속하는 것입니다. 그 파괴는 철저해야 합니다. 우리의 사회는 아직 충분히 붕괴되지 않았어요. 완전히 산산조각이 나야 합니다. 그런 후 혁명 정부가 그 조각들을 훌륭하게 짜 맞추어 새로운 기반을 구축해야 합니다."

지바고는 더 이상 듣기가 거북해 통로로 나갔다.

열차는 전속력으로 모스크바 교외를 달리고 있었다. 여름 별장들이 드문드문 보이는 자작나무 숲이 차창으로 다가왔다가 스치듯 지나갔다. 열차는 쉴 새 없이 기적을 울렸으며 기적 소리는 숲을 가득 채웠다가 메아리가 되어 되돌아왔다.

지바고는 며칠 만에 처음으로 자신이 지금 어디에 있는지, 자신에게 무슨 일이 일어났는지, 한두 시간 안에 무엇이 자기를 기다리고 있는지 또렷하게 의식할 수 있었다.

3년 동안의 변화들, 이동(移動), 불확실성, 격변, 전쟁, 혁명, 파괴와 죽음의 광경, 포격, 파괴된 교량, 화재, 폐허, 이 모든 것들이 갑자기 아무 의미도 없고 공허한 거대 공간으로 변해버렸다. 그 모든 것들이 방해를 놓았음에도 불구하고 이렇게 급행열차를 타고 여행을 한다는 것, 아직 손상되지 않은 채 존재하는 곳, 돌멩이 하나하나가 사랑스러운 집을 향해 이렇게 달려간다는 것, 이것이야말로 진정으로 의미 있는 최초의 사건이었다. 이것이 진정한 삶이고 의미 있는 경험이며 진정으로 탐색해야 할 목표이고 예술이 추구하는 것이었다. 집으로 돌아가는 것, 가족에게로, 자기 자신에게로, 진정한 존재로 돌아가는 것!

자작나무 숲이 끝났다. 이어서 광활한 감자밭이 나타났다. 감자밭이 끝나자 교회가 나타났다가 사라졌다.

그는 객실로 돌아와서 젊은 사냥꾼에게 말했다.

"모스크바에 도착했습니다. 이제 내릴 준비를 해야겠어요."

포고렙시흐는 자리에서 벌떡 일어나더니 사냥 자루를 뒤져 가장 큰 오리 한 마리를 꺼냈다.

"자, 받으세요. 기념품입니다. 유쾌한 시간을 보낸 데 대한 감사의 표시입니다."

지바고가 아무리 사양해도 소용이 없었다. 결국 그는 "좋습니다. 아내에게 좋은 선물이 되겠군요"라며 받을 수밖에 없었다.

"멋져요! 정말 멋져! 아내라!"

상대방은 마치 그 단어를 처음 듣는 양 여러 번 반복하면서 너털웃음을 터뜨렸다.

열차가 플랫폼에 들어섰다. 열차 안이 밤처럼 깜깜해졌다. 포고렙시흐는 그 무언가 인쇄된 전단지에 들오리를 싸서 지바고에게 건넸다.

제6장 야영지 모스크바

1

여행하는 동안 지바고는 마치 열차만 움직이고 있을 뿐 시간은 멈춰 있는 것 같았다. 그는 아직 한낮이라고 생각했다. 하지만 지바고와 짐을 실은 마차가 사람들이 빽빽하게 모여 있는 스몰렌스키 광장을 겨우 빠져나왔을 때는 이미 날이 저물고 있었다. 광장의 모습은 그의 기억 속에 남아 있는 이전의 모습과는 달랐다. 전처럼 사람들이 북적거리는 시장이 아니었다. 상점 셔터들은 모두 내려져 있었고 자물쇠조차 채워져 있지 않다. 하지만 광장에는 사람들이 많았다. 그들 손에는 아무도 살 것 같지 않은 물건들, 예컨대 볼품없는 조화(造花), 낡아빠진 찻주전자, 얇은 이브닝드레스, 이미 없어진 관청의 제복 같은 것이 들려 있었다. 그래도 그런 것들은 그나마 나은 편이었다. 대부분의 사람들은 딱딱하게 굳어서 먹을 수 없게 된 배급받은 흑빵 껍질, 눅눅하게 된 더러운 각설탕, 싸구려 담배들을 손에 들고 살 사람을 찾고 있었다. 도무지 값이 나가지 않을 것 같은 그런 잡동사니들이 사람들 손을 거칠 때마다 값이 올라간다는 사실을 지바고는 알 리 없었다.

마차는 광장으로 통하는 한 작은 골목으로 들어갔다. 그들 앞에 짐 마차가 덜컹거리며 천천히 움직이고 있었다. 짐 마차가 일으키는 먼지가 지는 햇살에 구릿빛으로 반짝였다. 겨우 짐 마차를 추월할 수 있게 되자 마차는 속력을 내서 달렸다. 교차로를 몇 번 지나자 길모퉁이에 지바고의 집이 보였다. 마차가 집 앞에 멈추었다.

유리 지바고는 숨을 크게 몰아쉬었다. 심장 쿵쿵거리는 소리가 귀에 들릴 정도였다. 그는 마차에서 내려 문으로 다가가 초인종을 울렸다. 아무 응답이 없었다. 그는 다시 초인종을 울렸다. 하지만 여전히 아무 기척이 없었다. 불안해진 그는 짧게 계속 초인종을 울렸다. 그가 여전히 초인종을 울리고 있을 때 문이 열리더니 토냐 알렉산드로부나의 얼굴이 보였다. 처음에는 둘 다 깜짝 놀란 모습으로 서로의 얼굴만 쳐다볼 뿐이었다. 이윽고 정신이 들자 둘은 미친 듯 서로에게 달려들었다. 둘은 누가 먼저랄 것도 없이 숨 가쁘게 질문을 던졌다.

"뭣보다, 다들 잘 있지?"

"그럼요, 걱정 말아요. 다 괜찮아요. 정말 바보 같은 편지를 보내서 미안해요. 그 이야기는 나중에 해요. 왜 오신다고 전보를 보내지 않았어요? 마르켈이 와서 당신 짐을 옮길 거예요. 예고로브나가 문을 열지 않아서 놀라셨죠? 시골에 가 있어요."

지바고가 아내에게 말했다.

"당신, 야위었구려. 하지만 아주 젊고 아름다워. 잠깐, 마부에게 삯을 줘서 돌려보내고 오겠소."

"예고로브나는 밀가루를 좀 구하려고 간 거예요. 다른 하인과 하녀들은 모두 내보냈어요. 이제는 뉴샤라는 여자애밖에 없어요. 당신 모를 거예요. 그 애가 사샤를 돌봐주고 있어요. 당신이 돌아올 것이라고 해서 모두들 애타게 기다리고 있었어요. 특히 미샤 고르돈과 니카 두도로프가 말이에요."

"사샤는?"

"지금 잠들었어요."

"장인어른은 집에 계시오?"

"연락을 못 받으셨나요? 아침부터 밤까지 자치 의회에 나가 계세요. 의장직을 맡고 계시거든요."

두 사람이 이야기를 나누는 사이 마르켈이 한 손에 경비원 모자를 들고 뛰어왔다.

"오, 하느님! 유로치카 서방님 맞지요? 정말 그러네요, 유리 안드레예비치 서방님! 우리의 기도대로 돌아오셨군요!"

"잘 지냈소, 마르켈? 자, 한번 안아봅시다. 뭐, 새로운 거 없나? 부인은 잘 지내요? 딸들은?"

"뭐, 별일 있겠습니까? 고맙게도 잘 자라고 있습지요. 새로운 거요? 서방님도 보시면 아시겠지만 서방님께서 전방에서 수고하시는 동안 저희도 가만히 있지는 않았습지요. 다들 미쳐 날뛰었지요. 악마도 두 손 번쩍 들었을 겁니다! 거리 청소도 하지 않았고 지붕도 수리하지 않았으며 집에 칠도 하지 않았습지요. 뱃속은 단식하듯 텅텅 비어버렸습지요. 진짜 평온했습니다. 영토 병합도 없고 배상금도 없었으니까요."

"여보, 저 사람 말 듣지 말아요. 늘 저렇게 엉뚱한 소리만 늘어놔요. 당신이 좋아할 줄 알고 저러는 거예요. 음흉해요. 됐어요, 됐어요, 마르켈! 뭐라고 변명할 필요 없어요. 난 당신을 잘 알아요. 속셈이 있잖아요. 이제 제발 그만해요."

마르켈은 들락날락하며 지바고의 짐을 안으로 부려놓은 뒤

밖으로 나갔다.

2

"자, 이제 위로 올라가요." 토냐가 말하며 앞장섰다. 그러자 지바고가 말했다.

"아니, 어디로 가고 있는 거요? 왜 응접실을 통하지 않는 기요?"

"아, 그렇지. 당신, 아무것도 모르지요. 아버지와 의논 끝에 1층을 농업학교에 내주기로 했어요. 겨울에 난방하기 벅차서요. 2층만 해도 너무 넓어요. 아직 그들이 전부 옮겨 오지는 않았어요. 하지만 이미 도서관과 표본실, 종자 보관실은 들어와 있어요. 우리는 뒤쪽 계단으로 돌아가야 해요. 자, 따라오세요."

"잘한 거요. 내가 있던 병원도 개인 집이었소. 정말 방들이 많더군. 가구들도 쓸데없이 많았고. 말하자면 부자들 생활 방식에는 뭔가 불건전한 게 있다는 거요. 살림 공간을 줄인 건 아주 잘한 일이야. 더 줄여야 할 거요."

"그런데 저 꾸러미는 뭐예요? 저, 삐죽 나와 있는 거 말이에요. 새 주둥이 같은데. 어머, 오리네요! 아휴, 예뻐라! 들오리네요! 어디서 났어요? 보고도 믿을 수 없네요. 요즘에는 구경하기 힘든 거예요."

"열차 안에서 누군가 선물한 거요. 나중에 자세히 이야기해 주리다. 어떻게 할까? 부엌에 갖다 둬야겠지?"

"그럼요. 당장 뉴샤를 불러 털을 뽑고 깨끗이 씻으라고 해야 겠어요. 이번 겨울에는 굶주림과 추위에 시달리게 될 거래요."

"맞아, 어디서든 모두들 그 이야기뿐이지. 조금 전에 차창 밖을 내다보며 이런 생각을 했다오. 이 세상에 평화로운 가정생활과 일처럼 소중한 게 또 있을까? 나머지는 우리가 어쩔 수 없는 것들이지. 많은 사람들에게 어려운 시절이 닥쳐오고 있는 것 같소. 코카서스나 더 먼 남쪽으로 탈출하려는 사람들도 있는 모양이오. 하지만 나는 그러지 않을 거요. 성인 남자라면 조국의 운명과 함께 해야지. 두말할 필요도 없어. 하지만 당신은 달라요. 당신이 이 모든 일을 함께 겪을 필요는 없어. 보다 안전한 곳, 말하자면 핀란드 같은 곳으로 당신을 보내고 싶소. 아, 그런데 층계마다 서서 이렇게 이야기를 나누고만 있으면 2층에는 언제 올라가지?"

"잠깐만요. 깜빡 잊고 말씀 못 드렸네. 당신께 전할 소식이 있어요. 정말 굉장한 소식이에요! 니콜라이 외숙부님께서 귀국하셨어요."

"정말이요? 외삼촌이?"

"정말이에요. 스위스에 쭉 계시다가 영국과 핀란드를 거쳐 귀국하셨어요."

"여보, 농담하는 거 아니지? 외삼촌을 뵀소? 어디 계시오? 지금 당장 오시라고 하지."

"너무 서두르지 마세요. 지금 시골 어딘가에 계세요. 모레 올라오시겠다고 하셨어요. 많이 변하셨답니다. 당신, 실망하실지 몰라요. 오시는 길에 페테르부르크에 들르셔서 볼셰비키에 가담하셨대요. 아버지와 큰 논쟁을 벌였어요. 정말, 우리 왜 이렇게 한 걸음마다 멈춰서는 거지요? 어서 올라가요. 앞으로 어렵고 위험한 시절이 오리라는 이야기는 당신도 들었을 거예요. 정말 무슨 일이든 다 벌어지겠죠?"

"그럴 거요. 뭐, 어쩌겠소? 그럭저럭 지낼 수 있겠지. 세상이 끝장난 것도 아니고. 다른 사람들처럼 기다리며 두고 봅시다."

"소문에는 장작도 물도, 전기도 없을 거래요. 돈은 휴짓조각이 될 거고요. 배급도 끊길 거래요. 오, 이 겨울을 무사히 날 수 있을지⋯⋯. 참, 그리고 2층 전부를 우리가 쓸 필요도 없을 것 같아요. 두세 개의 방을 연결해서 우리 식구와 뉴샤가 함께 지내는 거예요. 나머지는 모두 내주고요."

"좋은 생각이오. 걱정 말아요. 어떻게든 잘 지낼 수 있을 거야. 자, 우리 그 오리를 구워서 새 출발을 축하하는 파티를 엽시다. 외삼촌도 초대하고."

"좋아요. 미샤 고르돈에게 보드카를 좀 가져오라고 해야겠어요. 연구소 같은 데서 구할 수 있을 거예요. 외삼촌, 미샤와 니카 외에 한두 사람 더 부르도록 해요. 이노켄티 씨와 실레진게르 말이에요. 저는 사샤의 방에 좀 가봐야겠어요."

모스크바에 돌아온 지바고에게 가장 소중한 것은 아들 사샤였다. 그는 사샤가 태어나자마자 징집되었기에 아들이 낯설었다. 아내가 보내온 사진을 통해 이제 막 걸음마를 시작했을 때 모습을 보았을 뿐이었다. 잠시 후 토냐가 들어와서 아이를 보러 가자고 했다. 아이의 방은 옛날에 자신과 토냐가 공부방으로 쓰던 곳이었다.

어린아이용 침대에 누워 있는 아이는 사진에서 보던 것만큼 귀엽지는 않았다. 하지만 아이는 지바고의 어머니, 그러니까 아이의 할머니와 놀라울 만큼 닮아 있었다.

"아빠야. 네 아빠란다. 어서 손을 내밀어 드리렴." 토냐가 아이에게 말했다.

그녀는 지바고가 아이를 쉽게 안을 수 있도록 침대를 덮고 있던 그물을 내렸다. 하지만 아이는 수염이 덥수룩한 낯선 남자에게 놀랐는지 어머니에게 매달리며 사납게 울어댔다.

"사셴카, 그러면 못써." 토냐가 아이를 꾸짖으며 말했다. "아빠가 어떻게 생각하시겠어? 사샤가 나쁜 아이인 줄 아시겠네. 자, 아빠에게 뽀뽀해드려. 울지 말고! 바보같이 왜 우는 거니?"

"그냥 둬요. 당연한 일인데. 나를 한 번도 본 적이 없잖소. 내일이면 괜찮아질 거요."

말은 그렇게 했지만 그는 풀이 죽었다. 그는 아이 방을 나서면서 혹시 무슨 좋지 않은 조짐은 아닐까 하는 예감에 사로잡혔다.

3

집으로 돌아와서 지낸 지 며칠 되지 않아 유리 지바고는 자신이 외롭다는 사실을 절감했다. 하지만 그 누구도 탓할 생각은 없었다. 자신이 원하던 바를 얻은 것일 뿐이었다.

친구들은 이상할 정도로 생기를 잃었으며 특색이 없어 보였다. 그 누구도 자신만의 의견이나 자신만의 세계를 지니고 있는 것 같지 않았다. 그들은 단지 지바고의 기억 속에서만 빛을 발하고 있었다. 그가 지난날 그들을 지나치게 과대평가했음이 분명했다. 구질서하에서 그들의 삶은 안전했다. 그들은 다른 이들의 희생을 발판 삼아, 다른 대다수의 사람들이 비참한 생활을 하는 동안 마음껏 바보짓과 이상한 짓을 일삼았다. 그리고 그 바보짓과 나태함을 소수만이 누릴 수 있는 특권이요, 진정한 개성이자 독창성이라고 착각했다. 그런데 하층민들이 들고 일어나서 그들이 누리던 특권이 폐기되자 그들은 그 얼마나 빨리 시들어버렸는가? 그들은 그 얼마나 재빠르게 아무런 유감 없이 그들의 이른바 독창적인 생각을 포기해버렸는가? 아무도 그런 독창적인 생각이란 해본 적도 없는 것 같았으니! 이제 유리 지바고가 가깝게 여기는 사람은 아내 토냐와 장인, 두세 명의 동료 의사, 호언장담이라고는 할 줄 모르는 몇몇 소박한 노동자들뿐이었다.

그가 도착한 지 이삼일 지나서 예정대로 오리와 보드카 파티가 열렸다. 초대한 사람들은 파티 전에 이미 모두 만나본 터여서 재회의 의미는 띠고 있지 않았다.

배고픈 시절이라 커다란 오리는 꿈도 꾸지 못할 정도의 사치였다. 하지만 빵이 없었기에 어느 정도 색이 바랬고 약간은 짜증이 날 정도였다. 미샤가 유리 약병에 보드카를 가지고 왔다. 토냐는 병을 독점하고 물을 섞어 배분했다. 도수가 일정치 않은 술을 마신다는 게 일정한 도수의 술을 마시는 것보다 더 힘든 것 같았고 손님들은 그 때문에도 화가 났다.

하지만 그들이 무엇보다 슬펐던 것은 그들의 파티가 일종의 배신행위 비슷하다는 느낌이 들었기 때문이었다. 거리의 그 어떤 집에서도 이 시각에 그런 식의 파티가 벌어진다는 것은 상상조차 할 수 없었다. 창밖으로는 어둡고 무거운 침묵에 싸인 채 굶주리고 있는 모스크바가 있었다. 상점은 텅 비어 있었으며 사냥이나 보드카 같은 것에 대해서는 모두들 깡그리 잊고 있었다. 그리고 이제는 주변 사람과 한 치의 어긋남도 없는 똑같은 생활만이 진정한 생활이며, 남들과 함께 나눌 수 없는 행복은 행복이 아니라는 생각이 모두를 지배하고 있었다. 따라서 이 도시에서 유일하게 그들만이 오리와 보드카를 즐기고 있다면 그것들은 진짜 오리와 보드카가 아닌 것일 수밖에 없었다. 그리고 그 무엇보다 그 사실이 그들을 짜증나게 했다.

초대받은 손님들 중에 니카 두도로프가 늦게 도착했고, 그사이 미샤는 그의 결혼에 대해 이야기했다. 유리 지바고는 처음 듣는 이야기였다.

니카는 결혼한 지 1년 만에 이혼했다는 것이었다. 좀 의심스럽기는 해도 사태의 전말은 다음과 같았다.

니카는 사무 착오로 징집되었다. 그는 군대에 복무하면서 끊임없이 징벌을 받았다. 대표적인 것이 길을 걷다가 장교를 만나도 경례를 하지 않는다는 죄였다. 별다른 이유가 있는 게 아니라 멍하니 정신을 팔고 있다가 벌어진 일이었다. 사무 착오가 발견되어 제대를 한 후에도 그는 길을 걷다가 장교를 만나면 무의식적으로 손이 올라갔으며 아무도 없는 곳에서도 장교의 얼굴이 눈앞에 어른거렸다.

그 시기에 그는 볼가강 선착장에서 기선을 기다리고 있던 어느 자매를 우연히 만났다. 주변에 군인들이 많았기 때문인지 그는 멍한 기분에 빠졌고 자세히 보지도 않은 채 자매 중 동생에게 청혼을 했다는 것이다.

"어때, 재미있지?" 미샤가 말했다.

미샤의 말을 들으며 유리는 그가 정말 많이 변했다고 생각했다. 그가 알던 예전의 미샤는 그렇게 농담을 즐기는 친구가 아니었다. 그는 늘 심각하고 우울한 표정으로 세상의 모순에 대해 말했고 그런 그를 모두 좋아했다. 그러나 그는 이제 짐짓 익살을 부리면서 "재미있지 않아?"라든지 "웃기지 않아?"라고 말하곤 했다. 그의 사전(辭典)에는 전혀 없던 말이었다. 이전의 그에게 인생은 결코 오락이 아니었다.

미샤가 "어때 재미있지?"라고 말하는 순간 니카가 들어왔기에 그는 말을 멈추어야 했다. 니카 두도로프가 방으로 들어섰다.

니카는 미샤와는 정반대로 변해 있었다. 그는 늘 경박한 편에 속했다. 하지만 지금은 진지한 학자로 변해 있었다. 학창 시절 그는 정치범의 망명을 도왔다는 이유로 퇴학당했다. 그런 후 얼마 동안 여기서기 예술학교를 전전하다가 나중에는 인문학에 닻을 내렸다. 전쟁 중 그는 동년배들보다는 이삼 년 늦게 대학을 졸업했다. 그리고 이제는 러시아 역사와 세계사를 강의하고 있었다. 그는 이미 두 권의 책을 출간했는데 한 권은 이반 대제에 관한 책이고 다른 한 권은 프랑스 혁명 당시 로베스피에르의 오른팔이었던 생쥐스트에 관한 연구서였다.

그들 외에 슈라 실레진게르와 이노켄티들도 파티에 합류해 이런저런 이야기를 나누었지만 그날의 주인공은 뭐니 뭐니 해도 외삼촌 니콜라이였다. 토냐는 그가 시골에 가 있다고 했지만 잘못 안 것이었다. 그는 모스크바 시내에 있었고 지바고는 이미 그를 두세 번이나 만나서 실컷 이야기를 나누었었다. 지바고는 그가 묵고 있는 호텔에서 그를 만났다. 그는 외삼촌과 이야기를 나누면서 오랜만에 이토록 통찰력 있고 정확하고 매력적인 이야기를 듣는 것이 못내 즐거웠다. 거의 10년 만에 맛

보는 즐거움이었다.

소문에 의하면 그는 스위스에 젊은 새 연인을 두고 왔으며 미처 끝내지 못한 일과 쓰다만 책도 그곳에 남아 있다는 것이었다. 그는 조국의 격랑에 함께 깊숙이 휩쓸리기 위해 귀국한 것이며 요행히 그 격랑이 가라앉게 되면 서둘러 알프스로 돌아갈 것이라고 했다.

그는 볼셰비키를 옹호하며 좌익 사회주의 혁명가 두 사람의 이름을 들먹였다. 그러자 유리 지바고의 장인 알렉산드르 그로메코가 나서서 그에게 조롱기 섞인 말을 던졌다.

"아니, 당신이 그런 쓰레기 같은 자들 편이라 이거요? 아니, 어떻게 그런 시궁창으로 내려와 처박힐 수 있단 말이오?"

"당신은 얼굴을 붉히시겠지만 이건 아주 기본적으로 중요한 일입니다. 수 세기에 걸쳐 대다수 민중들은 도저히 삶이라고 할 수 없는 삶을 살아왔습니다. 아무 역사책이나 펼쳐보면 알 수 있는 일입니다. 봉건제건 노예제건, 자본주의건 산업사회건 마찬가지입니다. 자연에 어긋나는 일이고 부당한 일입니다. 이미 오래전부터 지적되어 왔고 격변이 준비되어 왔습니다. 민중에게 빛을 던져주고 모든 것을 제자리로 돌려놓을 준비 말입니다. 당신도 아시다시피 낡은 구조를 땜질하는 건 아무 소용없습니다. 토대부터 파헤쳐야 합니다. 그 결과 건물 전체가 붕괴될 수도 있습니다. 하지만 상관없습니다. 무서운 일이라고 해서 절대 일어나면 안 되는 일이라고 할 수는 없는 법입니다. 다만 시기가 문제일 뿐입니다. 어디, 제 말이 틀렸습니까?"

"아니, 핵심은 그게 아니오. 내가 말하려는 건 그게 아니라니까." 그로메코 씨가 화가 나서 얼굴을 붉히며 말했다. "당신이 찬양하는 그 친구들은 양심이 없는 자들이야. 말과 행동이 다른 자들이라니까. 어쨌든 당신 논리가 왜 그 모양이오? 지리멸렬이야. 아, 그렇지, 잠깐만 기다려요. 내가 당신에게 보여줄 게 있어."

이어서 그는 니콜라이와는 반대 의견이 실린 잡지를 찾느라 서랍을 열었다, 닫았다, 한동안 부산을 떨었다. 원하던 잡지를 찾자 그는 한바탕 웅변을 늘어놓았다. 그는 혁명 정신이 아무리 옳다고 하더라도 그 결과 기본적인 인간성을 상실한다면 목적과 수단이 뒤바뀐 것이라고 니콜라이를 비판했다.

유리는 장인의 이야기를 듣는 것을 좋아했다. 귀에 익은 노래와 같은 그 오래된 모스크바 발음이 정말 좋았다. 그의 옷차림과 넥타이 맨 모습은 마치 그에게 어린아이 같은 인상을 풍겼다.

이어서 슈라 실레진게르가 혁명을 옹호하는 일장 연설을 했다. 그녀는 취해 있었다. 그녀의 연설은 그렇지 않아도 흥겨움과는 거리가 멀던 파티 분위기를 깨버렸다. 밤이 늦었고 모두 돌아갈 채비를 했다. 밖에는 비가 내리고 있었고 이따금 천둥이 울리고 있었다. 손님들이 돌아간 뒤 지바고가 아내에게 말했다.

"꽤 늦었군. 어서 잠자리에 듭시다. 내가 이 세상에서 오로지 사랑하는 건 당신과 장인어른뿐이야."

4

8월이 지나가고 9월도 끝나가고 있었다. 불가피한 일이 다가오고 있었다. 겨울이 가까웠고 인간세계에서도 이 가사(假死) 상태와 비슷한 기운이 공기 중에 떠돌고 있었으며 누구나 그에 대해 이야기했다.

추워지는 날씨에 대비해야 했고 식량과 땔감을 마련해야 했다. 유물론이 승리를 구가하던 때였지만 정작 그 관념은 현실과 유리되어 있었다. 실제 존재하는 것은 식량과 땔감이 아니라 식량과 연료 공급 문제였고 공허한 대책이었다. 도시 사람들은 마치 낯선 것 앞에 서 있는 어린아이처럼 속수무책이었

다. 그 낯선 것은 기존의 습관을 옆으로 쓸어버리고는 그 자리
에 황폐만을 남겨 놓았다.

　도처에서 사람들이 계속 헛물을 켰고 끊임없이 논쟁을 벌였
다. 사람들은 습관에 의해 허우적거리면서, 다리를 절고 질질
끌면서 하루하루 지내고 있었다. 하지만 닥터 지바고는 현실을
있는 그대로 바라보았다. 그에게 그 모든 것은 피할 수 없는 선
고처럼 보였다. 그는 자신과 주변 환경이 이미 사형선고를 받
은 것처럼 여겼다. 그 앞에 고된 시련이, 더 나가 죽음이 놓여
있었다. 그리고 살아남은 날들이 하루하루 그의 눈앞에서 사라
지고 있었다.

　만일 하루하루 걱정거리들이 없었다면 그는 미쳐버렸을지도
모른다. 처자식, 돈을 벌어야만 할 필요성, 진료 등 그가 매일
매일 의식처럼 치러야 했던 하찮은 일들이 그를 구원해주었다.
그는 미래라는 괴물 같은 기계 앞에서 자신이 왜소하기 짝이
없는 존재가 된 것처럼 여겨졌다. 하지만 동시에 그는 그 미래
가 불안하면서도 그것을 사랑했고 은밀히 자랑스럽게 여기기
도 했다. 그는 마치 마지막이라도 되는 듯, 혹은 마치 작별 인사
를 나누는 듯 나무들과 구름들과 거리를 걷고 있는 사람들을,
불운과 싸우고 있는 이 위대한 러시아 도시를 게걸스럽게 바라

보곤 했다. 그는 일반 선(善)을 위해 자신을 희생할 각오가 되어 있었다. 하지만 그가 할 수 있는 것은 아무것도 없었다.

그는 전에 다니던 병원에서 다시 근무하게 되었다. 그 병원은 여전히 성십자 병원으로 불리고 있었다. 성십자 단체는 이미 해체되었지만 다른 적당한 이름을 찾지 못한 때문이었다.

병원에서는 이미 진영 분리가 시작되고 있었다. 그 아둔함 때문에 지바고가 화를 낼 수밖에 없는 평범한 사람들에게 그는 위험인물처럼 보였다. 하지만 진보적 정치 성향을 지닌 사람에게 그는 충분히 적화(赤化)되지 못한 사람으로 여겨졌다. 따라서 그는 한쪽과는 거리를 두고 있는, 다른 쪽에는 뒤처져 있는, 어정쩡한 처지에 놓여 있었다.

5

어느 일요일이었다. 지바고는 비번이어서 병원에 갈 필요가 없었다. 그들 가족은 토냐의 계획대로 방 세 개에서 겨울을 날 준비를 하고 있었다.

바람이 몹시 부는 추운 날이었으며 눈구름이 낮게 떠 있었다. 지바고는 난로를 피우기 위해 아침부터 씨름을 했지만 생전 처음 해보는 일이라서 쉽지가 않았다. 오전 내내 씨름을 하다가 한낮이 되어서야 지바고가 겨우 불을 피우고 안도의 한숨을 내쉬고 있을 때 외삼촌 니콜라이가 헐레벌떡 방으로 뛰어들었다.

"시가전이 벌어졌네. 임시정부를 지지하는 사관생도들과 볼셰비키를 지지하는 노동자, 수비대 병사들 사이에 전투가 벌어진 거야. 도시 전역에서 작은 충돌이 벌어지고 있어. 여기 오다가 혼쭐이 날 뻔했어. 이제 도시를 가로지르는 건 불가능하고 돌아서 다녀야 해. 유리, 어서 코트를 걸쳐라. 빨리 가보자. 꼭 봐둬야 해. 역사의 한 장면이야. 일생에 다시 올 수 없는 기회야."

하지만 니콜라이는 말만 서둘렀을 뿐 두어 시간 정도 유리와 이야기를 나누었고 식사를 했다. 이윽고 니콜라이가 지바고를 데리고 밖으로 나가려는데 이번에는 미샤 고르돈이 뛰어들었다. 니콜라이와 똑같은 소식을 들고 나타난 것이다.

미샤의 말에 의하면 그사이 사태는 훨씬 진전되어 있었다. 새로운 자잘한 소식들도 있었다. 총격이 한층 격렬해지고 있으며 총에 맞아 죽은 행인도 있다는 것이었다. 미샤의 말에 따르면 모든 통행이 금지되었다는 것이었다. 그는 기적적으로 골목을 돌고 돌아 이곳까지 왔지만 돌아갈 길은 막혀버렸다고 했다. 니콜라이는 미샤의 말을 듣지 않고 나갔다가 곧바로 돌아왔다. 골목길도 다 출입이 막혔고 거리에는 사람 그림자 한 명 없다는 것이었다. 그들은 그로부터 사흘간 지바고의 집에 머물렀고 유리 지바고도 꼼짝 못 하고 갇혀 있을 수밖에 없었다.

전투의 결과는 점점 더 의심의 여지가 없어졌다. 노동자들이 점점 더 우위를 점하고 있다는 소문이 여기저기서 들려왔다. 사관생도들이 계속 저항하고 있었지만 뿔뿔이 흩어졌으며 지휘 체계도 무너져 있었다.

시브세프 거리 중심부로 병사들이 몰려들고 있었다. 독일군과 싸움을 벌였던 병사들이었다. 병사들과 젊은 노동자들이 길을 따라 참호를 파고 그곳에서 생도들과 대치하고 있었다. 그들은 이미 그곳에 사는 사람들과 친해져서 문을 열고 얼굴을 내미는 사람들과 사이좋게 이야기를 주고받았다. 이곳의 통행은 부분적이지만 다시 재개되었다.

사흘 동안 지바고의 집에 감금되어 있던 미샤와 니콜라이도 겨우 집으로 돌아갈 수 있었다. 그들이 집에 머무는 동안 사샤가 몹시 아팠기에 지바고는 힘든 시기에 함께 있어 준 그들이 고마웠다. 토냐는 가뜩이나 정신없는 판에 집 안을 더 어지럽혀 놓은 그들을 너그럽게 용서해주었다. 하지만 그들이 떠나자 유리 지바고는 한편으로는 기뻤다. 도무지 갈피를 잡을 수 없는 사흘 동안의 대화에 지쳐 있었던 것이다.

6

두 사람이 무사히 집에 도착했다는 소식은 들을 수 있었지만 전투는 여전히 이어지고 있었고 대부분의 거리는 아직 폐쇄 중이었다. 지바고는 아직 병원에 출근할 수 없었다.

아침이면 이집 저집에서 사람들이 밖으로 나와 혹시 빵이라도 구할 수 있을까 주변을 기웃거렸다. 어쩌다 우유병이라도 들고 가는 사람이 눈에 띄면 사람들은 그를 뺑 둘러싸고 어디서 구했느냐고 물었다. 그러다가 총소리라도 들리면 사람들은 다시 뿔뿔이 흩어졌고 거리는 다시 텅 비었다. 두 진영 사이에 모종의 협상이 진행되고 있으며, 협상이 잘 이루어지고 있는지 아닌지는 총격전의 강도에 따라 판단할 수 있다고들 했다.

10월 말의 어느 날 저녁 10시쯤 유리 지바고는 근처에 살고 있는 그의 동료를 찾아가고 있었다. 특별한 볼일이 있는 것은 아니었다. 거리에는 사람 모습이 보이지 않았다. 그는 걸음을 빨리했다. 첫눈이 바람에 흩날리고 있었다. 이어서 눈발이 거세지더니 폭설로 바뀌었다. 시야를 어지럽히는 강한 눈보라 속에서 이리저리 몇 개의 골목을 돌던 지바고는 방향 감각을 잃어버렸다. 마치 탁 트인 들판에서 대지를 하얗게 덮던 눈보라가 도시로 들어오자 길을 잃고 헤매는 것 같았다.

비슷한 현상이 사람들의 정신과 육체에도, 지상과 대기 속에서도 벌어지고 있었다. 여기저기서 고립된 저항군들의 마지막 일제 사격 소리가 들렸다. 하얀 연기가 일었다가 지평선으로 사라졌다. 유리의 발아래 축축한 포도(鋪道)에서 눈보라가 춤을 추듯 피어올랐다.

신문팔이 소년이 방금 찍은 신문 뭉치를 옆구리에 낀 채 "호외요!"라고 외치며 지바고 곁을 지나갔다.

"거스름돈은 필요 없어." 지바고가 말했다. 소년은 젖어서 달라붙은 신문 뭉치에서 한 부를 떼어내어 의사에게 건네고는 순식간에 눈보라 속으로 사라졌다.

지바고는 가로등 아래로 가서 큰 글자로 된 표제를 읽어보았다. 한 면만 인쇄된 호외판에는 소비에트 인민 위원회가 결성되었으며 러시아에 프롤레타리아 독재 권력이 설립되었다는 페테르부르크 정부의 공식 발표가 실려 있었다. 이어서 새로운 정부의 최초의 법령, 전보와 전화로 전달된 간단한 소식들이 실려 있었다.

눈보라가 지바고의 눈에 휘몰아쳤고 신문을 덮어버려 신문을 더 이상 읽기가 어려웠다. 하지만 신문을 읽을 수 없었던 것은 눈보라 때문만이 아니었다. 거대한 역사적 순간에 대한 전율로 정신을 차릴 수가 없던 때문이었다.

그래도 그는 신문을 자세히 읽어보겠다는 생각에 주위를 두리번거렸다. 그러자 현관에 전등이 밝게 켜져 있는 5층 건물이 눈에 들어왔다. 지바고는 건물 안으로 들어가 전등 불빛 아래서 신문을 자세히 읽어보았다.

그때였다. 누군가 계단을 내려오기 시작했다. 신문에 푹 빠져 있던 지바고는 그 사람을 의식하지 못했다. 하지만 그 사람이 현관까지 내려와 멈춰 서자 지바고는 고개를 들어 그 사람을 바라보았다. 그가 자신을 주목하고 있다는 느낌을 받은 때문이었다.

그의 눈앞에 10대 후반의 청년이 서 있었다. 그는 사슴 가죽 모자에 모피 차림의 시베리아 복장을 하고 있었다. 키르기스인처럼 검고 가는 눈을 하고 있었다. 얼굴에는 어딘가 귀티가 났으며 외국에서 온 것 같다는 느낌을 주었고, 혼혈인 것 같기도 했다.

지바고는 이 청년이 분명 사람을 잘못 본 것이리라고 생각했다. 청년은 당황한 듯한 표정으로 지바고를 바라보고 있었다.

마치 그를 알고 있지만 말을 걸 결심이 서지 않은 것 같았다. 지바고는 착각을 깨우쳐주려는 듯 다소 차가운 눈길로 상대방을 빤히 쳐다보았다. 당황한 청년은 몸을 돌려 입구 쪽으로 걸어갔다. 그는 밖으로 나가기 전 다시 한번 고개를 돌려 지바고를 바라보았다.

지바고는 몇 분 후 그곳을 떠났다. 그의 머릿속은 신문에서 읽은 뉴스로 가득 차 있었기에 방금 만난 청년은 물론이고 애당초 집을 나선 목적조차도 까맣게 잊고 집으로 향했다.

집으로 돌아온 그는 장인에게 신문을 내밀며 말했다.

"보셨어요? 못 보셨으면 한번 읽어보세요."

지바고는 난롯가에 쪼그리고 앉아 부지깽이로 난롯불을 뒤적이며 혼잣말을 했다. 혼잣말치고는 제법 큰 소리였다.

"정말 멋진 수술이야! 단번에 악취 나는 종기를 솜씨 있게 도려내다니! 그 얼마나 오랫동안 불의를 참고 견디며 그 앞에 무릎을 꿇고 허리를 굽히는 데 길들여 왔는가! 그런데 단번에 그 불의라는 괴물을 물리치고 그것에 죽음을 선고하다니! 아무 두려움 없이 이렇게 끝장을 내버리는 것, 바로 거기에 우리 민족의 진면목이 있는 거야. 푸시킨의 타협할 줄 모르는 명료함과 톨스토이의 사실에 대한 흔들림 없는 신념 같은 것들이 이번

사건에 들어 있어."

그런데 그의 혼잣말을 들은 장인 그로메코가 말했다.

"푸시킨이라고 했나? 무슨 소리야? 잠깐만 기다려. 다 읽고 나서 이야기하세. 읽기와 듣기를 동시에 할 수는 없으니까."

하지만 지바고는 장인이 신문을 다 읽기도 전에 자신의 생각을 거침없이 말했다. 그는 그만큼 흥분해 있었다.

"진정으로 천재적인 행동이란 어떤 걸까요? 누군가 새로운 세상을 창조한다는 과업, 새 시대를 연다는 과업을 떠맡았다면 아버님께서는 뭐라고 말씀하실까요? 아마 우선 바닥부터 깨끗이 정리하라고 하시겠지요. 새로운 세계를 세우는 일에 착수하기 전에 우선 낡은 세계가 제대로 정리되고 끝날 때까지 기다려야 한다고 말씀하실 것입니다. 그런데 보십시오. 이 사람들은 그런 문제로 고민하지 않았습니다. 이 새로운 일, 역사의 기적이 두꺼운 일상생활 속으로 곧장 뛰어들어 그것을 폭파해버렸습니다. 그 일상생활이 어떻게 될 것인가에 대해서는 일말의 고려도 없었습니다. 이 일은 시작으로부터 시작한 것이 아닙니다. 갑자기 도중에, 아무런 계획도 없이 시작된 것입니다. 아직 거리가 교통으로 붐비는 어느 날, 우연히 맞이하게 된 어느 주일날 그냥 시작된 것입니다. 그것이 정말 천재적입니다. 오로지 가장 위대한 일만이 때나 기회를 무시하고 일어나는 법입니다."

7

예상했던 대로 혹독한 겨울이 왔다. 그 뒤에 이어진 두 해 겨울만큼 혹독하지는 않았지만 암담하고 배고프고 춥다는 점에서는 마찬가지였다. 친숙한 것들이 모두 무너지고 새로운 생존의 토대를 쌓아야만 하는 겨울이었으며 마치 손아귀에서 빠져나가는 것만 같은 삶을 붙잡기 위해 초인적인 노력을 기울여야만 하는 겨울이었다. 그렇게 끔찍한 겨울이 세 해 연달아 찾아왔지만 1917년부터 1918년까지 일어났던 일은 지금 와서 보면 그때가 아니라 나중에 일어난 일처럼 보이기도 한다. 그처럼 잇따라 닥쳐온 세 해 겨울은 각기 구별하기 어려울 정도로 닮아 있었다.

낡은 삶과 새로운 질서는 아직 서로 접촉을 않고 있었다. 둘은 나중에 내전이 벌어졌을 때처럼 아직 서로 공공연히 적대적이지는 않았다. 하지만 둘 사이에 접점은 없었다. 둘은 서로 양립할 수 없다는 듯 따로 떨어진 채 맞서고 있었다.

건물 관리청, 온갖 종류의 기구들, 관청, 공공 부처 등 어디에서나 간부가 새로 임명되고 직제 개편이 있었다. 모든 기관에 무제한의 권한을 지닌 인민위원이 임명되기 시작했다. 그들은 검은 가죽점퍼를 입고 총기로 무장한 채 사람들을 위협했다. 수염도 깎지 않고 잠도 자는 것 같지 않은 강철 같은 사람들이었다. 그들은 마치 좀도둑 대하듯 시민들을 대했으며 계획에 따라 모든 것을 재조직했고 기업도 단체도 하나둘씩 볼셰비키화 되어 갔다.

성십자 병원의 이름도 '제2 개혁 병원'으로 바뀌었다. 병원에도 많은 변화가 일어났다. 수많은 사람들이 해고되었으며 합당한 대우를 받지 못한다는 것을 알게 된 직원과 의사들이 자발적으로 퇴직했다. 그들은 자신의 이해관계 때문에 병원을 떠나면서 시민의식의 발로인 양 내세웠고, 여전히 병원에 남아 있는 사람들을 공공연히 멸시했다. 지바고도 그 멸시 받는 사람들 중의 하나였다.

저녁이면 남편과 아내 사이에는 이런 대화가 오갔다. 남편이 말했다.

"수요일에 잊지 말고 의사협회로 찾아가도록 해요. 지하실에 놔둔 언 감자 중 두 부대를 우리에게 줄 거요. 내가 몇 시에 갈 수 있는지 알려주겠소. 둘이서 썰매로 옮기면 될 거요."

"알았어요, 유로치카. 늦었어요, 어서 주무세요. 당신이 좀 쉴 수 있으면 좋겠어요. 당신이 모든 일을 다 하는 건 무리예요."

"전염병이 돌고 있소. 피곤하면 면역력도 약해지지. 당신과 아버님이 걱정이오. 뭔가 대책을 세워야 해. 당신 잠들었소?"

"아뇨."

"나는 내 걱정은 안 하오. 하지만 만에 하나 내가 쓰러지면 나를 집에 두지 말고 즉시 병원으로 옮겨요."

"그런 말씀 하지 마세요. 아무 일도 없을 거예요. 왜 그런 쓸데없는 소리를 하세요?"

"잊지 말아요. 이제 정직한 사람도 없고 친구도 없소. 도와줄 사람도 없고. 당신, 잠들었소?"

"아뇨."

"암튼 아무리 곤궁해도 자긍심은 잊지 말고 삽시다."

8

이미 오래전부터 사람들은 수수죽과 청어 대가리를 끓여 만든 수프를 주식으로 삼았다. 청어 몸통은 구워서 반찬으로 먹었다. 수수 외에도 껍질을 벗기지 않은 호밀과 밀도 죽을 끓여 먹었다.

어느 날이었다. 유리가 출근하고 난 뒤 토냐는 털외투를 입고 밖으로 나섰다. 장작이 두 쪽밖에 남지 않아 땔감을 구하기 위해서였다. 그녀는 반 시간쯤 근처 골목을 서성거렸다. 모스크바 근교 마을의 농부들이 가끔 야채와 감자를 싣고 와 팔곤했던 것이다. 큰길가에서 짐을 싣고 가다가는 체포당할 우려가 있었기에 그들은 골목실로만 다녔다. 그녀는 겨우 찾고 있던 목표를 발견했다.

농부 복장의 건장하게 생긴 젊은이가 장난감처럼 가벼운 썰매를 끌고 조심스럽게 그녀 뒤를 따라오고 있었다. 썰매에 실린 바구니에는 자작나무 장작 뭉치가 담겨 있었다. 장작은 형편없이 가늘었지만 이것저것 따질 계제가 아니었다.

젊은 농부는 그 꼬챙이 같은 장작을 대여섯 번에 걸쳐 2층으로 나른 뒤 장작값으로 토냐의 거울 달린 옷장을 가져갔다. 자기 아내에게 선물로 주려는 것이 분명했다. 그는 다음번에는 감자를 가져오겠다고 말하더니 피아노값이 얼마인지 물었다.

집으로 돌아온 지바고는 아내의 거래에 대해 한마디도 하지 않았다. 차라리 옷장을 조각내서 땔감으로 쓰는 편히 현명할 것이지만 차마 그럴 수는 없는 노릇이었다.

"책상 위에 놓인 쪽지 보셨어요?" 그녀가 물었다.

"병원에서 보낸 것 말이오? 이미 들어서 알고 있었소. 왕진을 가달라는 거요. 가야지. 하지만 우선 좀 쉬어야겠소. 제법 멀거든. 개선문 근처요."

"왕진 진찰료 적어놓은 것 보셨어요? 좀 읽어보세요. 독일산 코냑 한 병이니, 양말 한 켤레라니! 도대체 어떤 사람들일까요? 정말 말도 안 돼! 요즘 보통 사람들 형편이 어떤지 전혀 모르는 사람들인가 봐요. 벼락부자인가 보지요?"

"물자 공급업자인가 보지."

정부에서는 일체의 사(私)거래를 폐지하고 특정인들에게 물자 조달권이라는 특혜를 주었으며 그런 특혜를 얻은 자들은 '물자 공급업자', 혹은 '영업권 소유자'라고 불렸다. 몰락한 구체제하에서 사업을 하던 자들이나 대기업은 물론 배제되었다. 그들은 자신들이 입은 타격에서 헤어나지 못하고 있었다. 그리고 전쟁과 혁명 덕분에 바닥부터 치고 올라온 뿌리 없는 사람들이 그들을 대신했다.

지바고는 끓인 물에 우유와 사카린을 섞어 마신 뒤 왕진을 나섰다.

9

지바고가 왕진을 간 집은 브레스트 가(街) 끄트머리, 트베르 스카야 관문 가까이에 있었다. 병영을 연상시키는 석조 건물로서 안마당이 있었고 벽을 따라 3층까지 계단이 나 있었다.

그날 그 집에서는 자치 위원회에서 파견된 여성 대표의 사회로 거주민들의 전체 회의가 열리고 있었다. 그런데 회의 도중 갑자기 군사 위원회가 들이닥쳤다. 무기 허가 소지 여부를 점검하고 불법 무기를 단속하기 위해서였다. 거주민들은 모두 자신의 거처로 돌아갔고 군사 위원은 여성 의장을 불러 조사는 오래 걸리지 않을 것이니 곧 회의를 재개할 수 있으리라고 말했다.

유리는 조사가 거의 끝나갈 무렵 그 집에 도착했다. 유리는 예약이 되어 있는 환자의 아파트로 들어갔다. 그를 맞은 집주인은 가무잡잡한 얼굴에 침울한 눈빛의 예의 바른 남자였고 환자는 바로 그의 아내였다. 진찰 결과 환자는 발진티푸스에 걸린 것이 분명했으며 그것도 꽤 중증이었다. 지바고는 무엇보다 의사가 곁에서 쭉 지켜보는 것이 중요하다며 병원에 입원시키라고 주인에게 말하고는 다음과 같이 덧붙였다.

"무슨 수를 써서라도 마차를 구해요. 마차가 안 되면 썰매라도 구하세요. 내가 허가서를 만들도록 하겠습니다. 이곳 주택 위원회에서 만드는 게 좋겠군요. 허가서에는 이 가옥 책임자의 서명과 몇 가지 양식이 필요합니다."

군사 위원회의 검색을 마친 건물 주민들이 숄과 털외투를 걸치고 하나둘씩 불기 하나 없는 방으로 되돌아왔다. 전에는 달걀 창고로 쓰이다가 이제는 주택 위원회 사무실로 쓰이고 있는 곳이었다. 방 한쪽 끝에 사무용 책상과 여러 개의 의자가 있었지만 의자가 모자랐기에 빈 달걀 상자들을 뒤집어서 벤치처럼 늘어놓았다.

책상 뒤에는 회의의 의장을 맡고 있는 인민 위원이 앉아 있었다. 그녀는 이 건물 주민에 대해 잘 알고 있었고 주민들도 그녀를 잘 알고 있었다. 그녀는 회의가 시작되기 전에 파티마 아줌마와 뭔가 소곤거리고 있었다. 파티마 아줌마는 오래전부터 이 건물 수위로 일하고 있었다. 그녀의 가족들은 이제까지 불결한 지하실에서 생활했지만 지금은 딸과 둘이 2층 밝은 방으로 옮겨 지내고 있었다.

"어디 말해 봐요, 파티마." 위원장이 그녀에게 물었다.

파티마는 이렇게 큰 집과 많은 입주민들 관리를 혼자 감당할 수 없으며 아무도 도와주지 않는다고 불평을 늘어놓았다. 각각의 집마다 마당과 인도(人道) 청소가 할당되어 있는데 아무도 의무를 지키지 않는다는 것이었다.

"걱정 말아요, 파티마. 본때를 보여줄 테니. 도대체 자치 위원회 꼴이 이게 뭐야? 범죄자들이 숨어 있고 정신 상태가 수상한 자들이 등록도 않고 살고 있으니. 그런 자들을 모두 쫓아내고 다른 위원들을 뽑아야 해. 내가 당신을 관리 책임 위원으로 만들어줄게요."

문지기 아줌마가 제발 그런 소리 말아달라고 빌었지만 위원장은 들은 척도 하지 않았다. 이윽고 장내가 어느 정도 정리되자 위원장이 입을 열었다. 그녀는 짧은 인사말을 한 후에 이제까지의 위원회가 너무 느슨했다고 비판하더니 새로운 위원들을 선출하기 위해 후보들을 추천해달라고 제안했다. 그녀는 다른 여러 가지 문제점을 지적한 후 다음과 같이 결론 맺었다.

"동무들, 내 말뜻은 이런 겁니다. 솔직히 이 건물은 너무 큽니다. 손님들 숙박 시설로 사용할 수 있을 정도입니다. 대의원들이 회의 참석차 이곳에 오는데 그들이 머물 곳이 부족해요. 우리는 이 건물을 소비에트 연방의 공식 숙박 시설로 지정하기로 결정했습니다. 지방에서 오는 방문객들을 위한 숙소로 사용할 것입니다. 그리고 이 건물의 명칭을 유형(流刑) 전에 이곳에 살았던 티베르진 동무를 기리는 뜻에서 티베르진 가(家)로 정했습니다. 여러분 모두 그분을 잘 아시지요? 어떻습니까? 반대하는 사람 없지요? 이제 날을 정해야 합니다. 서두르지는 않을 겁니다. 1년간의 유예 기간이 주어질 겁니다. 노동자들에게는 거주지가 주어지겠지만 다른 사람들은 알아서 살 곳을 찾아야 할 겁니다. 기한이 1년이라는 것을 명심해요."

"우리는 전부 노동자요! 도대체 누가 노동자가 아니라는 거요! 모두 노동자란 말이오!"

여기저기서 한꺼번에 고함 소리가 터져 나왔다.

그러자 의장이 큰 소리로 말했다.

"모두 한꺼번에 떠들면 어쩌란 말입니까. 대체 누구에게 대답을 해야 하지? 발드리르킨 동무, 동무는 민족이란 게 뭐라고 생각하는 거요? 여기서 민족 이야기가 왜 나와요? 그런 건 상관없이 쫓아낼 사람을 쫓아내는 겁니다."

그때였다. 한 여자가 위원장에게 마구 욕설을 퍼부었다. 풍만한 앞가슴을 열고 있는 뚱뚱한 여자로서 전에 상인들과 점원들 사이에서 인기가 높았던 여자였다.

"야, 이년아, 나를 쫓아낸다고! 어디 쫓아내 봐! 이 찌그러진 소파 같은 년! 이 구겨진 이불보 같은 년!"

그러자 문지기 여자가 그녀를 향해 외쳤다.

"이런 갈보년이! 야, 이년아! 부끄럽지도 않냐?"

"상관하지 말아요, 파티마. 내가 알아서 할 테니까." 위원장이 문지기 여자를 다독이더니 이번에는 고함을 친 여자를 향해 말했다.

"그만하시지, 호라푸기나. 내가 다 알고 있어. 네가 밀주를 빚고 수상한 자들을 숨겨준 죄로 체포되기 전에 내가 너를 기관에 넘기겠어."

소란이 극에 달했다. 바로 그 순간 유리 지바고가 이 방으로 들어섰다. 그는 제일 먼저 만난 사람에게 주택 위원회 위원이 누구인지 알려달라고 했다. 사내는 손을 오므려 입 나팔을 만들더니 난장판이 된 실내를 향하여 외쳤다.

"갈-리-울-리-나! 이리로 와요. 누가 찾아왔어!"

지바고는 자신의 귀를 의심했다. 곧이어 여위고 등이 조금 굽은 문지기 여자가 다가왔다. 방금 전까지 인민 위원과 속삭이던 바로 그 여자였다. 유리는 어머니와 아들이 닮은 것을 보고 놀랐다. 하지만 지바고는 곧장 자신의 신분을 밝히지 않고 말했다.

"이 집 주민 한 사람이 티푸스에 걸렸습니다. 병이 번지기 전에 미리 손을 써야 합니다. 그리고 환자를 병원에 이송해야 합니다. 그러려면 서류를 작성해야 하는데 주택 위원회 사인이 필요합니다. 어디 가서 어떻게 해야 할까요?"

그녀는 지바고의 말을 마차가 필요하다는 말로 이해한 모양이었다. 그녀는 환자 수송은 지역 위원회 동지에게 부탁하면 된다고 대답했다. 그러자 지바고가 재차 말했다.

"아니, 제 말은 그게 아니라, 어디에서 서명을 받을 수 있을지……. 마차가 있다면 더욱 좋고……. 저, 그런데 혹시 갈리울린 소위의 어머니가 아니신지요? 제가 전선에서 같은 부대에 있었습니다."

그러자 갈리울리나는 격렬하게 몸을 떨며 얼굴이 창백해졌다. 그녀는 지바고의 손을 부여잡으며 말했다.

"우리 밖으로 나가요. 저기 마당에 가서 이야기해요."

밖으로 나가자마자 그녀가 재빨리 입을 열었다.

"쉿, 목소리를 낮춰야 해요. 누가 들으면 안 돼요. 신세 망친다고요. 유수프카 걔는 나쁜 길로 들어선 거예요. 생각해보세요. 그 애가 어떤 앤지. 그 애는 견습생에 노동자였어요. 그 애는 평범한 사람이 더 잘 사는 세상이 온 걸 알았어야 했는데……. 장님도 훤히 볼 수 있는 건데……. 아무도 아니라고는 말 못 하는 세상이 되었는데……. 당신 생각이 어떤지는 몰라도 당신도 잘 알고 있을 거예요. 유수프카는 이제 죄를 지은 몸이에요. 하느님도 용서하시지 않을 거고요. 그 애 아버지도 죽었어요. 얼굴도 그렇고 팔다리도 남아나지 않았대요."

그녀는 잠시 흥분을 가라앉히더니 말했다.

"가세요. 내가 마차를 얻어주겠어요. 나는 당신이 누구인지 알고 있어요. 유수프카가 이곳에 이틀 머물면서 다 이야기해주었거든요. 당신도 라라를 알고 있다고 그 애가 말하더군요. 나도 라라가 기억나요. 이 집에 자주 오곤 했거든요. 자, 가요. 데미나 동무가 마차를 구해줄 거예요."

10

주위는 완전히 어두워져 있었다. 데미나의 회중전등이 그리는 동그란 불빛만이 그들의 앞을 비춰주고 있었다. 건물은 차츰 뒤로 멀어져 갔다. 그 집의 많은 사람들이 라라를 알고 있었다. 그녀가 소녀 시절 자주 찾아오던 집이었으며 그녀의 남편이 된 파벨이 자라난 집이었다.

"의사 동무, 플래시가 없이도 길을 찾을 수 있겠어요?" 데미나가 보호자라도 된 듯 장난스럽게 말했다. "아니면 내 걸 빌려드릴까요? 아시겠지만 어렸을 때 라라에게 정말 홀딱 반했었어요. 그녀의 집에 봉제 공장이 있었고 저는 견습생으로 일을 했거든요. 올해 그녀를 만났어요. 시골로 가는 길에 모스크바에 잠깐 머물렀었어요. '바보야, 도대체 어디로 간다는 거야? 여기 머물러. 우리와 함께 지내. 내가 일자리를 찾아줄게'라고 말했지만 막무가내였어요. 그녀는 마음이 아니라 머리로 파벨과 결혼한 거예요. 그때부터 머리가 어떻게 된 거 같아요."

"당신이 보기에는 그녀가 어떤 사람 같습니까?"

"조심하세요. 길이 미끄러워요. 문 앞에 구정물을 쏟지 말라고 그렇게 말했는데……. 차라리 벽에 대고 이야기하는 게 낫지. 그녀를 어떻게 생각하느냐고요? 생각하다니 무슨 뜻이에요? 생각하고 말고가 어디 있어요? 그런 생각할 시간도 없어요. 자, 여기가 제집이에요. 그녀에게 말해주지 않은 게 한 가지 있어요. 군대에 가 있는 남동생 있잖아요, 아마 총살당한 것 같아요. 그녀 어머니는 내가 반드시 궁지에서 구해내서 보살펴줄 작정이에요. 내가 견습생일 때 너무 잘해주었거든요. 자, 그럼 여기서 이만. 안녕히 가세요."

그녀는 옛날 라라의 어머니 가게에서 견습생으로 일하던 올라였다.

지바고는 밤늦게야 집에 들어갈 수 있었고 궁금해하는 토냐에게 티푸스 환자 이야기를 해주었다.

11

그로부터 상당 기간이 지났다. 그런데 이번에는 유리 지바고 자신이 티푸스에 걸렸다.

그사이 지바고 가족의 궁핍한 생활은 한계에 도달해 있었다. 가진 것은 아무것도 없었고 굶주림에 시달리고 있었다. 그는 혹시나 해서 부인을 치료해준 적이 있는 공급업자에게 찾아가보았다. 하지만 지난 몇 달 사이에 그들 가족은 흔적도 없이 자취를 감추었고 그의 아내에 대한 소식도 들을 수 없었다. 그집 주민들도 완전히 바뀌어 있었다. 올랴 데미나도 갈리울리나도 만날 수 없었다. 그러던 어느 날 장작을 빈다프스키 역에서 운반해 오다가 그는 그대로 쓰러졌다. 장작더미에 실려 집으로 온 그는 자신이 어떻게 집으로 올 수 있었는지 기억조차 할 수 없었다.

토냐의 간호로 그는 차츰 회복되어 갔다. 몸이 회복되어 가던 초기에 그는 모든 것을 당연한 듯 받아들였다. 아무것도 기억나지 않았고 사물들의 연관성에 대해서도 생각하지 않았으며 그 어떤 것에도 놀라지 않았다. 아내가 그에게 버터 바른 흰빵과 사카린이 아니라 설탕을 넣은 차를 내놓았고 커피도 주었다. 그는 세상에 그런 것들이 더 이상 존재하지 않는다는 사실도 잊어버리고 마치 시나 동화 속에서나 나옴 직한 음식들을 기쁘게 받아먹었다. 이윽고 판단력이 되돌아오자 그가 아내에게 물었다.

"이런 게 다 어디서 났소?"

"당신의 그랴나가 갖다주었어요."

"누구? 그랴나?"

"그랴나 지바고요."

"그랴나 지바고?"

"그래요. 옴스크에서 온 당신 동생 예브그라프 지바고요. 당신 이복동생이오. 당신이 앓아누웠을 때 매일 왔었어요."

"혹시 사슴 가죽 외투를 입고 있던가?"

"맞아요. 당신과 어느 건물에서 마주쳤다고 하더군요. 당신이 누군지 알고 인사를 하고 싶었지만 당신 모습이 너무나 무서워서 말을 걸지 못했대요. 당신을 너무 좋아한다고 했어요.

그 사람이 전부 다 구해주었어요. 쌀이랑, 건포도랑, 설탕을요!
얼마 전에 옴스크로 돌아갔어요. 우리도 그곳에 왔으면 한대
요. 정말 이상한 청년이에요. 조금 신비스럽고…… 그곳 정부와
무슨 연관이 있는 것 같아요. 그 사람이 우리에게 일이 년 정도
도시를 떠나서 시골에서 농사를 지으며 지내라고 했어요. 외할
아비지인 크류게르 집안의 마을 생각이 나서 그 이야기를 했더
니 좋다고 했어요. 채소도 심을 수 있고 주변에는 온통 숲이에
요. 아무것도 하지 않은 채 양처럼 순하게 죽어버릴 수는 없잖
아요."

　그해 4월, 지바고는 가족과 함께 우랄 지방의 유리아틴 시
인근의 옛 집안 영지 바르이키노를 향해 떠났다.

제7장 우랄행 열차

1

3월 말이면 1년 중 최초로 따뜻한 날이 찾아온다. 마치 봄이 왔음을 알리는 것 같지만 뒤이어 혹독한 꽃샘추위가 이어지기 마련이다.

지바고 가족은 떠날 준비를 서둘렀다. 그 집에 함께 살고 있는 사람들에게는—이제 그들의 숫자는 거리의 참새만큼 늘어나 있었다—부활절을 맞아 대청소를 하려는 것이라고 말해 두었다.

유리 지바고는 애당초 이주(移住)를 반대했다. 그는 이주 계획 자체가 좌절되리라고 생각하고 굳이 준비하는 것을 말리지 않았다. 하지만 이주 준비는 착착 진행되어 거의 마무리가 되어

가고 있었다. 이제 진지하게 논의를 해야 할 때가 온 것이다.

그는 가족회의에서 아내와 장인에게 반대 의견을 피력한 후에 말했다.

"내가 잘못 생각하고 있는 건가요? 그래도 떠나야 한다는 건가요?"

그러자 토냐가 말했다.

"당신은 토지 개혁이 자리 잡을 때까지 어떻게 해서라도 한두 해 더 버티자는 거잖아요. 모스크바 근교에 채마밭이라도 일굴 수 있게 될 거라고요. 하지만 그때까지 어떻게 버틸 수 있겠어요? 무엇보다 그게 중요한데 그 이야기는 한마디도 안 하시네요."

그러자 그로메코 씨가 딸을 거들었다.

"그런 걸 기대한다는 건 미친 짓이야."

"좋아요, 제가 졌습니다." 지바고가 말했다. "제가 걱정이 되었던 건, 우리가 마치 장님처럼 우리가 갈 곳에 대해 아무것도 모르기 때문입니다. 바르이키노에 사시던 분들 중에 장모님과 조모님은 이미 돌아가셨습니다. 크뤼게르 조부님 한 분만 억류되어 있을 뿐이지요. 그것도 만일 살아계신다면 말입니다. 그분이 전쟁 마지막 해에 삼림과 공장들을 누군가에게 판 것처럼 해놓으신 걸로 알고 있는데, 그 실상이 어떤 건지 우리는 아무도 모르고 있습니다. 이제 그 영지가 누구 소속일까요? 주인이 누구냐는 말씀이 아닙니다. 그 영지를 잃어도 상관없습니다. 하지만 지금 책임자는 누구일까요? 어디 관할일까요? 벌채는 계속하고 있는지? 공장은 돌아가는지? 게다가 지금 그곳은 어느 쪽에서 장악하고 있는지? 우리가 그곳에 가는 동안 어떤 변화가 있을 것인지? 이 모든 것이 너무 불확실합니다. 아버님과 당신은 그곳 관리인인 미쿨리친만 믿고 가겠다는 건데 하지만 그가 아직 그곳에 있는지도 모르고 있습니다. 살아 있기나 한지도 모르고 있습니다. 게다가 이름 외에 그 사람에 대해 아는 게 아무것도 없습니다.

하지만 이제 와서 왈가왈부할 필요는 없습니다. 당신과 아버님이 결심했고 저도 동의했으니까요. 요즘 여행을 하려면 어떻게 해야 하는지 정확히 알아보는 게 급선무입니다. 꾸물거릴 시간이 없습니다."

2

지바고는 궁금한 점을 알아보기 위해 모스크바 북쪽의 야로슬라블리 역으로 갔다. 대합실은 사람들로 북적거렸다. 하지만 그들은 여행객들이 아니었다. 대부분 바닥에 누워 있는 그 사람들은 티푸스에 걸렸던 환자들이었다. 병원에서 환자를 모두 수용할 수 없었기에 고비를 넘기기만 하면 바로 퇴원시켰다. 물론 유리 지바고도 그런 대접을 받았지만 그래도 그는 갈 곳이 있었다. 지바고는 그런 처지의 사람들이 이토록 많다는 것은, 또한 역사(驛舍)가 그들의 피난처가 되고 있다는 사실은 미처 몰랐다.

"우선 통행권을 얻어야 합니다." 하얀 앞치마를 두른 짐꾼이 지바고에게 말했다. "그리고 열차가 있는지 매일 와서 물어야 합니다. 요즘은 열차가 거의 없고 운에 맡겨야 해요. 그리고 두말할 것도 없이—그는 엄지손가락으로 약지와 새끼손가락을 비볐다—밀가루나 뭐 다른 게 있으면……. 아, 기름 없이 바퀴가 돌아가겠어요? 게다가—그는 목젖을 툭툭 건드렸다—보드카라도 좀 주면……."

3

당시 그로메코는 인민 경제 최고 심의회에 자문으로 몇 번 초빙되었고 유리는 중병에 걸린 정부 요인을 치료할 기회가 있었다. 덕분에 두 사람은 당시 가장 드높은 가치를 지니고 있다고 할 수 있는 물자 교환 신용 전표를 보수로 받을 수 있었다. 최근에 새로 설립된 정부 고관을 위한 비밀 보급소에서 물자와 교환할 수 있는 전표였다. 두 사람은 함께 그곳을 찾아가 밀가루, 곡물, 마카로니, 설탕, 쇠기름, 비누, 성냥, 카프카스산 치즈 등을 받을 수 있었다. 특히 치즈를 받으면서 두 사람은 눈이 휘둥그레질 정도로 놀랐다. 두 사람은 그 물건들을 몇 개의 작은 꾸러미로 만들어 커다란 배낭 두 개에 쑤셔 넣었다. 밖으로 나온 그들은 너무 기뻤다. 필수품들을 손에 넣었다는 사실 때문만이 아니었다. 그들은 무엇보다 자신들이 쓸모 있는 인간이며 헛되이 살고 있지는 않다는 사실, 집으로 돌아가면 토냐로부터 칭찬을 들을 만한 일을 할 수 있다는 사실 때문이었다.

남자들이 여행 증명서를 받기 위해, 그리고 훗날 모스크바로 돌아왔을 때 그 집에 다시 들어갈 수 있는 입주권을 등록하기 위해 온종일 관청에 나가 있는 동안 토냐는 가지고 갈 짐을 분류하고 있었다. 그녀는 지금 공식적으로 그로메코 가에 할당된 세 개의 방을 돌아다니면서 아무리 작은 물건이라도 짐에 포함시켜야 할지 아닐지 수도 없이 망설이고 고민했다. 어떤 것을 가져갈 것이고 어떤 것을 남겨두어야 할 것인지에 대해서는 이미 명백한 이론(理論)이 존재하고 있었다. 먼저 집을 떠난 사람들이 남아 있는 지인들과 서신을 주고받으면서 가르쳐준 이론이었다. 토냐는 이미 그 이론을 숙지하고 있었다. 그녀가 짐을 싸는 동안 누군가가 은밀히 이렇게 일러주는 것 같았다.

'옷감은 필요하다. 하지만 도중에 검사가 있으니 옷처럼 보이도록 잘 개켜 놓는다. 너무 낡지 않은 외투도 준비해라. 짐꾼을 구할 수 없으니 트렁크나 바구니는 피할 것. 불필요한 것은 모두 포기하고 모든 것을 여자나 아이들도 들고 갈 수 있을 정도로 작은 보따리로 만들 것. 자주 쓰는 것은 몸에 지닐 것. 소금과 담배는 매우 쓸모가 있지만 위험하다. 돈은 케렌스키 지폐(1917년 임시 정부가 발행하여 1920년까지 통용된 지폐-옮긴이 주)로 바꿀 것. 신분증명서와 여행증명서는 노리는 자가 많으니 소중히 간직할 것, 기타 등등.'

4

출발 전날 눈보라가 휘몰아쳤다. 눈송이들이 마치 잿빛 구름처럼 나선형으로 하늘로 치솟아 올랐다가 하얀 회오리바람처럼 다시 땅으로 내려와 어두운 거리로 달려들어 세상을 온통 하얀 수의(壽衣)로 뒤덮었다.

짐 꾸리기가 끝났다. 아파트와 남긴 물건들의 관리는 예고 로브나의 친척 부부에게 맡겼다. 부부는 지난겨울 토냐가 옷과 가구들을 감자와 땔감으로 바꾸는 일을 중개해준 일이 있었다.

거물 수위 마르켈은 믿을 수 없었다. 그는 최근 민병대의 일원이 되었다. 그는 전 주인이 자신의 고혈을 빨아먹지는 않았지만, 자신들을 무지하게 방치했으며 인간의 조상이 원숭이라는 사실을 자신들에게 감추었다고 비난했다.

드디어 출발일이 되자 가족들은 새벽 일찍 역으로 나갔다. 아직 어두워서 입주민들은 아무도 깨어나지 않았다. 하지만 대인 관계가 좋은 세입자 제모로트키나가 잠에서 깨어 집집마다 문을 두드리며 소리쳤다.

"일어나요, 동무들! 어서! 그로메코 씨 가족들이 떠나요. 어서 와서 작별 인사를 해요!"

금세 세입자들이 뒤꼍 현관에 모였다.—정문은 못질한 채 폐쇄되어 있었다.—그들은 마치 단체 사진이라도 찍는 듯 반원형으로 가족들을 둘러쌌다. 주민들은 하품을 하면서 어깨에 걸친 외투 깃을 여미며 추위에 떨고 있었다.

마르켈은 알코올을 구경도 할 수 없는 이때에 어디서 구했는지 지독한 독주에 잔뜩 취해 현관 난간에 거의 널브러지듯 기대 있었다. 지금이라도 난간이 부서질 것만 같았다. 그는 역까지 짐을 날라다 주겠다고 제안했다가 거절당해 화가 잔뜩 나 있었다.

사람들과 작별하고 거리로 나서자 날이 조금씩 밝아오기 시작했다. 하지만 아직 거리에는 인적이 없었다. 마침 온통 눈을 뒤집어쓴 마차가 지나갔다. 마부는 당시로서는 믿을 수 없을 만큼 싼값에 사람들과 짐을 사륜마차에 싣고 역까지 데려다주었다. 유리 지바고만은 짐을 마차에 실은 채 걸어서 역으로 갔다.

5

수많은 사람들과 함께 열차에 올라탄 지 사흘이 되었지만 아직 모스크바에서 크게 벗어나지 못하고 있었다. 4월이었지만 차창 밖 풍경은 아직 겨울이었다. 선로와 들판, 숲, 마을 지붕에는 온통 눈이 쌓여 있었다.

지바고 가족 일행은 다행히 열차 천장 아래 길쭉하고 지저분한 창가 한구석에 자리를 잡을 수 있었다. 토냐는 화물열차로 여행하는 것이 처음이었다. 토냐에게는 차량이 바퀴 위에 얹어 놓은 돼지우리 같았다. 그녀가 보기에 작은 충격에도 차량이 튕겨 나갈 것만 같았다. 열차가 속도를 내거나 방향을 바꿀 때마다 전후좌우로 심하게 요동을 쳤고 바퀴에서 마치 태엽 장난감처럼 요란하게 북 치는 소리가 났지만 그래도 사흘 동안 아무 사고 없이 무사히 앞으로 나아갔고 토냐의 걱정은 기우로 끝났다.

열차는 모두 스물세 량으로 편성되어 있었고 지바고 가족은 14번째 차량에 타고 있었다. 앞쪽은 수병들이 타고 있는 군용 차량이었고 가운데 민간인들이 타고 있었으며 뒤쪽에는 징집된 신병들이 타고 있었다. 500명가량의 신병들은 나이도 제각각이었고 신분이나 직업도 각양각색이었다.

민간인들이 타고 있는 여덟 차량은 볼만한 광경을 연출하고 있었다. 부자, 페테르부르크 출신의 멋진 변호사와 주식 중개인들과 함께 마부와 바닥 청소부, 목욕탕 때밀이, 타타르인 고물상, 정신병원에서 탈출한 환자, 상점 점원, 수도승 등 각양각색의 사람들이 함께 타고 있었다.

열차가 정거장에 멈춰 설 때마다 토냐는 천장에 머리를 부딪치지 않으려고 조심하면서 옹색하나마 몸을 일으키고 문틈으로 밖을 내다보았다. 혹시 물물교환이 가능한 곳인지 살펴보기 위해서였다.

이번에도 마찬가지였다. 열차가 속력을 늦추자 그녀는 선잠에서 깨어났다. 많은 전철기들이 잇따라 스쳐 지나가는 것으로 보아 상당히 큰 역이며 정차 시간도 길 것으로 짐작되었다. 토냐는 눈을 비비며 몸을 앞으로 숙이고 머리를 매만진 뒤 바닥까지 보따리를 뒤져 목욕 수건을 한 장 꺼냈다. 병아리, 소에 씌우는 멍에, 수레바퀴 등이 수 놓인 수건이었다. 아내가 바닥에 내려서는 것을 잠에서 깨어난 지바고가 도와주었다. 열차가 아직 멈춰서기도 전에 수병들이 쌓인 눈 위로 뛰어내려 역 건물 모퉁이 뒤쪽으로 달려갔다. 아낙네들이 금지된 불법 음식물을 팔기 위해 숨어 있는 곳이었다. 아낙네들은 오이, 치즈, 삶은 쇠고기, 호밀 빵들을 들고 몸을 떨면서 줄지어 서 있었다. 수병들은 그들을 단속하기 위해 그쪽으로 뛰어간 것 같았지만 실은 그들의 밀거래를 눈감아 주었고 처녀들에게 외설스러운 농담을 던졌다.

이윽고 열차가 멈춰 서자 승객들이 아낙네들에게 다가갔고 거래가 활기를 띠기 시작했다.

토냐는 수를 놓은 목욕 수건을 어깨에 걸치고 장사치 아낙네들을 한 바퀴 돌아보았다. 벌써 몇 번인가 그녀를 불러 세우는 아낙네들이 있었다. 하지만 토냐는 걸음을 멈추지 않고 남편과 함께 계속 걸어가며 살펴보았다.

아낙네들 행렬 끝에 진홍빛 숄을 두른 여자가 서 있었다. 토냐가 어깨에 두르고 있는 목욕 수건을 보더니 그녀가 눈을 반짝였다. 그녀는 조심스럽게 주변을 살피더니 토냐 곁으로 다가와 자기가 가지고 온 물건을 보여주며 속삭였다.

"이걸 보세요. 아마 이런 건 본 적이 없을걸요. 탐나지요? 오래 생각할 것 없어요. 이거하고 바꿔요."

"아주머니, 뭐라고 하셨어요? 어떤 거랑 바꾸자는 거예요?"

그녀가 말한 물건은 토끼 반 마리였다. 그녀는 머리부터 꼬리까지 통째로 구워 세로로 반을 가른 토끼를 양손에 들고 그중 한쪽을 토냐에게 내밀었다.

"이거 반 마리하고 당신 수건하고 바꾸자는 거예요. 뭘 그렇게 바라보세요? 이건 개고기가 아니에요. 남편이 사냥꾼이에요. 토끼 고기라니까요. 정말이에요."

그들은 물물교환을 했다. 두 사람 다 수지맞았다고 생각했다. 토냐는 가난한 시골 아낙네를 속인 것 같아 부끄러웠고 시골 아낙네는 거래에 만족해서 재빨리 사라졌다.

6

지바고 가족이 타고 있는 열네 번째 차량에는 강제 노역에 징용된 사람들이 여러 명 타고 있었으며 그중 세 명을 호송병 보로뉴크가 책임지고 감시하고 있었다. 그들은 이제껏 서로 모르는 사이였지만 여행 도중 서로 안면을 익혔다. 그중 한 명은 페테르부르크의 국영주점 회계 담당이었던 프로호르였고 다른 한 명은 바샤라는 열여섯 살의 철물점 소년, 다른 한 명은 백발의 협동조합 혁명가인 코스토예드였다. 그들이 징집되어 강제 노역에 끌려가게 된 사연은 제각각이었다.

프로호르는 땅딸막한 몸집에 얼굴이 얽은 추남이었다. 1년 전 가을 어느 날 그는 네프스키 거리를 걷다가 어느 모퉁이에서 가두 검문에 걸렸다. 신분증명서 제시를 요구받은 그는 제4종 배급 카드를 소지하고 있는 것이 드러났다. 비노동자 신분의 사람들에게 발급되는 카드로서 아무것도 구입할 수 없고 배급도 받을 수 없는 카드였다. 그는 같은 이유로 체포된 많은 사람들과 함께 구금되었으며 병영으로 이송되었다. 그런 방법으로 편성된 사람들은 러시아 북서부로 보낼 예정이었지만 도중에 행선지가 바뀌어 모스크바를 경유해 동부 전선으로 가게 된 것이다.

프로호르의 아내는 루가에서 일을 하고 있었다. 그녀는 프로호르가 당한 불행을 전해 듣고 남편을 빼내오기 위해 백방으로 애썼지만 실패했다. 프로호르는 페테르부르크에서 차구노바라는 여자와 동거하고 있었다. 그런데 프로호르가 붙잡히자 그녀는 자진해서 열차에 올라탔다. 그녀는 뚱뚱하고 당당한 체격에 머리를 탐스럽게 땋아 가슴까지 늘어뜨리고 있는 여자였다. 그렇게 매력적인 여자가 어떻게 프로호르처럼 추한 사람을 따르는지 알다가도 모를 노릇이었다. 어쨌든 그는 여자들에게 인기가 많았다. 차구노바 외에도 오그르이즈코바라는 여자도 그를 따라 이 열차에 타고 있었던 것이다. 두 여자는 견원지간처럼 서로 얼굴이 마주치지 않도록 애썼다. 오그르이즈코바는 기관차에 가까운 다른 화물칸에 타고 있었다.

바샤가 붙잡혀 오게 된 경위는 달랐다. 그의 아버지는 전쟁 중에 죽었고 그의 어머니는 그를 페테르부르크의 숙부 집으로 보내서 철물점 견습공 일을 하게 했다. 그러던 어느 날이었다. 숙부가 그 무언가 해명하라는 명령을 받고 당(黨)에 소환되었다. 그러나 그는 찾아가야 할 방을 착각하고 엉뚱한 방의 문을 열고 말았다. 그런데 하필이면 그 방이 징집 노동자 수용실이었다. 방은 징집된 사람들로 가득 차 있었다. 잠시 후 병사들이 그 방으로 들어와 그들을 둘러싸더니 세묘노프 병영으로 이송했다. 그리고 이튿날 볼로그다행 열차에 태우기 위해 역으로 데려갔다.

그렇게 체포된 사람들에 대한 소식이 쫙 퍼졌고 수감자의 친척들이 그들에게 작별 인사를 하기 위해 역으로 모여들었다. 바샤와 숙모도 그들 중에 섞여 있었다. 숙부는 감시 초병에게 잠시 아내를 만나게 해달라고 사정했다. 그 초병이 바로 지금 세 사람을 감시하고 있는 보로뉴크였다. 물론 그는 쉽게 허락해주지 않았다. 그러자 숙부와 숙모는 반드시 돌아오겠다며 대신 조카를 남겨두고 가겠다고 했다. 보로뉴크도 동의했다. 바샤가 목책 안으로 들어가고 숙부는 밖으로 나왔다. 숙부와 숙모는 돌아오지 않았다.

속은 것을 안 바샤가 호송병에게 애걸복걸했지만 소용없었다. 자기가 맡은 인원수에 대해 책임을 져야 했기 때문이었다.

바샤는 이목구비가 단정하고 미남이었다. 게다가 드물게 순진하고 단정한 소년이었다. 사람들의 이야기에 귀를 기울이며 얼굴 근육이 움직이는 모습을 보고 있자면 그가 웃고 있는지 울고 있는지 알 수 있었고 이야기 내용도 짐작할 수 있었다. 이야기의 내용이 소년의 표정에 그대로 반영된 때문이었다.

협동조합 혁명가인 코스토예드는 지바고 가족의 초대를 받아 함께 토끼 고기를 뜯고 있었다. 그는 평소에 위험한 발언을 많이 해서 이웃의 고발로 붙잡혀 온 사람이었다. 그가 어깨뼈에 붙은 고기를 다 뜯어먹고 손수건으로 손을 닦으면서 지바고에게 고마움을 전한 다음 말을 이었다.

"자, 아까 나누던 이야기를 계속할까요? 의사 양반, 당신 생각은 옳지 않아요. 물론 구운 토끼 고기는 훌륭한 음식이지요. 하지만 그 때문에 농부들이 잘살고 있다고 결론 내리는 것은 아무리 생각해도 위험하고 성급한 태도입니다."

"아니, 잠깐만," 지바고가 반박했다. "이 역을 좀 보세요. 나무들 벌채도 하지 않았고 목책도 멀쩡해요. 그리고 아까 그 시장 좀 보세요. 그리고 그 아낙네들 모습을 보세요. 얼마나 볼 만 하던가요! 어디선가 삶은 계속되고 있고 사람들은 행복한 법입니다. 모든 사람들이 다 비참한 건 아닙니다. 아까 그 모습을 보면 알 수 있습니다."

"당신 말대로라면 얼마나 좋겠습니까? 하지만 실상은 달라요. 어떻게 그런 생각을 하시는 건지……. 철로에서 100킬로미터 떨어져 있는 곳에 한번 가보세요. 어디를 가나 봉기한 농부들을 만날 수 있습니다. 누구에 대항해서 들고 일어난 것이냐고 물으시겠지요? 이편도 저편도 아닙니다. 어느 정권이 이길지 눈치를 보면서 적군(赤軍)에도 백군(白軍)에도 반기를 들고 있어요. 아마 이렇게 말씀하실지 모르겠습니다. 농민들은 모든 질서에 대해 적대적일 뿐 자신들이 진정으로 원하고 있는 게 무엇인지 모른다고요. 죄송하지만 제 의견은 다릅니다. 농민들은 자신이 원하는 게 무엇인지 잘 알고 있어요. 당신이나 나보다 더 잘 알고 있어요. 하지만 그들이 원하는 건 당신이나 내가 원하는 것과 다릅니다.

혁명이 그들을 깨웠을 때 그들은 백 년 묵은 그들의 꿈이 실현될 것이라고 믿었습니다. 자기 손으로 일군 자기 땅에서 일해서 먹고 살 수 있으리라는 꿈, 그 누구로부터도 독립된, 아무 의무도 없는 그런 삶을 실현할 수 있으리라는 꿈 말입니다. 그런데 낡은 압제를 새로운 압제가 대신하고 있음을 보게 되었을 뿐입니다. 혁명적 초(超)국가의 더 가혹한 족쇄를 차게 된 것이지요. 시골이 평온하다고요? 아닙니다. 당신은 아무것도 모르고 있어요. 아니면 알고 싶어 하지 않거나.”

“맞아요. 사실입니다. 나는 알고 싶지 않습니다. 도대체 내가 왜 이 세상 모든 고통을 알고 스스로 괴로워해야 합니까? 역사가 내게 자문을 구하지도 않습니다. 나는 그저 무슨 일이 일어나건 견디며 살아갈 뿐입니다. 내가 왜 실상을 무시하면 안 되는 겁니까? 당신은 내 생각이 현실과 맞지 않는다고 말했지요? 하지만 지금 러시아에 현실이 어디 있습니까? 내 생각에 현실은 두려움에 질려 몸을 숨기고 있습니다. 나는 농민들이 유복하며 잘 지내고 있다고 믿고 싶습니다. 그것이 환상이라고 칩시다. 내가 더 이상 무엇을 할 수 있을까요? 나는 무엇으로 살아가야 하고, 누구를 믿어야 할까요? 나는 계속 살아가야만 합니다. 내게는 가족이 있으니까요."

말을 마친 지바고는 손사래를 치더니 토론을 장인에게 내맡기고는 침상 끝으로 가서 아래쪽 바닥을 내려다보았다. 밑에서는 프로호르, 보로뉴크와 바샤가 이야기를 나누고 있었다. 고향 마을이 가까워지자 프로호르의 입에서 고향 이야기가 나왔다. 프로호르의 입에서 자신이 알고 있는 마을 이름이 나오자 바샤가 눈을 반짝이며 흥분한 목소리로 마을 이름을 되뇌었다.

"그래요, 거기 베레텐니키에 우리 엄마가 살고 있어요. 누이동생도 둘 있어요. 엄마는 아직 젊고 예뻐요. 저기, 보로뉴크 아저씨! 보로뉴크 아저씨, 제발 부탁이에요!"

"뭐야? 보로뉴크 아저씨라고? 난 네 아저씨도 아니고 아줌마도 아니잖아. 도대체 내게 뭘 기대하는 거냐? 달아나게라도 해달라는 거냐, 뭘 어쩌자는 거냐? 그랬다가는 내가 끝장날 텐데⋯⋯. 벽에 세워져서 아멘! 하게 될 텐데."

7

가는 도중 열차가 가끔 멈춰 섰다. 눈이 하도 많이 내려 탈선이 염려된 때문이었다. 어느 날 한밤중에는 기관차가 가벼운 고장으로 멈춰서기도 했고 그만큼 더 지체되었다.

기관차가 한밤중에 멈춰 서 있던 다음 날 아침 기차는 니지니 켈리메스라는 이름이 새겨진 역에 도착했다. 그런데 역은 화재로 완전히 황폐해져 있었다. 역만 그런 것이 아니었다. 역 뒤쪽에 있는 마을도 눈에 파묻힌 채 똑같이 비참한 운명에 처해 있었다.

완전히 숯덩이가 된 집도 있었으며 거리에는 곳곳마다 썰매가 내팽개쳐져 있었고 쓰러진 담장, 찢어진 양철판, 부서진 살림살이 잔해가 널려 있었다. 눈은 검댕과 얼어붙은 찌꺼기들, 얼어붙은 구정물로 잔뜩 더럽혀져 있었다.

마을은 완전히 죽어 있는 것은 아니었고 곳곳에 사람들이 서 있었다. 역장이 폐허 뒤에서 나타나자 차장이 열차에서 뛰어내리며 동정하는 투로 물었다.

"온통 다 불타버린 겁니까?"

"어서 오시오. 무사히 도착해서 다행입니다. 화재 정도가 아니라 더 심한 일을 겪었습니다."

"무슨 일이기에?"

"모르는 게 나을 거요."

"혹시 스트렐리니코프?"

"맞아요."

"왜요? 당신들이 어쨌다고?"

"우리야 아무것도 한 게 없지요. 마을이 문제였습니다. 우리 역까지 불똥이 튄 겁니다. 저기 저 마을이 보입니까? 니지니 켈리메스 마을입니다. 모두 그들 탓이에요."

"그 마을이 뭘 잘못했지요?"

"모두 일곱 가지 죄를 지었다는 겁니다. 마을에서 빈농위원회를 해체한 것이 하나요, 적군(赤軍)에 말을 공급하라는 포고령에 저항한 것이 둘째입니다. 그리고 동원령을 따르지 않은 것이 세 번째 대역죄입니다. 그 외에도⋯⋯."

"아, 그렇군요. 그래서 포격을 한 거로군요."

"그렇습니다."

"장갑 열차에서?"

"물론입니다."

"정말 안됐군요. 하지만 그건 우리가 알 바가 아니지요."

"게다가 이미 지나간 일이고. 암튼 좋은 소식은 하나도 없습니다. 최소한 이삼일은 여기 머물러야 할 겁니다."

"무슨 농담을! 전선으로 보낼 보충병을 실어 나르는 중입니다. 급한 일이란 말입니다."

"농담하는 게 아닙니다. 온통 눈에 덮인 모습이 안 보입니까? 일주일간 눈보라가 미친 듯이 쏟아졌어요. 모든 게 다 파묻히고 말았어요. 눈을 치울 사람이 없어요, 마을 사람 절반이 달아나버렸어요. 나머지 사람들을 그럭저럭 모을 수는 있겠지만 그 정도로는 어림도 없는 형편입니다."

"이런! 대체 어쩐다?"

"어쨌든 눈을 치워야 기차가 움직일 겁니다."

"눈은 얼마나 깊이 쌓였습니까?"

"그렇게 심하지는 않아요. 구간에 따라 다릅니다. 가장 어려운 데는 중간 지점입니다. 약 3킬로미터 정도가 움푹 들어간 곳이라서 완전히 눈에 묻혀 있다고 봐야 합니다. 그 앞은 그다지

심하지 않아요."

"이거 야단났군. 승객들 힘을 빌려야겠네요."

"나도 그 생각을 했어요."

"수병들과 적군(赤軍)들 힘을 빌릴 수는 없고…… 하지만 징용된 사람들과 승객들을 합치면 약 700명쯤 됩니다."

"그 정도면 충분합니다. 삽을 구하는 즉시 작업할 수 있겠어요. 우리가 조달해 보겠어요. 삽이 모자라서 이웃 마을에 사람을 보냈으니까요. 암튼 어떤 식으로건 구해보겠어요."

8

선로의 눈을 치우는 데 꼬박 사흘 밤낮이 걸렸다. 뉴사까지 포함해서 지바고 가족 모두가 작업에 참여했다. 이번 여행 중에 가장 기분 좋은 기간이었다. 이곳 풍경에는 뭔가 폐쇄적이고 은밀한 구석이 있었다. 폐허가 된 모습이 그 은밀함을 배가시키고 있었으며 마을 주민들도 그 분위기에 일조하고 있었다. 그들은 승객들을 멀리했으며 자기네들 사이에서도 말이 없었다. 제설 작업은 두 그룹으로 나뉘어 진행되었다. 징용된 사람들이 한 그룹을 이루었고 일반 승객들 및 주민들은 그들과 별도로 작업했으며 병사들이 작업을 감시했다.

눈을 치우는 동안 내내 맑고 혹독하게 추웠다. 짧은 시간 교대로 작업을 했기에 그다지 피곤하지는 않았다. 지바고 가족이 작업하러 간 곳은 시야가 탁 트인 아름다운 곳이었다. 그리고 멀리 보이는 언덕 위에 집이 한 채 바람을 맞으며 서 있었다. 여름에는 분명 무성한 숲이 집을 감싸고 있었을 것이다. 하지만 지금은 앙상한 나뭇가지들이 집을 가려주고 있을 뿐이었다.

지바고는 그 집을 바라보며 거기 사람이 살고 있는지, 아니면 텅 빈 폐허가 되어 토지위원회에서 접수했을지 궁금했다. 저곳에 살고 있던 사람들에게는 무슨 일이 일어났을까? 외국으로 도망갔을까? 혹은 농부들에게 살해되었을까? 아니면 평소에 인심이 좋았던 덕분에 군내에서 기술자 자리라도 얻었을까? 만일 그들이 최근까지 그곳에 남아 있었다면 스트렐리니코프가 그들을 용서했을까? 아니면 다른 부농들과 똑같은 운명을 겪었을까?

언덕 위의 그 집은 그렇게 지바고의 호기심을 불러일으켰지만 슬프게도 아무 말이 없었다. 하지만 당시 그 질문은 아무도 할 수 없는 질문이었으며 아무도 대답할 수 없는 질문이었다.

햇빛이 순백으로 반사되어 눈이 멀 지경이었다. 그의 삽은 그 얼마나 정확하게 부드러운 눈 표면으로 파고들었는지! 한 삽 한 삽 뜰 때마다 눈은 마치 다이아몬드처럼 그 얼마나 아름답게 반짝였는지! 그리고 그와 함께 그 얼마나 생생하게 어린 시절이 떠올랐는지! 어릴 때 그는 아름답게 반짝이는 눈으로 피라미드와 온갖 입방체들을, 케이크와 지하 도시를 만들곤 했다. 그 시절, 살아간다는 것은 그 얼마나 짜릿했으며 눈으로 보는 모든 것, 입으로 맛보는 모든 것들은 그 얼마나 기막힌 축제 같았는지!

그런데 눈을 치우는 사흘 동안 지바고는 다시 축제 기분에 젖었다. 게다가 실질적인 이유도 있었다. 눈을 치우고 저녁이 되면 모두에게 신선하고 따뜻한 갓 구운 흑빵이 지급되었다. 어디서 공급된 빵인지 누가 주는 빵인지는 아무도 몰랐다. 바삭바삭한 껍질에서는 반질반질 윤이 났으며 빵 옆에는 금이 가 있었고 바닥에는 빵 반죽에 묻었던 조그마한 숯 조각이 박혀 있었다.

9

제설 작업이 끝났다. 말끔해진 철로 사이의 마지막 눈을 치워내자 화살처럼 저 먼 곳을 향해 똑바로 뻗어 있는 선로 전체가 시야에 들어왔다. 선로 양쪽으로는 치운 눈이 산처럼 쌓여 있었고 그 옆을 끝없이 이어진 검은 침엽수들이 마치 벽처럼 둘러싸고 있었다. 저 까마득한 곳까지 손에 삽을 들고 있는 사람들이 서 있었다. 비로소 한꺼번에 서로의 모습을 볼 수 있게 된 사람들은 그 수가 많은 데 놀랐다.

이미 늦은 시각이어서 곧 밤이 다가오고 있음에도 불구하고 열차는 곧 떠난다고 했다. 지바고와 토냐는 탁 트인 시야를 한 번 더 바라보기 위해 밖으로 나갔다. 철로 주변에는 이미 아무도 없었다. 지바고와 토냐는 한동안 그곳에 서서 먼 곳을 바라보며 이야기를 몇 마디 나눈 후 다시 객실로 돌아왔다.

가는 도중 지형과 날씨가 갑자기 딴판으로 변했다. 평원이 끝나고 선로가 산악 지대의 언덕을 꾸불꾸불 올라가기 시작했다. 사납게 불어오던 북풍이 멎고 남쪽에서 난로처럼 온기를 머금은 바람이 불어오기 시작했다. 급경사를 이루고 있는 산비탈을 따라 숲이 형성되어 있었다. 열차는 처음에는 가파른 급경사를 올라가야 했지만 숲 한가운데 이르자 완만하게 내리막이 시작되었다. 열차는 삐걱거리며 느릿느릿 언덕을 기어 올라가 역시 느릿느릿 밀림을 빠져나왔다. 마치 고개를 좌우로 돌리며 경치를 감상하는 승객들을 앞장서서 안내하는 늙은 산지기 같았다.

하지만 아직 볼만한 것은 없었다. 숲은 아직 겨울의 깊은 잠과 평온에 빠져 있었다. 다만 가끔씩 여기저기서 나뭇가지들이 부스럭거리는 소리를 내며 마치 목도리를 풀어내듯 얹혀 있던 눈들을 털어내는 모습이 보일 뿐이었다.

지바고는 졸음에 겨워하고 있었다. 지난 며칠 동안 그는 침상에 내내 누워 잠에 빠졌다가 깨어나서는 이런저런 상념에 잠기기도 하고 귀를 기울이기도 했다. 하지만 아직 아무 소리도 들리지 않았다.

지바고가 그렇게 실컷 잠에 빠져 있는 동안 그들이 모스크바를 떠날 때부터 러시아 전역에 내린 눈을 봄기운이 녹이기 시작했다. 그들이 우스치 넴다에서 사흘 밤낮 삽으로 치운 눈과 광활한 지역에 여러 층으로 쌓여 있던 두터운 눈을 계절이 모조리 녹여버렸다.

우선 저 깊은 속으로부터 천천히 그리고 은밀하게 눈이 녹았다. 하지만 그 은밀하면서도 엄청난 일이 진행됨에 따라 그 기적 같은 일이 더 이상 숨어 있지 못하고 겉으로 드러나기 시작했다. 물이 저 아래로부터 포효하며 밖으로 달려 나왔다. 숲이 범접하기 어려운 저 깊은 곳에서부터 요동치기 시작해서 모든 것을 겨울잠에서 깨웠다. 물이 찾아갈 만한 곳은 도처에 있었다. 물은 바위로부터 아래로 몸을 던졌고 그 무언가를 채운 뒤 흘러넘쳤다. 물은 숲 사이를 가로지르고 물길을 가로막는 눈을 파고 들어간 뒤 평탄한 곳을 골라 흘러갔으며 물보라를 일으키며 흩어졌다. 대지가 미처 받아들이지 못한 수분들을 전나무들이 거의 구름 높이까지 빨아들였고 전나무 밑둥에는 맥주를 마신 사람의 입가에 묻은 거품처럼 뽀얀 거품이 일었다.

봄기운과 그 향기에 취한 하늘에는 구름이 빽빽하게 떠 있었다. 낮게 뜬 구름이 펠트 천 같은 구름 자락을 기울여 흙냄새를 물씬 풍기는 따뜻한 소나기를 세차게 내리 뿜자 검게 무장하고 있던 지상의 마지막 눈을 씻어 내렸다.

지바고는 자리에서 일어나 기지개를 켠 뒤 팔꿈치를 괴고 밖을 바라보며 귀를 기울였다.

10

광산 지대로 들어갈수록 주민들은 점점 더 많아지고 역과 역 사이의 거리는 짧아졌다. 작은 역마다 승객이 내리고 새로운 승객이 올라탔다. 그 사흘 동안 열차에 올라탄 사람들이 나누는 이야기를 통해 지바고는 북쪽에서는 백군이 우세해 유리아틴을 이미 점령했거나 곧 점령하게 될 것이라는 사실을 알 수 있었다. 게다가 동명이인이 아니라면 백군을 이끌고 있는 사람은 지바고가 멜류제예보의 야전병원에서 만났던 갈리울린이었다. 그는 그 사실을 가족들에게 말해주지 않았다. 확인되지 않는 소문으로 가족에게 염려를 끼치기 싫어서였다.

지바고는 밤새 마치 죽음처럼 깊은 잠에 빠져 있었다. 아침이 되어 그가 깨어나자 아내 토냐가 말했다.

"당신 정말 이상한 사람이에요. 파리 소리에도 잠에서 깨어 밤새 다시 잠들지 못하는 사람이 어쩜 그렇게 깊이 잠을 잘 수 있는 거예요? 아무리 깨워도 꿈쩍도 않더라고요. 밤에 프로호르와 바샤가 도망갔어요. 정말 놀랍지 않아요? 차구노바와 오그르이즈코바도 함께 달아났어요. 그게 다가 아니에요. 그 사람들을 호송하던 보로뉴크까지 달아났어요. 함께 도망갔는지, 아니면 따로따로였는지는 알 수 없어요. 하지만 보로뉴크는 그 사람들이 도망간 걸 알고는 책임추궁이 겁나서 도망갔을 거예요. 호송 대장이 열차 앞에서 뒤까지 뛰어다니며 미친 듯 소리쳤어요. '열차를 출발시키지 말라! 죄수들을 잡을 때까지 열차가 움직이지 말 것을 법의 이름으로 명령한다!' 그러자 차장이

지지 않고 외쳤어요. '나는 전선까지 병사 수송 임무를 띠고 있소. 그 정신 나간 당신 패거리들을 기다릴 수 없어. 무슨 말도 안 되는 소리를!' 그런 후 두 사람은 일제히 혼자 남아 있던 코스토예드에게로 가서 비난을 퍼부었어요. '당신 조합주의자 아니요? 교양 있는 사람으로서 어찌 무지한 병사와 순진한 청년이 그런 무분별한 짓을 하게 내버려두었단 말이오! 당신은 민중주의자잖아.' 그러자 코스토예드가 뭐라고 했는지 아세요? 아주 들을만 해요. '이거 재미있군. 아니, 죄수가 호송병을 감시해야 한다는 거요? 암탉보고 수탉처럼 울어보라는 소리로군.' 그때 내가 당신을 막 흔들어 깨운 거예요. 그런데도 당신은……, 정말 태평한 사람이지. 대포가 옆에 떨어져도 꿈쩍도 않을 사람 같았어요. 어머, 그런데 저게 뭐야? 여보, 아버지, 정말 너무 아름답지 않아요?"

그들은 열린 창문을 통해 눈 녹은 물이 사방으로 넘쳐흐르고 있는 모습을 볼 수 있었다. 어디선가 강물이 넘쳐 철둑 근처까지 물이 찰랑거리고 있었다. 높은 곳에 위치한 침대에서 보자니 시야가 좁아져서 마치 기차가 물 위를 미끄러져 가고 있는 것 같았다. 수면에 드문드문 푸른 금속성 빛깔의 띠가 보였으며 나머지는 뜨거운 아침 햇살을 받아 반들반들 빛나고 있었다. 그 광활한 물결 속에 흰 구름들이 풀밭과 구덩이와 관목 수풀과 함께 잠겨 있었다.

그 물결 한가운데 좁은 띠 모양의 땅이 보였고, 나무들이 하늘과 수면 양방향으로 길게 뻗은 체 하늘과 땅 사이에서 줄지어 늘어서 있었다.

"저길 봐라! 오리들이다!" 그로메코가 외쳤다.

"어디요?"

"저기 섬 옆. 좀 더 오른쪽. 저런, 날아가버렸네. 놀란 모양이야."

"아, 저도 봤어요." 지바고가 말했다. "아버님께 드릴 말씀이 있는데, 나중에 해드리지요. 어쨌든 징용된 사람들이 도망간 건 잘 된 거예요. 그들은 분명히 무사할 거예요. 마치 물처럼 자유로워진 거지요.

11

백야(白夜)가 끝나가고 있었다. 산과 숲과 협곡들이 또렷하게 보였다. 하지만 마치 화장이라도 한 듯 비현실적으로 보였다. 숲은 깎아지른 절벽 밑에서 이제 막 잎을 틔우고 있었으며 조금 떨어진 곳에 낭떠러지가 있었다.

열차는 차체를 삐걱거리며 가파른 언덕을 올라가고 있었다. 둑 아래로는 잡목 숲이 있었지만 나무들의 키는 선로 높이까지 이르지 못했다. 그 아래 어린나무 숲은 아직 겨울인 듯 거의 벌거숭이였다. 곳곳에 자작나무가 날카로운 새싹들을 가시처럼 내민 채 마치 화살을 맞은 순교자처럼 서 있었다. 자작나무를 바라보기만 해도 향기를 느낄 수 있었다. 반짝이는 수지(樹脂) 냄새였다. 그 수지는 왁스를 만드는 데 쓰였다.

증기 기관차가 짧게 몇 번 기적을 울리더니 멈춰 섰다. 승객들은 연료로 쓸 장작을 싣기 위해서 멈추었음을 알고 있었다. 화차의 문이 열렸고 거의 작은 마을 주민 인구는 됨직한 사람들이 열차에서 내렸다. 앞쪽에 타고 있는 수병들만은 예외였다. 그들에게는 모든 작업이 면제되어 있었다. 지바고 가족도 물론 열차에서 내렸다.

빈터에 놓여 있는 장작만으로는 수요를 채우기에 부족해서 커다란 통나무들을 적정 크기로 잘라야만 했다. 공터에는 커다란 버팀목들이 여러 개 있었다. 지바고와 그로메코는 그중 하나를 골라 톱으로 켜기 시작했다. 봄철을 맞아 땅은 6개월 전 눈에 덮이기 전의 모습을 드러내고 있었다. 이윽고 톱을 켜는 소리가 숲속에 메아리치기 시작했다. 어딘가 먼 곳에서 꾀꼬리가 목청을 가다듬고 있었으며 개똥지빠귀가 먼지가 잔뜩 낀 플루트를 부는 것 같은 소리로 지저귀고 있었다.

"아까 할 이야기가 있다고 했지? 그래, 내게 하려던 이야기가 뭔가?" 그로메코가 지바고에게 물었다.

"네, 그랬지요. 간단하게 말씀드리기가 어렵네요. 저는 우리가 점점 더 멀리 가고 있다는 생각을 하고 있었습니다. 이곳 전체가 다 들끓고 있지요. 우리가 그곳에 닿으면 무엇을 발견하게 될지 우리는 모르고 있습니다. 만일에 대비해서 미리 의논을 해두어야 할 것 같습니다. 무슨 확신 같은 것을 가져야 한다는 뜻은 아닙니다. 이렇게 봄 숲속에서 5분 동안에 모든 것을 확실히 밝힌다는 건 말도 안 되는 짓이지요. 장인어른이건 저 자신이건 토냐건 이제 우리들의 세계를 새롭게 가꾸어 가고 있는 셈입니다. 차이가 있다면 그 사실을 어느 정도 의식하고 있느냐의 차이뿐입니다. 아니, 그런 말씀을 드리고자 하는 게 아닙니다. 우리가 처하게 될 상황에서 우리가 어떻게 행동해야 할 것인지 미리 합의해놓아야 한다는 것입니다. 서로 얼굴을 붉히지 않기 위해서도, 또한 서로에게 미안한 마음을 품지 않기 위해서도 필요한 일이라고 생각합니다."

"무슨 뜻인지 잘 알겠네. 그런 자네가 마음에 들어. 자, 내 이야기를 들어보게. 자네가 정부의 첫 번째 포고령이 실린 호외를 갖고 왔던 겨울밤 기억나나? 눈보라가 몰아치던 밤이었지. 정말 믿을 수 없을 만큼 강경한 것이었지. 너무나 직선적이어서 정신이 없을 지경이었지. 하지만 그런 것들이 지닌 원래의 순수함은 그런 발상을 애당초 한 사람들의 마음에만 들어 있는 법이고, 그것이 공표된 첫날에만 그 순수함이 남아 있을 뿐이라네. 이튿날이 되면 뭐랄까, 정치적 궤변 같은 것이 그 모든 것을 뒤집어버리기 마련이라네. 내가 자네에게 무슨 말을 할 수 있겠나? 그들의 철학은 나와 맞지 않고, 그들이 만든 체제는 우리에게 적대적이네. 그들은 내가 그 변화에 동의하는지 내게 묻지도 않았어.

토냐는 파종 시기에 맞춰 도착할 수 있을까 계속 묻고 있네. 모르겠네. 나는 우랄 지방의 토양과 기후에 대해 아무것도 모르네. 여름이 너무 짧으니 어떤 작물을 수확할 수 있을지 짐작조차 할 수 없는 형편이라네.

하지만 실제로 우리가 이 먼 거리 여행을 하는 것이 새로운 밭을 일구기 위해서일까? 아닐세. 사태를 정직하게 바라보아야 하네. 우리의 여행 목적은 그런 게 아니야. 우리는 새로운 현대 삶의 양식 내에서 살아남으려 애쓰고 있을 뿐이라네. 우리는 지난날 조상들의 영지와 공장과 기계들을 탕진하는 데 한몫하고 있을 뿐이네. 우리는 조상의 재산을 다시 일구려 하는 것이 아니라 다른 사람들과 마찬가지로 혼란스러운 상태에서 그것들을 박살내려 하는 거라네. 모든 것을 집단적으로 공유하고 있는 세상에 손을 빌려주고 생계를 유지할 만한 쥐꼬리만큼의 돈을 얻기 위해서 가는 거라네. 어쩌다 내 손에 억만금이 쥐어지더라도 옛날식의 영지는 결코 소유할 수 없어. 그건 알몸으로 뛰어다니거나 알파벳을 몽땅 잊어버리는 것처럼 어리석은 짓이지. 그래, 러시아에서 이제 사유 재산의 시대는 끝났어. 그리고 우리 그로메코가(家)는 수 세기를 이어온 축재(蓄財)의 열정을 잃어버렸다네."

12

숨 막히는 더위와 텁텁한 공기 탓에 지바고는 잠을 이룰 수 없었다. 지바고의 베개가 땀으로 흥건히 젖어 있었다. 남들을 깨우지 않으려고 그는 살금살금 침상에서 내려와 열차의 문을 열었다. 습하고 끈적거리는 열기가 얼굴에 훅 끼쳐왔다. 마치 거미줄이 쳐진 지하실에 들어온 느낌이었다.

'안개로군.' 그는 생각했다. '내일은 끔찍하게 덥겠어. 이렇게

숨이 막히고 묵직한 공기가 내리누르는 걸 보면 분명해.'

　제법 큰 역으로서 여러 철로가 합류하는 곳 같았다. 안개와 정적이 감돌고 있었으며 일종의 공허감과 무관심이 지배하고 있었다. 열차는 마치 잊힌 존재로서 방치되어 있는 것 같았다. 멀리 두 방향으로부터 어렴풋한 소리가 들려왔다. 그의 뒤쪽에서는 규칙적으로 탁탁 튀기는 소리가 들려왔다. 마치 빨랫방망이 소리 같기도 했고 물에 젖은 깃발이 바람을 맞아 깃대에 부딪치며 내는 소리 같기도 했다. 한편 앞쪽에서는 뭔가 덜거덕거리는 것 같은 요란한 소리가 들려오고 있었다. 전선 경험이 있는 지바고는 귀를 세우며 '장거리포로군'이라고 중얼거렸다.

　그는 '그래, 전선에 가까이 온 거야'라고 생각하며 열차에서 뛰어내려 몇 발자국 걸어갔다. 짐작대로 여러 철로들이 갈라지고 있는 분기(分岐)역이었다. 그가 선로를 가로질러 역으로 가는 길을 찾으려 했을 때였다. 소총을 들고 있는 초병이 불쑥 그의 앞에 나타났다.

　"어디 가는 거냐? 암호는?"

　"이 역이 어느 역입니까?"

　"알 바 없어. 뭐 하는 놈이냐?"

　"모스크바에서 온 의사입니다. 우리 가족들이 이 열차에 승객으로 타고 있습니다. 여기 신분증이 있습니다."

"신분증 따위는 저리 치워! 이 어둠 속에서 어떻게 읽어? 안
개가 보이지도 않아? 의사 좋아하네! 너처럼 의사 행세하며 우
리에게 총을 쏘이대는 놈들이 수도 없이 많아. 당장 네놈을 쏘
아버리고 싶지만 참는다. 어서 썩 꺼져. 몸이 성할 때 얼른 꺼지
라고!"

'나를 누군가 다른 사람으로 오인하고 있구나'라고 지바고는
생각했다. 하지만 그와 말다툼을 하느니 늦기 전에 그의 말대
로 하는 게 상책이라고 그는 판단했다. 그는 몸을 돌려 반대 방
향으로 걷기 시작했다.

그의 등 뒤에서 포성이 울렸다. 동쪽이었다. 안개가 자욱한
가운데 태양이 떠올라 마치 김이 잔뜩 서린 목욕탕 안의 벌거
벗은 몸뚱이처럼 그 모습을 흐릿하게 드러내고 있었다. 지바고
는 열차를 따라 계속 걸어 마지막 차량을 지나쳤다. 발이 점점
더 모래 속으로 푹푹 빠졌다. 탁탁 튀는 것 같은 소리가 점점
더 가까워졌다. 가파른 내리막이 이어졌다. 그는 걸음을 멈추
고 눈앞에 어렴풋이 나타난 물체가 무엇인지 알아보려고 눈을
가늘게 떴다. 안개 때문에 이상할 정도로 거대해 보였다. 지바
고가 한 걸음 더 내딛자 어둠 속에 보트의 모습이 보였다. 그의

눈앞에 거대한 강이 펼쳐져 있었다. 게으른 물결이 천천히 고깃배의 뱃전을 두드리고 있었다. 뭔가 탁탁 튀기는 것 같은 소리는 바로 그 소리였다.

"누가 너보고 이런 데를 어슬렁거리라고 했나?" 불쑥 또 다른 초병이 나타나 그에게 물었다. 그도 소총을 들고 있었다.

"이 강이 무슨 강입니까?" 지바고는 질문 따위는 하지 않겠다고 굳게 마음먹고 있었지만 자신도 모르게 또다시 묻고 말았다.

초병은 대답 대신 호각을 입으로 가져갔다. 하지만 호각을 불 필요조차 없었다. 그가 부르려 했던 초병이 다가온 것이다. 좀 전에 지바고와 이야기를 나누었던 초병이었다. 아무래도 지바고가 수상해서 뒤를 밟은 것이 분명했다. 그들은 마주 서서 이야기를 나누었다.

"의심의 여지가 없어. 한눈에 알 수 있다고. 이게 무슨 역이냐고? 이게 무슨 강이냐고? 눈은 멋으로 달고 다니나? 어떻게 할까? 곧바로 부두로 데려갈까, 아니면 우선 열차로 데려갈까?"

"우선 열차로 데려가세. 대장이 뭐라고 할지 보자고. 신분증 이리 내!" 두 번째 초병이 고함을 쳤다.

그는 지바고가 내민 신분증을 낚아채더니 누군가에게 말했다.
"이놈을 좀 지키고 있어."

두 명의 초병은 열차를 향해 어둠 속으로 사라졌다.

지바고의 눈에 띄지 않던 제3의 인물은 어부였다. 강가에 누워 있던 그가 투덜거리며 몸을 일으키더니 지바고가 지금 어떤 상황에 처해 있는지 설명해 주었다.

"당신을 대장에게 데려가겠다니 운이 좋은 거요. 목숨은 부지할 수 있을 거야. 저 친구들을 원망할 필요 없어요. 해야 할 일을 하는 것일 뿐이니까. 지금은 인민의 세상이지. 아무 말 않는 게 좋아요. 저들은 어떤 탈주병을 쫓고 있소. 당신을 그 사람으로 잘못 안 거지. 말하자면 당신을 노동자의 적으로 보고 붙잡은 거요. 어쨌든 무슨 일이 있더라도 대장을 만나게 해달라고 우겨요. 저 두 사람이 아무 소득도 없이 물러날 리가 없어."

지바고는 어부를 통해 눈앞에 보이는 강이 저 유명한 르인바 강이며 마을 이름이 라즈빌리예라는 것도 알 수 있었다. 라즈빌리예는 유리아틴 외곽의 공업 지대였다. 유리아틴은 이곳으로부터 강 상류 쪽으로 3킬로미터 정도 거리에 있었다. 지바고는 유리아틴이 백군과 적군이 돌아가며 뺏고 빼앗기는 상황에 처해 있으며 지금쯤 아마도 적군이 탈환했으리라는 사실도 알 수 있었다. 어부는 라즈빌리예에서 소요가 있었으며 지금은 모두 진압되었다고 말했다. 역 일대에서 시민군이 소탕되고 엄격히 교통이 차단되어 있기에 이곳에 정적이 흐르고 있다는 것이었다. 또한 그는 역에 있는 여러 열차들 중에는 군사 인민위원인 스트렐리니코프가 타고 있는 특별 열차가 있다는 사실, 두 명의 초병은 바로 그에게 보고하기 위해 갔다는 사실도 알 수 있었다.

한참 뒤에 두 명의 초병이 사라진 방향에서 세 번째 초병이 그들에게 왔다. 그는 앞의 두 초병과는 달리 소총 개머리판을 땅에 질질 끌며 걸어왔고 가끔 술 취한 친구를 부축하듯 앞으로 들어올리기도 했다. 그에게 소총은 마치 지팡이 대용 같았다. 그 초병이 지바고를 군사 인민위원에게 데리고 갔다.

13

초병은 지바고를 두 차량을 이어서 거실처럼 사용하고 있는 곳으로 데리고 갔다. 안에서는 인기척과 웃음소리가 들렸다. 하지만 초병이 암호를 댄 후 지바고와 함께 안으로 들어가자 일순 잠잠해졌다.

초병은 좁은 복도를 따라 지바고를 중앙의 넓은 방으로 데리고 갔다. 아주 깨끗하고 쾌적한 방에서 단정하게 차려입은 사람들이 조용한 가운데 일에 몰두해 있었다. 지바고가 보기에 단숨에 이 지역의 자랑이자 공포의 대상이 된 비(非)당원 군사 전문가 스트렐리니코프의 집무실로는 어울리지 않는 것 같았다. 지바고는 그의 진짜 활동 본부는 사령부와 군사 작전이 행해지는 곳 가까이에 있으리라고 생각했다. 이곳은 그의 개인적인 집무실이나 숙소로 사용되고 있으리라.

이곳 중앙 부분은 이전에는 식당 칸이었으나 지금은 카펫을 깔아놓고 사무실로 쓰고 있었다. 그곳에는 책상이 몇 개 놓여 있었다. 지바고와 초병이 들어서자 일제히 그들에게 눈길을 주었던 사람들은 이내 아무 관심이 없다는 듯 이전의 모습으로 되돌아갔다.

지바고는 입구에서 자신의 신분증명서가 제일 안쪽 책상 위에 놓여 있는 것을 알아차릴 수 있었다. 그 책상 앞에는 다른 사람들보다는 연상인 듯 보이는 사람이 앉아 있었다. 마치 구시대의 대령을 연상시키는 모습이었다. 그는 군사 통계 담당인 듯 콧소리를 흥얼거리며 이런저런 책들을 뒤적이고 지도를 살펴보았다. 그리고 이것저것 대조한 뒤 일부분을 오려내어 풀로 붙였다. 바닥에는 군대 전공(電工)이 드러누운 채 고장 난 배선을 수리하고 있었으며 타이프라이터가 틀에 끼어버린 종이를 꺼내느라 애를 쓰고 있었다.

이 모든 모습이 여느 사무실과 다름이 없었다. 그 광경을 보고 지바고의 기분이 한결 가벼워졌다. 이들은 모두 나의 운명을 나보다 더 잘 알고 있으리라. 그리고 죽음의 위협 아래 놓여 있을지도 모를 사람 앞에서 이토록 무심하게 사소한 일에 매달려 있을 수는 없으리라.

'하지만 알 수 없는 일이지.' 지바고는 생각했다. '이들은 어떻게 이렇게 느긋할 수 있을까? 바로 옆에서 포성이 울리고 사람이 죽어가고 있는데, 이들은 전투의 열기보다는 날씨가 더울 것에 대해 더 관심을 기울이고 있다. 어쩌면 너무나 큰일들을 겪었기에 거꾸로 무감각해진 것이 아닐까?'

그는 생각에 잠긴 채 하릴없이 맞은편에 있는 창밖을 바라보았다.

14

지바고의 눈에 언덕 위의 라즈빌리예 역과 그 마을 교외가 보였다. 플랫폼으로부터 역사로 오르는, 칠하지 않은 세 단짜리 나무 계단이 있었고 역 구내 끝에 낡은 증기 기관차가 마치 거대한 무덤처럼 서 있었다. 황폐하기 짝이 없는 풍경이었다.

멀리 동쪽 하늘에만 안개 흔적이 약간 남아 있을 뿐 이제 안

개는 완전히 걷혀 있었다. 하지만 그 안개도 극장의 막처럼 희미하게 움직이며 조금씩 걷혀 갔다. 그리고 라즈빌리예로부터 3킬로미터 정도 더 떨어져 있는 보다 높은 언덕에 도청 소재지급의 큰 도시가 서 있었다. 태양을 받아 따뜻한 색조를 띠고 있었으며 멀리 떨어진 거리 때문에 윤곽이 단순해 보였다. 집들과 길들이 언덕 꼭대기까지 여러 층을 이루며 형성되어 있었고 꼭대기 한가운데 커다란 교회가 있었다. 마치 싸구려 목판화에서 볼 수 있는 황량한 암자 같았다.

'유리아틴이다!' 지바고는 흥분해서 생각했다. '장모님께 수없이 들었던 마을! 간호사 라라 안티포바가 자주 말했던 곳! 이런 상황에서 저 도시를 보게 되다니, 정말 기이한 일이다.'

그때 방 안에 있던 사람들이 일제히 창밖을 바라보았다. 지바고도 그들을 따라 밖을 내다보았다.

한 무리 죄수들이 역으로 통하는 계단을 따라 연행되어 가는 중이었다. 죄수들 가운데는 교복을 입은 소년도 있었다. 소년은 머리에 부상을 입고 있었다. 응급조치를 받은 모양이었지만 붕대 밑으로 피가 흐르고 있었으며 손으로 피를 닦는 바람에 땀에 젖은 얼굴이 피범벅이 되어 있었다. 소년은 행렬 끝, 두 명의 적군(赤軍) 사이에서 걷고 있었다. 단호한 표정에 잘생긴 얼굴이었다. 하지만 사무실 사람들의 눈길을 끈 것은 그 때문도 아니었고 어린 반군이 처한 사정이 딱해서도 아니었다. 그와 두 명의 호송자의 터무니없는 행동이 사람들의 눈길을 끈 것이었다. 그들은 자신들이 처한 입장에서 해야 할 행동에 정면으로 어긋나는 짓을 하고 있었던 것이다.

소년은 여전히 학생 모자를 쓰고 있었다. 그 모자가 붕대를 감은 머리에서 자꾸만 벗겨졌다. 소년은 모자를 손에 들지 않고 붕대를 감은 머리에 억지로 눌러 씌우려 했다. 상처에 좋지 않을 것이 뻔한데도 계속 모자를 눌러썼다. 그리고 그의 모자가 땅에 떨어질 때마다 적군 병사들이 모자 줍는 것을 도와주었다.

상식에 어긋나는 이 터무니없는 행위를 보고 지바고는 뭔가 깊은 상징을 읽어낸 것만 같았다. 그는 당장에라도 뛰쳐나가 자기의 내부에서 치밀어 오르는 말을 소년에게 외치고 싶었다. 그는 소년에게도, 그리고 이 객차 안에 있는 사람들에게도 이렇게 외치고 싶었다.

"구원은 형식에 충실한 데 있는 게 아니다! 그것에서 벗어나는 데 있다!"

그는 인기척에 고개를 돌렸다. 방 한가운데 스트렐리니코프가 서 있었다. 방금 빠른 걸음으로 방으로 들어온 것이다.

그토록 수많은 사람과 알고 지내온 지바고가 어찌하여 지금까지 이 개성적인 인물과 단 한 번도 마주치지 않을 수 있었던 것일까? 어찌하여 공동 운명체가 되어 본 적도 없고 우연히 마주친 적도 없었던 것일까?

왜 그런지 꼭 꼬집어 말하긴 어려웠지만 이 사내가 의지의 화신 그 자체라는 것은 한눈에도 알아볼 수 있었다. 마치 완벽한 자아를 실현하기로 결심한 듯 '그'라는 존재 자체가 불가피한 존재로 보였고 정확하며 완전해 보였다. 균형 잡힌 아름다운 머리도, 성급해 보이는 걸음걸이도, 진흙이 묻어 있음에도 불구하고 반짝반짝 윤을 내고 있는 것만 같은 긴 장화도, 구겨져 있으면서도 마치 최고급 직물로 만들었고 새로 다림질을 한 것 같은 모자까지도 절도와 정확 그 자체였다.

그가 지닌 뛰어난 자질이 빚어주고 있는 효과였다. 자연스럽게 보여주는 여유 있는 모습, 제아무리 힘든 상황에서도 마음 편해 보이는 모습, 그것이 바로 그가 지닌 자질이었다.

지바고는 그가 재능이 뛰어난 사람이라고 생각했다. 하지만 그 재능은 타고난 것이 아닌 것 같았다. 그의 모든 동작에서 보이는 재능은 그 누군가를 모방한 것이었다. 그렇다. 당시 사람들은 거의 모두 누군가를 모델로 해서 흉내를 내고 있었다. 그들은 역사적 영웅들, 전선이나 거리에서 전투가 벌어졌을 때 혁혁한 공을 세워 사람들의 상상력을 자극하는 인물들, 인민들에게 명망이 높은 인물들, 탁월함을 보여준 동료들, 기타 등등을 모방했다.

스트렐리니코프는 낯선 자의 모습으로 인해 느꼈을지도 모를 놀라움과 불쾌감을 겉으로 전혀 드러내지 않았다. 그는 지바고를 마치 이곳 일원으로 여기고 있는 듯 모두를 향해 말했다.

"축하합시다. 그들을 물리쳤소. 모든 게 무슨 심각한 일이라기보다는 전쟁놀이 같았지. 그들도 우리 러시아 사람이기 때문이야. 다만 어리석은 생각에 사로잡혀 그것을 포기하지 않고 있을 뿐이지. 그 생각을 그들에게서 몰아내야만 해. 저쪽 사령관은 나의 친구요. 그는 나보다 훨씬 더 프롤레타리아 출신이야. 우리는 같은 집에서 자랐지. 내 삶에 큰 도움을 주었고 나는 그에게 많은 빚을 지고 있는 셈이야. 그런데 나는 지금 그들을 강 저쪽으로 몰아낸 것에 대해 기뻐하고 있지. 구리얀, 전화선을 빨리 연결할 수 없겠나? 전령과 전보만으로는 충분하지 않아. 정말 덥군. 한 시간이나 잠을 잤어. 아, 참!"

그는 부하가 자기를 깨운 이유가 갑자기 생각난 듯 지바고를 돌아보았다.

'이자가?' 그는 지바고를 날카롭게 쏘아보며 생각했다. '말도 안 돼! 닮은 구석이라고는 없잖아. 멍청한 놈들.'

그는 웃으며 지바고에게 말했다.

"동무, 미안하오. 사람을 잘못 본 것 같소. 초병들이 실수한 것 같소. 가도 좋소. 신분증이 어디 있소? 아, 여기 있군. 어디 잠깐 봐도 되겠소? 지바고……, 지바고라……, 닥터 지바고라……, 모스크바라……, 잠시 내 방으로 가지 않겠소? 이곳은 사무실이고 내 방은 바로 옆에 있소. 오래 잡아 두지는 않겠소."

15

스트렐리니코프는 도대체 어떤 인물일까? 그가 이만한 위치에 올라 그 자리를 지키고 있다는 것은 놀라운 일이었다. 그는 비(非)당원인 때문이었다. 그는 모스크바 태생이었지만 전혀 알려지지 않은 인물이었다. 대학을 졸업하자마자 시골에 교사로 부임했고 전쟁 중에는 포로가 되어 죽은 것으로 알려져 있었다. 그는 최근이 되어서야 독일군 포로수용소에서 탈출했다.

그는 철도 노동자이자 진보적 정치 성향의 티베르진의 집에서 어린 시절을 보냈으며 티베르진이 그를 신임했고 그의 신원을 보증해주었다. 살아오면서 그는 임명권을 지닌 사람들에게 신뢰를 받았다. 터무니없는 미사여구와 정치적 극단주의가 판을 치던 그 시절 고삐가 풀린 듯한 그의 혁명적 열정은 화려한 빛을 발했다. 그의 열정은 더없이 순수해 보였다. 그리고 그의 광신적 열정은 그 누구를 모방한 것이 아니라 그 자신의 것이었으며 그의 이전 삶의 당연한 귀결이었다.

스트렐리니코프는 자신에 대한 당국의 신뢰를 조금도 저버리지 않았다. 지난 몇 달간 이룩한 그의 전과(戰果)에는 니지니 켈리메스와 우스크 넘다에서 거둔 혁혁한 승리, 식량 징발에 무장 저항한 그바소보 농민 반란의 진압, 메드비지 포임 역에서 식량 화물 열차를 습격한 14보병 연대 토벌 등등 수도 없이 많은 것들이 기록되어 있었다. 그는 그런 전과를 올릴 때마다 적군을 체포하고 수사했으며 재판에 회부하고 선고를 했다. 그는 신속하고 엄격하게 형을 선고하고 집행했다.

스트렐리니코프는 사람들이 자신을 '라스스트렐리니코프(처형자)'라는 별명으로 부른다는 것을 알고 있었다. 그는 그것을 대수롭지 않게 넘겼으며 그 어떤 것도 개의치 않았다.

그는 모스크바 태생이었으며 노동자였던 그의 아버지는 1905년 혁명에 참여했다가 투옥되었다. 당시 젊은이였던 그는 혁명 운동에 참여하지 않았다. 나이가 아직 어리기 때문이기도 했지만 아직 대학생인 때문이었다. 가난한 집안 출신의 젊은이들이 그렇듯 그는 보통의 젊은이보다 고등 교육을 더 높이 평가했고 부유한 집안 출신 젊은이들보다 열심히 공부했다. 그는 다른 학생들의 동요에 휩쓸리지 않았다. 그는 엄청난 양의 지식을 쌓았고 인문학을 전공하면서도 독학으로 과학과 수학을 공부했다.

그는 군대 면제 대상이었지만 자원입대했으며 장교에 임관되어 전선으로 파견되었다. 그는 독일군 포로가 되었다가 러시아에 혁명이 일어났다는 소식을 듣고 1917년 탈출해서 고국으로 돌아온 것이다.

그에게는 두 가지 특징적 모습, 즉 두 가지 정열이 있었다. 그중 하나는 명확하고 논리적인 탁월한 사고력이었고 다른 하나는 도덕적 순수함과 정의감이었다. 그는 열렬했고 동시에 고결했다.

하지만 그에게는 새로운 학문의 길을 개척할 능력이 없었다. 그의 지성에는 미지의 세계를 향해 성큼 발을 내딛는 대담성이 결여되어 있었으며 낡은 논리적 연역을 뛰어넘을 번쩍이는 통찰력이 없었다. 또한 그가 진정으로 그 무언가 선한 것을 행하려면 그의 그 정열적이고 순수한 원칙 외에 그 원칙들조차 위반할 수 있게 만드는 뜨거운 가슴이 필요했을 것이다. 그 뜨거운 가슴만이 일반적인 것에만 시선을 고정시키지 않고 예외적이고 특수한 것들도 볼 수 있게 해준다. 그 뜨거운 가슴만이 작은 행동을 통해 위대한 것을 성취할 수 있게 해준다.

어린 시절부터 드높은 열망을 지닌 채 살아온 그는 이 세상을 거대한 경기장으로 우러러보았다. 그는 그 경기장에서 모든 사람들이 규칙을 엄격하게 준수하면서 하나의 완성을 위해 경쟁하고 있다고 믿었다. 그런데 세상이 결코 그렇지 않다는 것을 알았을 때도 그는 세상에 대한 자신의 개념이 지나치게 단순하다는 생각은 절대로 하지 않았다. 그는 자신의 불만을 소중히 간직한 채 진정한 삶과 어두운 현실적인 힘, 자신의 이상을 왜곡해버리는 그 어두운 힘 사이의 심판자가 되겠다는, 투사가 되어 복수하리라는 야심을 품었다.

드높은 이상, 하지만 비현실적인 이상이 현실 속에서 좌절을 겪자 그 환멸로 인해 그는 혁명으로 무장했다

16

"지바고, 지바고라." 스트렐리니코프가 자신의 방으로 지바

고와 함께 들어가면서 다시 되풀이했다. "지바고라……, 상인
냄새가 나네. 상류층 같기도 하고……. 뭐, 어쨌든 모스크바의
의사겠지……. 바르이키노로 가신다? 이상하네. 왜 모스크바
를 떠나서 그런 촌구석으로 가는 거요?"

"그 자체가 목적입니다. 조용히 칩거할 수 있는 곳, 궁벽한
곳을 일부러 찾아가는 겁니다."

"좋아, 좋아, 아주 낭만적이로군. 바르이키노? 내가 잘 알고
있는 곳인데. 크류게르 집안의 영지였잖소. 혹시 친척이신가?
아니면 상속인?"

"왜 그렇게 비꼬는 투로 말하는 겁니까? 상속이니 어쩌니
하는 건 나와는 아무 상관없습니다. 비록 집사람이……."

"아, 알겠소! 하지만 백군에 대한 향수라도 지니고 있다면 실
망하실걸. 너무 늦었소. 우리가 깨끗이 소탕해버렸으니까."

"계속 나를 놀리는 겁니까?"

"게다가 의사라고? 군의라……, 우리는 아직 전시요. 당신은
도망자란 말이오. 게다가 농민 부대인 녹군(綠軍)이 아직 숲에
숨어 있소. 그들은 적군도 백군도 아니오. 양쪽 모두에 총부리
를 겨누고 있지. 당신도 그 비슷한 거요?"

"두 번이나 부상을 당해서 징집해제된 겁니다." 지바고는 동

문서답을 했다.

"어쨌든 교육 인민위원회나 보건 인민위원회 증명서를 보여 주시지. 당신이 소비에트 인민이며 우리의 동조자이고 전적으로 충성한다는 것을 보여주는 증명서 말이오. 그런데 의사 양반, 지금은 묵시록의 세상이오. 최후의 심판이 내려지는 시대란 말이야. 화염검을 들고 있는 천사들과 심연에서 뛰쳐나온 날개 달린 야수들이 대결하고 있는 시대란 말이오. 동조자나 충성스러운 의사들의 시대가 아니란 말이오. 하지만 당신에게 이미 가도 좋다고 말했고 번복하고 싶은 생각은 없소. 그렇지만 이번만 봐준다는 걸 명심하시오. 어쩐지 다시 만날 것 같은 예감이 들거든. 그리고 그때는 이야기가 전혀 달라질 거요. 조심하시오."

위협, 혹은 도전처럼 들릴 수도 있는 말이었지만 지바고는 조금도 당황하지 않았다. 그가 입을 열었다.

"당신이 나를 어떻게 생각하고 있는지 알고 있습니다. 당신 관점으로 보면 당신이 옳습니다. 하지만 당신이 지금 나와 토론하고 싶어 하는 문제는 내가 가상의 논적과 평생 논쟁을 벌여온 문제이고 이제는 어느 정도 결론을 내리고 있는 문제입니다. 다만 몇 마디 말로 이야기하기 어려울 따름입니다. 그러니

나를 놓아주려면 당신과 그 문제를 가지고 왈가왈부하지 않고 돌아갈 수 있게 해주십시오. 만일 그럴 수 없다면 당신 마음대로 하십시오. 당신에게 한 마디도 변명을 늘어놓고 싶지 않습니다."

그때 전화벨이 울려 그들의 대화가 끊겼다. 전화가 복구된 것이다.

"고맙네, 구리얀. 지바고 동무를 열차로 데려다줄 사람을 한 명 보내주게. 그리고 라스빌리예 수송 본부의 비상위원회를 연결해줘."

지바고가 떠난 후 스트렐니코프는 역으로 전화를 걸었다.

"포로들 중에 학생이 있었지. 머리에 붕대를 감고 모자를 자꾸 눌러 쓰려던 아이 말이야. 그래, 맞아. 필요하면 의사에게 보이도록 해. 그렇지. 그래, 책임지고 잘 돌봐줘. 필요하면 음식도 주고. 좋아. 자, 용건을 말해주지……, 아직 안 끝났어……. 뭐라고? 여보세요, 여보세요! 이런 혼선이로군. 구리얀, 구리얀! 제길, 또 끊겼어!"

그는 통화를 멈추고 잠시 생각에 잠겼다.

'어쩌면 내 제자인지도 모르지. 우리와 맞서 싸울 만큼 자랐겠지.'

그는 그가 학교를 떠난 이후의 햇수를 계산해 보았다. 그런 후 그는 차량 창문 너머 저 멀리 지평선 위의 풍경을 바라보았다. 그리고 강이 내려다보이는 높은 지대의 거리를 눈으로 찾기 시작했다. 그가 살던 집이 있는 유리아틴의 거리를 찾고 있었던 것이다. 혹시 아내와 딸이 아직 그곳에 살고 있다면! 그들에게 달려가고 싶다! 시금 낭장이라도! 하지만 어찌 그럴 수 있겠는가? 그들은 전혀 다른 삶에 속해 있다. 우선 이 새로운 삶을 끝내야만 그 중단된 삶으로 돌아갈 수 있다. 언젠가 그럴 수 있을 것이다. 언젠가는! 하지만 도대체 그게 언제, 언제란 말인가?

닥터 지바고 I

생각하는 힘: 진형준 교수의 세계문학컬렉션 89

펴낸날	초판 1쇄 2023년 6월 14일

지은이	보리스 파스테르나크
옮긴이	진형준
펴낸이	심만수
펴낸곳	(주)살림출판사
출판등록	1989년 11월 1일 제9-210호

주소	경기도 파주시 광인사길 30
전화	031-955-1350 팩스 031-624-1356
홈페이지	http://www.sallimbooks.com
이메일	book@sallimbooks.com

ISBN	978-89-522-4728-5 04800
	978-89-522-3984-6 04800 (세트)